A INCONVENIENTE
LOJA DE CONVENIÊNCIA 2

CB125707

Do mesmo autor:

A inconveniente loja de conveniência

KIM HO-YEON

A INCONVENIENTE LOJA DE CONVENIÊNCIA 2

Tradução do coreano
Núbia Tropéia

1ª edição

BERTRAND BRASIL
Rio de Janeiro | 2024

CIP-BRASIL. CATALOGAÇÃO NA PUBLICAÇÃO
SINDICATO NACIONAL DOS EDITORES DE LIVROS, RJ

H849i Kim Ho-Yeon, 1974-
A inconveniente loja de conveniência 2 / Kim Ho-Yeon ; tradução Núbia Tropéia. - 1. ed. - Rio de Janeiro : Bertrand Brasil, 2024.

Tradução de: 불편한 편의점 2
ISBN 978-65-5838-293-5

1. Ficção coreana - Coreia (Sul). I. Tropéia, Núbia. II. Título.

24-93021 CDD: 895.73
CDU: 82-3(519.5)

Meri Gleice Rodrigues de Souza - Bibliotecária - CRB-7/6439

Copyright © Kim Ho-Yeon, 2022

Publicado na Coreia do Sul por Namu Bench sob o título 불편한 편의점 2, e em inglês sob o título Uncanny Convenience Store: Book 2.

Edição em língua portuguesa publicada mediante acordo com Namu Bench através da KL Management em associação com Patricia Seibel.

Ilustração de capa: Banzisu

Texto revisado segundo o Acordo Ortográfico da Língua Portuguesa de 1990.

Todos os direitos reservados.
Não é permitida a reprodução total ou parcial desta obra, por quaisquer meios, sem a prévia autorização por escrito da Editora.

Direitos exclusivos de publicação em língua portuguesa somente para o Brasil adquiridos pela:
EDITORA BERTRAND BRASIL LTDA.
Rua Argentina, 171 — 3º andar — São Cristóvão
20921-380 — Rio de Janeiro — RJ
Tel.: (21) 2585-2000,
que se reserva a propriedade literária desta tradução.

Impresso no Brasil

Seja um leitor preferencial.
Cadastre-se no site www.record.com.br
e receba informações sobre nossos
lançamentos e nossas promoções.

Atendimento e venda direta ao leitor:
sac@record.com.br

EDITORA AFILIADA

A gerente Seon-suk Oh

As pessoas não paravam de encarar Seon-suk, e foi então que ela percebeu que tinha saído para trabalhar sem máscara. Voltou correndo para casa e pegou a máscara, que estava pendurada em um gancho ao lado da porta. Mesmo após tê-la deixado ali para não esquecer, Seon-suk vivia saindo de casa sem ela... Não conseguia se habituar à bendita máscara, não importava quantas vezes a usasse.

Ela também não conseguia se adaptar de jeito nenhum à pandemia de Covid-19. Apesar de serem animais adaptáveis, dessa vez não havia nada que os humanos pudessem fazer; a vacina parecia pouco confiável e os tratamentos eram incertos. Fosse pelo fato de ser um vírus mutante ou não, infecções de nomes estranhos continuavam a surgir após a vacinação e, com as pessoas sem saberem como agir, a ordem era tomar uma vacina diferente. Pensar que talvez fosse necessário tomar uma vacina de outra marca, que tinha efeitos colaterais e era um risco para os idosos, causava ainda mais angústia. Em um mundo estremecido pelo vírus, cidadãos comuns que nem Seon-suk não conseguiam dançar conforme a música e ficavam perdidos, sem saber o que fazer.

A caminhada da sua casa até a loja de conveniência era de pouco mais de quinhentos metros, e mesmo assim ela ficou sem fôlego. Em pleno verão, era difícil até para respirar usando máscara no calor que fazia e, para Seon-suk, só o ato de sair de casa já era inconveniente. Ela morria de inveja de Yepi e Kami, seus cachorrinhos, que podiam andar por aí sem máscara. Mas, de qualquer forma, naquele dia ela precisaria ficar no trabalho até a noite, então talvez não conseguisse levar os dois para passear.

Tlim. Ela abriu a porta de vidro cheia de panfletos de promoções, anúncios de vagas de emprego e avisos de uso obrigatório de máscara, e entrou. Estava fresco lá dentro. Só depois de chegar ao trabalho, na loja de conveniência Always, ela pôde soltar um longo suspiro. Seon-suk deu um sorrisinho, desfrutando do alívio que não sentia nem quando administrava um bar e choperia. Por que será? Por estar trabalhando ali havia bastante tempo? Por ter se acostumado? Será que não era por ela ter se tornado gerente? Para um chefe, o estresse sob a pressão das vendas e do funcionamento da empresa era imenso. E um emprego de meio período significava um salário mais baixo e menos estabilidade, então não era o ideal. Já o cargo de gerente vinha com um senso de responsabilidade e, apesar de não ser como o cargo de chefia, era uma posição mais estável e com um salário mais alto em comparação a um trabalho de meio período.

Acima de tudo, Seon-suk trabalhava ali havia muito tempo — a primeira loja de conveniência Always em Cheongpa-dong! Agora havia lojas de franquia em todos os bairros, disputando entre si. Mas o número de estabelecimentos da Always vinha diminuindo, e, quando a loja em frente à Universidade Feminina Sookmyung fechou no início do ano, a unidade em que Seon-suk trabalhava se tornou a única loja de conveniência Always em Cheongpa-dong.

Era por isso que o dia a dia na loja tinha melhorado? Não, estava longe de ser isso. Com a matriz perdendo força, não tinha salvação para aquele lugar. Ao contrário das lojas de conveniência de franquia bem-sucedidas, que visavam mais a artigos em promoção e produtos próprios mais baratos, ali até o desconto das cervejas havia diminuído e, não muito tempo antes, mesmo os clientes regulares da promoção "quatro latas por dez mil wons" tinham sumido. Perderam também o admirável cliente que costumava comprar alimentos frescos, tipo sanduíches e hambúrgueres, próximos da validade, além das quatro cervejas e dos aperitivos de sempre, quando dava uma passadinha ali na volta do trabalho.

Antes de sumir, o homem tinha ido procurar a cerveja da mesma marca da farinha de trigo e a da mesma marca da graxa de sapato e, no fim das contas, acabou perguntando até sobre a cerveja da mesma marca do caracol marinho enlatado. Seon-suk nem sabia que esse tipo de coisa existia e, mesmo se soubesse, não teria condições para isso, então só balançou a cabeça em negativa, meio atrapalhada. Por fim, o homem murmurou um "Ah, que pena" e saiu da loja. Depois disso, ela não o viu mais. Diante da situação, Seon-suk se viu em uma encruzilhada, sem saber se deveria pedir essas cervejas de marcas diferentes, e resolveu conversar com o filho.

— Que inusitado... É bom para colocar nas redes sociais. Ouvi dizer que são gostosas.

— Você já provou?

— Mãe, eu gosto é de soju. E outra... esse tipo de coisa só faz sucesso no começo. Não esquenta a cabeça com isso.

As palavras do filho a reconfortaram. Ela ficou devendo ao entusiasta de cerveja, mas era impossível agradar todo mundo; afinal, era tão difícil assim se conformar com o que tinha? Além do mais, não diziam que aquela era uma loja de conveniência inconveniente? Que se dane, então! Em vez de se preocupar, Seon-suk decidiu só dar o melhor de si para atender os clientes que iam até lá todos os dias.

Seria essa a razão de ela gostar daquele lugar? Ali era parecido com a sua vida: medíocre e maçante. Uma coisinha mal administrada, com uma situação financeira sofrível, idêntica à vida de privações que Seon-suk Oh levava, se sustentando sabe-se lá como.

Assim que ela terminou de verificar o caixa para começar a trabalhar, o senhor Kwak apareceu, usando uma camisa polo e sem o colete do uniforme. Seu olhar cansado por trás da máscara revelava um constrangimento que se destacava em suas feições. Isso não era do feitio dele, que estava sempre com a mesma expressão séria, o que deixou Seon-suk nervosa.

— Gerente Oh, posso falar com a senhora um momentinho?

Geralmente ele dava respostas curtas mesmo em conversas corriqueiras, a ponto de levantar a suspeita de que estava se escondendo atrás da máscara... então ela nem precisava escutá-lo para saber o que estava por vir. Seon-suk se obrigou a disfarçar a angústia e encarou Kwak.

— Lógico. Pois não?

— Desculpa, mas... estou pedindo demissão. Só vou ficar até a próxima quinta-feira, daqui a uma semana.

Era isso. Tinha chegado a hora. Havia uns dias que tinha algo errado, um clima estranho que surgiu depois que ele havia pedido folga.

— Conseguiu um novo emprego, senhor Kwak? — perguntou ela, genuinamente preocupada.

Durante mais de um ano, Kwak havia tomado conta da loja à noite; mas, por causa da idade e de sua capacitação, ela havia considerado se ele não teria mais facilidade com outro tipo de trabalho. De vez em quando ele errava o troco, além de confundir os produtos em promoção, que mudavam a cada mês, e ainda não saber usar direito as funcionalidades extras do sistema POS. Porém, se tinha uma coisa em que ele era bom, era em pegar os ladrõezinhos, e seus olhos de águia, que já tinham flagrado três pessoas furtando mercadorias, a deixavam satisfeita — era ótimo que ele já tivesse sido detetive.

— Consegui, sim. Abriu uma vaga de segurança em outra cidade, então vou para lá.

— Onde?

— Em Gwangju. Minha cidade natal.

— O senhor conseguiu a vaga por indicação?

— No meu dia de folga, fui a uma festa de família lá. Naquele dia, encontrei uns velhos amigos que não via há muito tempo, e descobri que um deles é proprietário de um prédio enorme. Ele estava procurando um novo segurança e, como eu disse que trabalhava em uma loja de conveniência em Seul, na hora ele me chamou para trabalhar lá. Depois de refletir bastante, decidi resolver as coisas em Seul e voltar para Gwangju. Só posso ficar até semana que vem, então... Peço desculpa por falar em cima da hora.

Mais do que por estar em cima da hora, Seon-suk ficou irritada com a eloquência dele. Homens ignorantes. Nunca diziam nada em situações apropriadas para se expressarem, então era óbvio que não sabiam resolver nada direito. Na verdade, o pior era saber que o senhor Kwak não era diferente. O mesmo valia para o funcionário do período da tarde. O jovem inflexível, que trabalhava meio período havia quatro meses enquanto esperava pelo alistamento militar, era igualzinho. Lógico que uma gerente falastrona e ríspida na casa dos cinquenta não combinaria tão facilmente com eles.

— Não precisa se desculpar. Enfim... pelo visto vou ter que encontrar alguém logo. Vou falar com o chefe e anunciar a vaga.

— Obrigado pela compreensão.

Depois de fazer uma reverência, o senhor Kwak saiu do estabelecimento.

Anunciar a vaga. Encontrar outra pessoa. Naquele momento, suas preocupações só se multiplicaram. Ela já estava procurando alguém para trabalhar aos finais de semana, e agora sua cabeça doía ao pensar que precisaria de alguém para trabalhar à noite durante a semana. Foi um balde de água fria, logo no início do dia.

Até o horário do almoço, ela ficou atendendo os clientes, verificando a data de validade dos produtos, repondo os que estavam acabando, e inspecionando os produtos frescos em estoque e os colocando nas prateleiras. Quando conseguiu um tempinho para tomar uma caixa de leite e comer um sanduíche que tinha acabado de passar da validade, ela se deu conta de que já era uma hora da tarde. A essa altura o chefe já devia ter acordado.

Seon-suk pegou o celular e deu uma olhada nas chamadas recentes, então clicou no número de telefone onde se lia "Filho da senhora Yeong-sook". Ela ficava enrolando para alterar o nome para "Chefe Kang", pois não queria ter nada a ver com aquele patife.

Ela se irritou com a demora dele para atender. Mas no último segundo, como se tivesse adivinhado, ele enfim a atendeu.

— Que foi? Achou alguém para trabalhar aos finais de semana?

— Não. Pelo contrário! O senhor Kwak se demitiu.

Por uma fração de segundo, ela pensou ter escutado um suspiro.

— Quanto ele está pedindo? — perguntou o chefe Kang, curto e grosso. — Aquele velhote não me fala nada mesmo…

— Hã? Ele me disse que quer sair…

— Olha, tia, ele está fazendo cena porque quer mais dinheiro. Estava reclamando por estar trabalhando na loja há mais de um ano e o salário não ter aumentado. É só dar um aumento para ele que esse papo de demissão acaba.

— A situação é outra. Ele arrumou um emprego de segurança em Gwangju, a cidade natal dele, e me pediu que resolvesse as coisas depressa.

— Ah, que historinha pra boi dormir! A senhora é ingênua demais. Deixa que eu ligo para o senhor Kwak. Que droga…

O chefe Kang desligou antes que Seon-suk pudesse dizer mais alguma coisa. Ela tinha odiado tudo na interação, desde a voz grogue dele ao telefone até o desdém pela conversa entre ela e o senhor Kwak. A atitude do senhor Kwak de falar com ela cara a cara tinha sido séria e respeitosa.

Então o que levou aquele canalha a pensar que o senhor Kwak estava agindo como um tratante? Bem, um patife devia reconhecer outro... Ele era mesmo patético.

Chefe Kang. Filho da senhora Yeong-sook. Ou, então, Min-shik.

Desde aquele dia na igreja, havia mais de trinta anos, quando Seon-suk conheceu o filho malandro da senhora Yeong-sook, ela o achou desleixado, mas não imaginava que ele iria se tornar um encostado. O problema era que agora ele administrava a loja.

Um moleque sem responsabilidade nenhuma, que não fazia a menor ideia de como administrar *nada* e só se interessava pelos lucros da loja. Não gostava de gerenciar os pedidos nem de supervisionar os funcionários, mas precisava de alguém para fazer isso, então tinha promovido Seon-suk a gerente. Min-shik dizia que uma loja de conveniência deveria funcionar no automático e basicamente pediu que Seon-suk cuidasse de tudo sozinha. Apesar disso, ficou falando sobre como as finanças da loja estavam indo mal e sendo mesquinho com o salário dela, então ela recebeu um mísero aumento de 400 mil wons e só ficou mais sobrecarregada com a gestão dos pedidos e a supervisão dos funcionários.

Porém, não havia como recusar, pois ela não podia falhar com a senhora Yeong-sook. Seon-suk não conseguia se esquecer do brilho no olhar da chefe enquanto segurava suas mãos e pedia ajuda com a loja e com Min-shik.

O funcionário da tarde, Jung, pediu folga naquele dia, e ela não tinha encontrado ninguém para substituí-lo, então teve que tomar conta da loja até anoitecer. Quando os clientes que estavam saindo do trabalho começaram a aparecer, o cansaço bateu e ela tomou duas latas de energético, coisa que não gostava de fazer.

Nesse momento, o senhor Kwak chegou. Seon-suk deu uma olhada no relógio. Ele estava duas horas adiantado. Segundo Kwak, ele soube que Jung tiraria o dia de folga e achou que eles deveriam revezar o expediente, então chegou mais cedo.

Apesar de estar um tanto agradecida, Seon-suk desdenhou internamente daquele homem chato e entediante. Se era para ser assim, então ela preferia que ele tivesse avisado antes que chegaria mais cedo! Seria ótimo se ele fosse um pouco mais bem-humorado e descontraído... Ela até pensou que a família do homem devia estar frustrada com ele, mas, quando lembrou do próprio marido, que tinha ido embora, seu desdém se transformou em um suspiro. Droga...

Era em momentos como aquele que ela preferia o golden retriever. Aquele homem que trabalhava no período noturno e saíra não muito tempo depois que a Covid-19 havia estourado. Por onde ele estaria? Será que estava bem? A curiosidade tomou conta dela por um instante, mas, de tão cansada e faminta que estava, ela deixou isso de lado e se preparou para ir embora.

— O chefe Kang aprovou minha saída — informou Kwak no momento em que ela saía do depósito e tirava o colete do uniforme.

Só então ela se lembrou da conversa deles pela manhã. Com o olhar cheio de curiosidade, Seon-suk se aproximou de Kwak.

— O que ele falou? Que vai aumentar seu pagamento por hora se o senhor ficar?

— Isso. Falei que eu ficaria se ele aumentasse o valor em 50 mil wons.

— E o que ele respondeu?

— Que foi um prazer me conhecer e que é melhor não nos vermos novamente.

— Minha nossa, ele tem pavio curto...

— Tudo bem, ele é assim mesmo. Já ouvi esse tipo de coisa várias vezes. Quando contei que estava trabalhando aqui, ele falou que eu deveria ir embora.

Ela teve a impressão de ter visto o canto da boca de Kwak tremer por trás da máscara.

Contratar um funcionário para o período noturno tinha se tornado mais urgente do que nunca. Seon-suk largou sua ecobag, se afastou de Kwak e foi para trás do caixa. Sentou-se ao computador que havia ali e anunciou a vaga em um site de empregos de meio período, depois imprimiu um panfleto de vagas da franquia Always e o preencheu à caneta com as informações necessárias. Depois, colou a fita adesiva no panfleto e voltou o olhar para o senhor Kwak.

— Estou *muito* cansada, então obrigada por ter vindo mais cedo.

— Imagina. Peço desculpa por estar saindo tão de repente.

Ele fez uma leve reverência e ela retribuiu o gesto.

Seon-suk saiu e colou na porta o panfleto sobre a nova vaga, bem ao lado do que anunciava a do final de semana. Caramba... quer dizer que agora havia não apenas um, mas *dois* anúncios? Ela temia que a loja de conveniência ficasse conhecida como um lugar que sobrevivia à custa de empregados de meio período que iam e vinham.

A caminho de casa, deixando a preocupação de lado, ela se pegou cantarolando. Levava dois gimbap triangulares sabor bibimbap, o favorito do filho, e teria tempo para passear com Yepi e Kami. Além disso, o fim do expediente era revigorante. O cansaço que ela sentia pouco tempo antes havia sumido e, com passos curtos e ligeiros, Seon-suk percorreu as ruas naquela noite de verão.

◉◉◉

Como sempre, o som de tiros irrompia do quarto do filho. Só que dessa vez o som não vinha do jogo, mas de uma cena de ação em uma série estrangeira, como ela já esperava.

No outono do ano anterior, o filho parou de ficar tanto tempo em casa e conseguiu um emprego em uma produtora de filmes e séries. Ela ficou sabendo dessa produtora quando o filho, que havia saído de uma grande empresa, contou que tinha adentrado a indústria do audiovisual. Ele disse que havia ficado difícil para produzir filmes por causa da Covid-19, então a produtora decidiu fazer séries também e começou a contratar novos funcionários, e foi assim que ele recebeu a proposta de emprego. Certa vez, Seon-suk tinha criticado o filho por perder tempo com filmes inúteis, mas, ao vê-lo se dar bem nessa área, ela se deu conta de que, ao mesmo tempo que entendia da vida, também não a entendia.

Além disso, Seon-suk achava o emprego do filho esquisito demais. Ele passava o dia inteiro assistindo a séries estadunidenses, sul-coreanas, japonesas, chinesas... Lógico que era mais do que só assistir, e, apesar de não parecer um trabalho de verdade, era maravilhoso que o filho tivesse um salário. Além disso, ele trabalhava em casa e ia à empresa apenas duas vezes por semana. Então ela acabava se surpreendendo ao se deparar com aquela cena tão similar à de quando o filho se isolava no quarto, absorto no videogame.

Segundo ele, aquele era o século dos serviços de mídia *over-the-top*, com distribuição de conteúdo pela internet, e existia uma empresa chamada Netflix — seria um canal? —, através da qual as pessoas pagavam para assistir a filmes e séries. Era para esse canal que a empresa dele enviava as produções. Seon-suk não entendia muito bem a terminologia, mas dava a maior satisfação ver o filho explicar tudo isso com um brilho no olhar. Estava orgulhosa de o filho poder fazer algo de que gostava, e agradecia por ele compartilhar isso com ela. As coisas haviam mudado bastante entre os dois em menos de dois anos.

Seon-suk já não reclamava do filho. Nem pedia mais que ele prestasse concurso público. E preferia nem comentar sobre casamento. As oportunidades que se abriam à geração do filho eram diferentes das de quando ela era jovem, e a mudança entre eles ocorreu após ela tê-lo escutado e reconhecido essa diferença. Ela temia que ele se distanciasse, mas os dois acabaram se entendendo e passaram a respeitar o espaço um do outro.

Até então a vida adulta do filho havia sido na base do "deixa a vida me levar". A mãe aceitou o fato de que isso era impossível de controlar e passou a confiar e apoiar o filho seja lá no que ele fizesse. Mesmo se fosse algo que não desse dinheiro! Contanto que o fizesse feliz, ela ficaria alegre por ele.

Assim que Seon-suk se tornou gerente, o filho começou a zanzar pela loja. Para alguém que detestava ir à loja de conveniência da mãe, assim como odiava ir ao dentista quando criança, agora ele sempre dava uma passada para oferecer seus conselhos. Nos últimos tempos, ele até recomendou um novo café em lata, que ela se atreveu a encomendar. O tal produto usava grãos de café de altíssima qualidade vindos da Guatemala e vendia bem, então ela logo tratou de encomendar mais. O filho havia dito que as pessoas frequentariam menos as cafeterias por causa do isolamento social e iriam procurar por um bom café nas lojas de conveniência, o que acabou se confirmando, então o produto tinha vindo a calhar. Além do aumento nas vendas, era óbvio que o interesse do filho em seu trabalho deixava Seon-suk feliz.

De repente, o som de tiros no quarto do filho diminuiu e uma música imponente começou a tocar. Pelo visto, o episódio da série havia terminado. Após deixar um gimbap em cada lado da mesa, ela pôs as coleiras em Yepi e Kami, que já resmungavam havia algum tempo, e saiu de casa. Quando Seon-suk se lembrou da expressão alegre no rosto do filho ao terminar o trabalho e ver o gimbap, seu coração se encheu de felicidade, e então ela começou a caminhar.

◉◉◉

Na tarde seguinte, o chefe Kang entrou na loja com uma aparência que era impossível de ignorar. Antes ossudo, ele havia engordado. Além disso, exalava um cheiro agridoce misturado ao cheiro de álcool tão intensos, que ela precisou correr para ventilar o ambiente.

Ele passeava pela loja enquanto coçava as coxas por baixo do short. Passou os olhos pelo lugar como um cachorro mijando para todo lado, um aviso de que aquele era seu território, e fitou uma das prateleiras. A gerente preferiu ignorá-lo e se concentrar na cliente que estava em frente ao caixa, e sentiu que, mesmo estando de máscara, ela havia torcido o nariz.

Seon-suk mal finalizou a compra e a cliente foi embora. Então o senhor Kang se aproximou e ficou diante dela, como se esperasse por alguma coisa.

— Tia, a senhora não está pedindo muita mercadoria, não?

— Algum problema?

— Por que as frutas do verão ainda estão à venda se não estão saindo? Pedaço de melancia, de abacaxi... Hein?

— Como assim, "não estão saindo"? Dê uma olhada nas vendas. Aqui em frente tem uma universidade. Universitárias comem muita fruta, sabia?

— Tsc. Parece que está tudo murcho, nem deve ter sabor mais...

— Pare de falar besteira e venha mais vezes à loja. Aí você vai saber das coisas.

— Não, este lugar já tem gerente. Se eu vier mais vezes, vai ser desperdício de mão de obra, né? Além do mais, só confio na senhora.

Kang se virou com uma expressão dissimulada e foi até a geladeira para pegar quatro latas de cerveja. Lógico que não pagou por elas, e Seon-suk teve que lhe entregar uma sacola também. Mesmo que ele fosse o chefe, ela não era do tipo que ficava de boca fechada.

— Tem certeza de que está querendo abrir um negócio? Vê se não fica enchendo a cara. Será que vai dar certo se ficar tomando cerveja durante o dia?

— A senhora não sabia? Tomar cerveja durante o dia faz o cérebro funcionar que é uma beleza! Se bem que eu... fiquei quebrado depois de levar uma rasteira daquela fábrica de cerveja, mas veja só... Eu... *burp*...

Apesar da máscara, o fedor do arroto alto chegou até Seon-suk, que não disfarçou o olhar de reprovação. Que homem nojento. Se não fosse filho da senhora Yeong-sook... Ela segurou a vontade de dar um tapão nele.

Alheio à irritação de Seon-suk, Kang abriu um sorriso largo e ia saindo da loja de conveniência quando parou de repente. Ele deu uma olhada no panfleto anunciando a nova vaga e começou a procurar defeito, depois se aproximou da funcionária com ar triunfante.

— Ah, não, tia! Que história é essa de trabalho noturno cinco dias na semana? Eu não falei pra diminuir para uns dois ou três dias?

— Assim não vai dar. Ninguém vai se candidatar.

— Se for deixar cinco dias, vamos ter que oferecer descanso semanal remunerado. Já falei várias vezes para a senhora e para o seu Kwak que esse negócio de trabalhar cinco dias direto acabou.

— Então não vamos conseguir ninguém. Sendo o chefe, você trabalharia só dois dias na semana em vez de nos finais de semana?

— Se eu precisasse, óbvio que sim! Ouvi dizer que hoje em dia, com a Covid-19, achar um emprego de meio período virou raridade. Além do mais, não está na época de férias?

Os universitários devem estar ávidos por um bico! Tia, eu sei que sou um chefe de fachada, mas vai ser uma pena se a senhora fizer pouco-caso do que estou dizendo. Altere a vaga para dois ou três dias naquele panfleto e no site de empregos também.

Argh.

Ela preferiu evitar uma discussão e só disse que tinha entendido. Isso porque, mesmo que fosse o chefe falando, ela iria se distrair e cansar do assunto. Da última vez tinha sido a mesma coisa, na hora de contratar Jung. Como o jovem não tinha servido ao exército ainda, Kang reclamou de pagar seu piso salarial, mas, no fim, não deu em nada.

Seon-suk engoliu a raiva e acompanhou Kang até a porta para se despedir, o que foi só um pretexto para ela arrancar o panfleto.

Era impossível encontrar, dentro de uma semana, alguém para o período da noite anunciando uma vaga para dois ou três dias. Mas precisavam de alguém para substituir o senhor Kwak imediatamente. Se contrariasse o chefe Kang, eles ficariam sem funcionário e Seon-suk teria que trabalhar sozinha, então ela deixou de lado a amargura e resolveu que primeiro iria corrigir o anúncio. O chefe vivia fazendo drama sobre o quanto batalhava na vida, mas estava na hora de lembrar que Seon-suk Oh também havia lutado muito, e não tinha sido moleza, não.

Por volta de quatro horas antes de o turno de Jung começar, uma moça se dirigiu ao caixa segurando uma barra de chocolate e, depois de efetuar o pagamento e pegar a mercadoria, começou a se virar para ir embora, mas hesitou por um momento.

— Com licença, mas por acaso...

Só podia ser uma candidata à vaga para o período noturno!

Seon-suk ficou com isso na cabeça e encarou a moça. Entre as sobrancelhas grossas e a máscara, os olhos dela eram gentis e amáveis. Talvez por causa da máscara, todos os jovens passaram a parecer ter boa pinta.

— É sobre a vaga de meio período? Você está na universidade? — Seon-suk disparou as perguntas, impetuosa.

A cliente hesitou mais uma vez e pareceu dar uma risadinha por trás da máscara.

— Ah, a vaga noturna...

— Isso. Estamos contratando para o período noturno. Aqui é um bairro residencial seguro. E tem uma patrulha policial por perto, então dá para uma mulher trabalhar aqui sem problemas.

— Ah, não é nada disso. É que tem um senhor que trabalha aqui à noite, que parece ter uns sessenta e poucos anos...

Hein? Por que ela queria saber do senhor Kwak, assim, do nada? A empolgação de Seon-suk se esvaiu ao perceber que a moça não queria se candidatar à vaga, e fechou a cara na mesma hora.

— Por que você quer saber dele?

— Da última vez que vim, ele não estava. Ele saiu do emprego por motivo de saúde ou algo assim?

— Não, ele estava de folga. Veio trabalhar ontem. Mas por quê? Você o conhece?

A cliente deu um leve aceno de cabeça, mas Seon-suk não soube dizer se foi por estar acanhada ou se estava confirmando. Seon-suk estava muito frustrada, mas de repente sua mente se iluminou com uma possível explicação para o comportamento cauteloso daquela moça.

— Por acaso você é filha do senhor Kwak?

Os olhos da jovem se arregalaram feito os de um coelho e ela se inclinou na direção de Seon-suk.

— Como a senhora sabia? — perguntou a cliente. — Nem sou parecida com o meu pai...

— O senhor Kwak me contou que tem dois filhos. Ele também me mostrou uma foto, mas não reconheci você por causa da máscara. E, olhando com atenção, dá para ver que vocês têm a mesma sobrancelha. Viu? Alguma coisa você puxou dele.

A filha do senhor Kwak passou a mão pela testa e Seon-suk sentiu o olhar dela sobre si. Nesse momento, Jung entrou, fazendo o sininho na porta tilintar. Como de costume, ele a cumprimentou em silêncio e seguiu em direção ao depósito.

— Hum, acho que está na hora da troca de turno... Se não tiver problema, posso conversar com a senhora um momentinho? O chá é por minha conta — disse a moça, olhando nos olhos de Seon-suk.

Ela sentiu que lá vinha uma bomba, mas pelo visto seria impossível escapar do olhar sincero daquela moça.

◉◉◉

Seon-suk despejou uma quantidade generosa de calda na bebida marrom-clara cheia de gelo, dando um gole depois de misturar tudo com o canudo. Café com leite gelado e doce era a bebida preferida dela para o verão. E ela só tomava quando alguém pagava, lógico. Ela costumava ser mão de vaca, mas, em momentos como aquele, precisava mesmo tomar um café com leite gelado.

Ela tomou outro gole devagar e encarou a filha do senhor Kwak, como se a instigasse a falar. Imediatamente, a mulher abaixou a caneca e fitou Seon-suk.

— Eu era nadadora na época da escola. Mas era muito caro, então não consegui seguir carreira, infelizmente. Agora sou instrutora de natação. Só que, por causa da Covid-19, estou com pouco trabalho e tem dias que nem saio de casa.

— É por isso que você pode vir aqui durante o dia! Se trabalhasse em um escritório, acho que não conseguiria.

— Para falar a verdade, de início fiquei surpresa pelo meu pai ter falado de mim para a senhora.

— Senhora, não. Pode me chamar de Seon-suk.

— Está bem, Seon-suk. Não sei se você sabe, mas meus pais se divorciaram alguns anos atrás. Meu irmão e eu não éramos próximos do nosso pai, e acabamos nos afastando dele. Então, sempre que telefonávamos, ele perguntava o motivo de termos ligado, como se fosse um interrogatório; porém, quando não ligávamos, vinha pessoalmente perguntar por que não estávamos ligando... Não conseguíamos falar com ele de jeito nenhum. Ele era muito ríspido por causa da carreira de policial, e eu ficava um pouco assustada. E quando morávamos juntos, várias vezes víamos ele brigar com a nossa mãe... não, mais do que brigar, nós crescemos vendo nosso pai berrar sozinho e descontar a raiva em qualquer coisa, e foi impossível não ficarmos magoados com isso.

Ela falava profusamente, expondo os próprios sentimentos. Seon-suk fingiu tomar um gole do café, e a moça levou a caneca à boca e prosseguiu, com os lábios úmidos.

— Meu irmão trabalha em uma empresa no interior, mas eu moro em Seul com a nossa mãe. Ela odeia falar sobre o meu pai, mas, agora que de fato comecei a vida adulta, às vezes fico pensando nele. Ele pagava tudo: a mensalidade das aulas de natação, as competições, as inscrições... E depois descobri que, em um dia que fui competir, ele abandonou um caso importante para ir escondido ao evento. Ele era muito bruto, mas depois desse dia ele cuidou de tudo para que eu me tornasse atleta, sabe? Acho que foi só depois que eu não consegui, e acabei me fechando, que ele ficou insatisfeito e os conflitos entre nós aumentaram.

Conforme ela falava cada vez mais rápido, Seon-suk também ia ficando mais imersa nas palavras. Aguardou ansiosamente enquanto misturava o café com o canudo.

— Não sei como me reaproximar dele. Não converso direito com meu pai desde a minha adolescência, é como se fosse um período em branco na nossa relação. Mas um tempo atrás recebi uma ligação da minha tia, que veio recentemente a Seul para visitar meu pai e ficou surpresa. Disse que ele está bem, que mora em um estúdio arrumadinho, está se alimentando direito e até trabalhando à noite em uma loja de conveniência. Porém, ela disse que a saúde dele está ficando ruim por morar sozinho e perguntou se nós não o visitamos de vez em quando para ver se está tudo bem. De tudo que ela contou, eu não conseguia acreditar que meu pai estava trabalhando em uma loja de conveniência. Achei muito estranho. Ele sempre tinha sido tão ríspido... até quando íamos a restaurantes, ele perdia a paciência com a menor das coisas. É um comportamento comum, que nem abuso de poder. E então, de repente ele está trabalhando em uma loja de conveniência... Eu nem conseguia imaginar! Nossa, desculpa, me prolonguei demais. É que não sei o que fazer. Uns dias atrás, vim até a loja à noite, mas... Ah, bem...

Ela enrubesceu de repente. Sentindo que a situação estava sendo difícil para a jovem, Seon-suk a fitou e abriu um sorriso. Com a cabeça baixa e segurando o choro, ela sussurrou "perdão". Seon-suk, então, entregou um lenço de papel à moça, que nem conseguia erguer o olhar.

— Entendo o que você quer dizer. Está tudo bem, pode falar à vontade. Tenho todo o tempo do mundo. Também sou grata por ter trabalhado com o senhor Kwak por mais de um ano. Deve ter sido difícil se abrir desse jeito! Você foi muito corajosa. Vou fazer o que puder para te ajudar, está bem?

A filha do senhor Kwak pegou o lenço de papel e começou a secar as lágrimas. Seon-suk terminou seu café. A moça perguntou se Seon-suk gostaria de beber mais alguma coisa e ela respondeu que não, que precisava voltar para casa e que estava na hora do lanche, então ficaria feliz de comer um biscoito ou uma fatia de bolo. Enquanto a moça ia até o caixa pedir um café e os doces, Seon-suk decidiu fazer esse agrado a si mesma e aproveitar o momento, já que uma situação como aquela havia acontecido.

Quando retornou à mesa após finalizar o pedido, a filha de Kwak exibia uma expressão bem mais calma, e se sentou de frente para Seon-suk.

⦿⦿⦿

A caminho de casa, Seon-suk mergulhou em pensamentos. O senhor Kwak realmente não reconheceu a filha? Ou só fez vista grossa? Ela queria ligar para ele e perguntar de uma vez, mas, além de ser indelicado, a filha dele não tinha lhe pedido que fizesse isso.

Na semana anterior, a moça não teve coragem de ir sozinha até a loja à noite e foi acompanhada de uma amiga. Ela pegou uma mercadoria e se dirigiu ao caixa com cautela, porém Kwak a ignorou e prosseguiu com a finalização da compra. Ela ficou na dúvida se ele não a reconheceu por causa da máscara, então a retirou e voltou à loja, mas seus pés ficaram plantados no chão, sem conseguir dar um passo sequer. A menina disse que aparentemente o pai dela não encarava os clientes e, por isso, não a reconheceu. Mas ainda assim ficou magoada. Ela estando de máscara ou não, como ele podia não reconhecer a própria filha? Ou será que ele a reconheceu e mesmo assim fingiu que não? Não importava. Ela ficou desapontada e aflita por dias a fio, de coração partido.

Ela voltou à loja naquela semana, depois que a angústia passou, mas soube que o senhor Kwak não estava e ficou preocupada. Pelo andar da carruagem, se o pai deixasse a loja, será que eles ainda iriam se encontrar? No fim das contas, ela precisava ver o pai a sós, mas não conseguiu juntar coragem suficiente para isso. Então decidiu passar na loja durante o dia e, no instante que botou os olhos em Seon-suk, pensou que ela pudesse ter alguma informação e decidiu falar com ela.

Se fosse um dia como outro qualquer, Seon-suk diria algumas verdades sem pensar duas vezes, mas dessa vez não conseguiu. Precisava ter tato.

Ela nunca dava o braço a torcer. De certo modo, era a forma de Seon-suk resolver os problemas no passado. Fazia a mesma coisa quando falava com o marido e o filho. Havia assuntos que precisava abordar com cuidado e, nesses momentos, ela tinha aprendido que deveria olhar para seus problemas sob a perspectiva de um observador, não a partir do próprio ponto de vista. Quem a ensinou isso foi a senhora Yeong-sook. Pouco depois de ter encontrado abertura para conversar com o filho, o temperamento de Seon-suk voltou a fervilhar e, após ouvir os conselhos da senhora Yeong-sook, ela conseguiu controlar o hábito de pegar no pé do garoto.

Seon-suk, então, agradeceu à senhora Yeong-sook e lhe pagou uma refeição, e as duas conversaram longamente enquanto saboreavam a sopa malatang, que estava em alta na época. Ao ouvir que o relacionamento de Seon-suk com o filho havia melhorado muito graças ao seu conselho, a senhora Yeong-sook de repente ficou frustrada e comentou que era um mistério tal conselho não funcionar para os próprios problemas. Então, Seon-suk disse que comida apimentada era boa para aliviar o estresse, e que ela deveria tomar a sopa em um gole só, ao que a senhora Yeong-sook virou a tigela e tomou a sopa com bastante dificuldade, até engasgar. Seon-suk sentiu algo peculiar ao evocar aquelas lembranças com a senhora Yeong-sook — intensas, porém prazerosas, assim como aquela sopa.

De todo modo, após muita reflexão, Seon-suk chegou à conclusão de que era impossível o senhor Kwak não ter reconhecido a filha. Afinal, ele tinha olhos de águia. No entanto, aquele era um assunto que deveria ser tratado com cuidado, e ela decidiu perguntar diretamente a ele no dia seguinte, durante a troca de turno. Primeiro, ela pediria que a filha do senhor Kwak voltasse quando estivesse pronta para conversar, pois, pensando bem, logo o pai dela não estaria mais trabalhando na loja. Ela precisava se apressar. Seon-suk decidiu tomar coragem no lugar da moça angustiada.

◉◉◉

— Hoje tivemos mais de quatrocentos casos. Só aumenta.

Assim que entrou na loja de conveniência, Seon-suk gritou na direção de Kwak, que estava no caixa. Ela perguntou se ele tinha comido, falou sobre o tempo e comentou como "o número de casos de Covid-19 confirmados no dia anterior" tinha se tornado o novo bom-dia dos sul-coreanos. O senhor Kwak apenas concordou com um aceno de cabeça. Óbvio, ele era um homem de poucas palavras.

— Morro de medo de pegar esse vírus. Ainda nem tomei a primeira dose da vacina — continuou ela.

— Quando a senhora vai poder tomar? — perguntou Kwak, que já havia tomado a primeira dose da vacina contra a Covid-19.

— No final deste mês, mas ouvi dizer que quem tomou a vacina teve reações muito fortes, então estou preocupada. Ah, no dia em que o senhor tomou, também ficou mal e não pôde vir, não foi?

— Sim.

— Ah, sim. Eu me preocupo comigo também, óbvio, mas queria saber quando será a vez do meu filho... Enfim, falei para ele ficar em casa até lá. Ainda bem que ele não precisa ficar saindo, já que está trabalhando em casa.

— Ainda bem mesmo.

Ela aproveitou a deixa para trazer o fatídico assunto à tona.

— E os seus filhos? Estão se cuidando, né?

"Se falei do meu filho, ele vai ter que falar da filha", pensou a mulher. No entanto, Kwak hesitou e apenas confirmou com o olhar. Que homem difícil! Seon-suk decidiu usar seu talento para pressionar as pessoas.

— Sabe de uma coisa? Por mais afastados que nossos filhos estejam de nós, temos que falar com eles em épocas como esta. Perguntar como estão se virando, se estão bem... Hoje em dia, o importante é manter contato.

— Sim... está certo.

— Dá para fazer isso agora mesmo. O senhor até me mostrou uma foto da sua filha outro dia, não foi? Fiquei com inveja de tão bonita que ela é!

Ela tentou encorajá-lo dessa vez, e o olhar de Kwak deu a impressão de que ele havia relaxado.

— É mesmo?

— Sim! Sua filha é tão bonita e jeitosa que eu quase desejei que meu filho não fosse três anos mais novo — disse ela com uma risadinha. Essa era sua cartada.

O senhor Kwak pareceu petrificado, como se tivesse visto um fantasma. Enquanto isso, ela ficou ali por perto do caixa, relaxando em vez de ir até o depósito.

— Para falar a verdade, eu a encontrei um tempo atrás.

Ele mal havia terminado de falar quando Seon-suk instintivamente virou em direção a ele.

— Sério? E ela está bem?

— Está, sim. Ela estava usando máscara e parecia bem.

— Onde a encontrou? Em algum restaurante? O senhor pagou uma refeição para ela? Ah, não, agora é a filha quem tem que pagar para o pai! — Seon-suk continuou amolecendo o coração de Kwak e, ao mesmo tempo, o observando com atenção.

— Eu a vi muito rapidinho. Nem conseguimos sair para comer.

— Ah, que pena... se bem que hoje em dia isso já é muita coisa. Só de vê-la rapidamente está ótimo. O senhor fez bem.

Seon-suk foi até o depósito, colocou a ecobag dentro do cofre e vestiu o colete do uniforme. Enquanto cumprimentava um cliente após voltar à loja, seu olhar encontrou o do senhor Kwak, perdido nos próprios pensamentos. Ótimo — a semente havia sido plantada. Ele tinha sido sincero sobre a filha ter ido até lá e, da próxima vez que ela viesse à loja, Seon-suk diria a ele para conversar direito com a jovem. Aquele era o momento perfeito, pois não havia nenhum cliente no estabelecimento.

Com um sorriso satisfeito, Seon-suk foi até o senhor Kwak e ficou cara a cara com ele. Estava na hora. Kwak ergueu a cabeça e Seon-suk olhou no fundo de seus olhos.

— Para ser sincero, eu estava querendo perguntar uma coisa... O que a senhora e a minha filha conversaram ontem?

Por um momento, Seon-suk não conseguiu mover um músculo sequer, como se o estrondo de um trovão tivesse chegado a seus ouvidos. Ela sentiu um arrepio na espinha. O senhor Kwak tinha um olhar tão distinto quando fez a pergunta que parecia estar no meio de uma investigação. Seon-suk tentou entender o que estava acontecendo. "Então ele já sabia que a filha dele e eu nos encontramos ontem... A única pessoa que nos viu foi Jung. Será que ele tinha contado?", pensou a gerente.

— Vi pelas câmeras de segurança. Ando fazendo isso há alguns dias.

Hein? Câmeras de segurança? Ele tinha mesmo sido investigador... Seon-suk recuou tal qual uma criança pega no flagra fazendo besteira. Mas o orgulho não a deixou ficar calada.

— O senhor fez o quê? Ora essa... só a gerência pode fazer isso. Não é para ficar assistindo assim, sem mais nem menos.

— Desculpa. É que naquele dia minha filha veio mais uma vez aqui e fiquei preocupado, então não pude deixar de assistir. Passei a fazer isso todos os dias. Foi assim que eu soube que ela veio ontem e saiu junto com a senhora. Aí fiquei muito preocupado... com o que vocês duas conversaram...

— O que mais poderia ser? Ela ficou falando mal do pai.

— Ah...

— Estou brincando! Sua filha queria saber como o senhor estava. Ela não soube dizer se o senhor não a reconheceu ou só a ignorou no outro dia. Agora vejo que a reconheceu, sim... mas por que agir daquela forma? Por que fingiu não saber que era ela?

Seon-suk acabou sendo ríspida sem querer. De cabeça baixa, Kwak evitou olhar diretamente para ela e voltou a seu característico silêncio. Pensando que se arrependeria se dissesse algo desnecessário, Kwak levantou a cabeça e a encarou.

— Fiquei com vergonha.

— Como assim?

— Ela apareceu tão de repente que na hora não consegui criar coragem.

Ao ouvir o som inconfundível do estalar de língua de Seon-suk, Kwak acrescentou rapidamente:

— Uma vez me disseram para tratar a família do mesmo jeito que os clientes. Não sei se era da natureza da pessoa, mas imagine só tratar até os próprios familiares como clientes! Fiquei espantado.

— Minha nossa! — exclamou Seon-suk, com um sorriso satisfeito.

"O senhor pode ter sido detetive no passado, mas quem colheu o depoimento fui eu", pensou ela. Seon-suk viu a oportunidade de vencer aquela batalha e olhou para Kwak com uma expressão severa. Então, disse com cuidado o que havia ensaiado:

— Fui eu que falei com sua filha primeiro. Ela ficou mesmo na dúvida se o senhor não a reconheceu ou se não teve coragem de cumprimentá-la. Vou ligar para ela hoje e avisar que o senhor só vai trabalhar aqui até a próxima quinta-feira. Então mostre que a reconheceu da próxima vez, caso ela apareça de novo.

Kwak fez que sim com a cabeça, sem dizer nada.

— Acho que sua filha quer muito conversar com o senhor. Senão, por que ela iria me pagar um café com bolo e perguntar sobre o pai? Então fale com ela e dê um gimbap triangular e um café em lata para ela. Não precisa pagar, fica por minha conta.

— Está bem. E... obrigado.

Seon-suk impediu que o senhor Kwak fizesse outra reverência em agradecimento e o enxotou do balcão, sob o pretexto de verificar o orçamento. Kwak hesitou, mas logo foi até o depósito e não saiu de lá tão cedo.

Mas por que ela havia falado no gimbap triangular? Seon-suk riu ao se lembrar da imagem de um cachorro enorme carregando um gimbap pequenininho. O senhor Kwak e seu antecessor, que parecia um golden retriever, protegeram a loja durante a noite por muito tempo. Mas, naquele momento, ela não sabia o que fazer com a vaga do período noturno. Até então ela não tinha recebido nenhuma indicação, muito menos alguma candidatura. A dor de cabeça que aquilo causava apareceu.

Quando ela terminou o expediente e estava indo embora, Jung, que estava organizando os produtos nas prateleiras, se aproximou. Ao vê-lo tomar a iniciativa — ele, que era mais quieto que uma estátua do Buda —, Seon-suk ficou alerta. "Não se demite, por favor! Já está sendo um parto achar alguém para o turno da noite e para os finais de semana. Se até você se demitir, vou perder a cabeça!", pensou ela.

Jung não pediu demissão, mas deixou Seon-suk igualmente aborrecida. Segundo ele, um homem tinha vindo à loja na noite anterior dizendo que queria trabalhar ali à noite, e Jung disse para ele voltar durante o dia, enquanto ela estivesse na loja. Quando ela perguntou por que ele não tinha pedido que o homem ligasse para ela, Jung deu uma resposta absurda.

— Isso não faz parte do meu trabalho.

Furiosa, Seon-suk questionou se ele não sabia que precisavam encontrar alguém com urgência, e perguntou qual era a dificuldade de passar o contato dela se ele sabia o número. Ela soltou os cachorros para cima de Jung. O jovem ficou aflito e respondeu que foi porque achou que ela não iria gostar de receber ligações em seu horário de descanso.

Que mentira! Ele não estava nem aí, só não queria se dar ao trabalho. Não interessava se o lugar estava com problemas ou se um colega estava passando por maus bocados, ele só queria receber seu salário.

— Ninguém veio se candidatar à vaga do período noturno durante meu expediente. Jung, como é que você pode falar que não é seu trabalho, se a loja está passando por dificuldades que podem afetar sua vida de várias formas? Não faça isso!

Depois de passar o sermão no garoto, que ela não sabia dizer se estava refletindo ou mostrando a língua por trás da máscara, Seon-suk saiu da loja de conveniência.

Ao chegar em casa, ela preparou o jantar e esperou o filho terminar o expediente. Pouco depois, ele saiu do quarto usando uma combinação ridícula de camisa social e short de moletom. De qualquer forma, só a parte de cima do corpo dele aparecia durante as reuniões do trabalho, então pouco importava. Além disso, ele, sorridente, estava com uma aparência respeitável.

Seon-suk contou ao filho sobre a irresponsabilidade de Jung, com a qual ela teve que lidar no fim do expediente. Quando ela perguntou por que os jovens andavam agindo daquela forma, ele só riu e falou que o problema não eram os jovens, mas aquele pivete que estava cagando e andando. Por fim, disse que ela não deveria ligar para isso. Ela então perguntou como era que não deveria ligar, se quem estava cagando e andando era um colega de trabalho e subordinado dela, ao que o filho a mandou parar de bobagem.

— Mãe, eu sei que você virou gerente e quer cuidar de tudo, mas tem um monte de gente que age dessa forma. A senhora só vai se estressar com isso. É bom manter certa distância das pessoas, sejam colegas de trabalho ou amigos.

Seon-suk lutou para não perguntar "Família também?".

Ele estava certo. Houve uma época em que nem ela mesma tinha confiado ou cuidado dos outros. Ela só confiava em cães e, assim como o título do programa de TV, "Só os cachorros prestam", ela acreditava que eles eram superiores. Mas agora ela sabia que era possível fazer uma boa ação para alguém sem confiar plenamente na pessoa. Foi então que ela se lembrou de algo.

Assim que terminou de comer, Seon-suk pegou o celular. Como se já estivesse esperando a ligação, a filha do senhor Kwak a atendeu na mesma hora.

No dia seguinte, Seon-suk utilizou o telefone fixo da loja durante o horário de descanso e ligou para os ex-funcionários de meio período, pedindo que eles a ajudassem a encontrar alguém para o turno da noite. Mas a única resposta que recebeu foi a de que os jovens não queriam trabalhar naquele horário. Ela queria pedir que eles indicassem algum tio, um pai aposentado ou um irmão vagabundo, mas achou que seria demais. Em vez disso, ela enfatizou os pontos positivos da loja, como o fato de nunca estar cheia, pois não havia clientes, e ser um local seguro, já que ficava em uma área residencial. No entanto, suas últimas esperanças se foram com um dos ex-funcionários para quem ligou.

— Minha senhora, falando com sinceridade, não gostei do fato de não ter clientes. O tempo não passa se não temos o que fazer. E é desconfortável até em um trabalho de meio período.

Por um instante, Seon-suk não sabia se ficava grata ou envergonhada, então só agradeceu a sinceridade. Nesse momento, a porta foi aberta com um tlim e um cliente entrou.

— Bem-vindo — cumprimentou Seon-suk, deixando o telefone de lado.

O cliente logo desapareceu entre as prateleiras. Ela suspirou e fez um "X" no bloco de anotações, ao lado do número do último ex-funcionário. Foi quando o cliente se aproximou do caixa com um pacote de papel higiênico com 24 rolos. Era um homem de porte grande.

Seon-suk ergueu o leitor de código de barras, mas o homem hesitou, enquanto segurava o pacote de papel higiênico. Aparentemente, queria checar o preço antes de comprar. Experiente do jeito que era, Seon-suk anunciou o preço, que sabia de cabeça.

— São catorze mil wons.

— Está bem — disse o homem, com uma voz aguda que não combinava com o seu tamanho.

Seon-suk ergueu o olhar para ele, curiosa. Será que o cliente já estava na casa dos quarenta? Sem dúvida não dava para dizer que era jovem; parecia ser mais novo que Seon-suk, então ela achou que ele devia ter cerca de quarenta. O homem franziu as sobrancelhas, o que fez parecer que estava sorrindo com os olhos.

— Vim por causa da vaga do período noturno.

No mesmo instante, o canto dos lábios de Seon-suk tremeu. Ainda bem que a máscara escondia boa parte do rosto dela. Ela olhou-o de cima a baixo depressa. O cabelo ondulado bagunçado e a camisa cor de mostarda — ou de bosta, ela não soube dizer — com a gola distendida davam a ele uma aparência desleixada, e os olhos imensos e sobrancelhas grossas a lembraram, de certa forma, de um animal herbívoro.

— Se veio pela vaga, por que está comprando papel higiênico?

— Ah, minha mãe diz que devemos comprar alguma coisa quando vamos a alguma loja conhecida... Coincidentemente, acabou o papel higiênico em casa. Ha-ha-ha.

Hein? Que cortesia excessiva era aquela? Longe de ser um incômodo, ela se sentiu um tanto aliviada por ver um sorriso caloroso como aquele. Mas, acima de tudo, ali estava um candidato à vaga noturna! Em vez de pensar demais em bobagens, ela precisava priorizar isso.

O homem estendeu o pacote com a parte do código virada para ela, uma gentileza que facilitou o trabalho. Enquanto prosseguia com a venda, Seon-suk pensou que aquele era um homem muito educado. Catorze mil wons, como ela tinha previsto. Após tanto tempo ali, ela sabia o preço da maioria dos produtos de cor. Satisfeita consigo mesma, ela inseriu na máquina o cartão que o homem lhe entregou.

O pagamento foi recusado.

— Parece que o cartão está sem saldo. O senhor tem outro?

As pálpebras dos grandes olhos do homem tremeram como em uma dança.

— A-acho que ainda tem um pouco. Será que não vai se a senhora tentar de novo?

Seon-suk reprimiu a irritação e fez uma nova tentativa. Como previsto, deu na mesma. De cara fechada, ela encarou o homem e lhe devolveu o cartão.

— O senhor terá que pagar com outro cartão ou com dinheiro...

Com uma expressão constrangida, o homem pegou o cartão de volta e, aflito, começou a remexer nos bolsos da calça cargo cáqui. Ele procurou só nos bolsos laterais, provavelmente em busca da carteira ou algo assim.

Não havia nadinha nos bolsos. Seon-suk suspirou. Dessa vez, o homem começou a procurar dentro da bolsa carteiro, que pendia em suas costas largas feito um chapéu, conduzindo uma grande expedição pelos compartimentos da pequena bolsa. Seon-suk sentiu os músculos da face cada vez mais retesados e pensou se deveria ou não desistir daquele homem sem-noção.

— Achei!

O homem ergueu as sobrancelhas e tirou algumas notas amassadas de dentro da bolsa. Em seguida, começou a desamassá-las e juntá-las. Ele tinha conseguido uma nota de dez mil wons e mais duas notas de mil. Infelizmente, faltavam dois mil.

— Não tem nenhum papel que custe doze mil wons?

— Esse é o mais barato...

— Que tal um pagamento adiantado? Se eu conseguir a vaga, a senhora pode descontar dois mil wons do meu salário.

— Lógico que não, nem sei se vou te contratar! E que história é essa de pagamento adiantado? Isso não existe! — explodiu Seon-suk, impaciente.

O homem fez uma reverência.

— Perdão! Vou dar o meu melhor.

Ele se curvou ainda mais. Um homem daquele tamanho fazendo aquele gesto dava a sensação de ser um membro de uma gangue saudando o chefão. Não tinha jeito, ele só perdia cada vez mais pontos. Seon-suk estava em dúvida, querendo enxotá-lo de uma vez, mas, se ele era um candidato à vaga da noite, não havia muito que ela pudesse fazer.

Então, uma solução lhe veio à cabeça.

— Nem fizemos uma entrevista ainda, então um pagamento adiantado não faz sentido. Me dê seu cartão de novo.

Após selecionar duas formas de pagamento no sistema POS, Seon-suk primeiro digitou dois mil wons, inseriu o cartão na máquina e prosseguiu para o pagamento.

A compra foi aprovada. Devia ter só isso no cartão.

Ela então pediu os doze mil wons em dinheiro ao homem, que ainda estava embasbacado, observando-a de queixo caído. Ele imediatamente lhe entregou a nota, e ela finalizou o pagamento do valor que faltava.

— Que demais! Foi uma decisão sábia, no estilo Julgamento de Salomão.

Mas que bajulação era aquela? Seon-suk devolveu o cartão e pediu o currículo dele, que em um piscar de olhos começou a remexer na bolsa de novo. Ele era muito desorganizado.

O homem enfim encontrou o envelope e o entregou a Seon-suk. Dentro do envelope amarelo estava o currículo dele, um maço grosso de papel. Pra que tanta coisa? Mais uma vez, ela sentiu a cabeça latejar. Bem na hora, duas moças entraram na loja de conveniência, o que a fez pensar que estava na hora de restringir a quantidade de gente em um espaço que já era tão pequeno.

— Está certo. Pode ir.

— Hã? A senhora não vai olhar meu currículo?

— Vou olhar depois. Agora tem cliente.

— E quanto à entrevista? Não vai me perguntar nada?

— Ah, tem uma entrevista com a Samsung ou a Hyundai agora? Então é melhor ir logo! Vou olhar seu currículo e, qualquer coisa, entro em contato.

O homem, constrangido, fez uma reverência profunda e saiu da loja. Ao observá-lo se afastar com passos pesados, enquanto levava o pacote de papel higiênico comprado com todo o dinheiro que tinha, ela teve a impressão de que ele era mesmo um bronco.

Essa foi por pouco!

Por mais urgente que fosse a necessidade de preencher a vaga da noite, ela não podia ser tão tola. Ele aparentava ser gente boa, mas Seon-suk sabia, por experiência própria, que aquele era exatamente o tipo de pessoa que cometeria erros sem querer. Se pudesse escolher, ela preferia uma pessoa que aparentasse ser fria e egoísta, mas que não causasse problemas durante o expediente dela.

◉◉◉

A semana ia chegando ao fim, e mais ninguém foi se candidatar à vaga do período noturno. Preocupada, Seon-suk foi até a loja de conveniência em um domingo de folga, tirou o currículo do homem de trás do caixa e descobriu por que o maço de papel era daquele tamanho.

Quase um catálogo de vagas de meio período, havia quatro páginas cheias de experiências do tipo: ele atendeu clientes em restaurante, lavou louça em self-service, preparou lanches no McDonald's, acendeu churrasqueiras em costelaria, entregou pedidos de um restaurante chinês, acompanhou entregas, organizou eventos, fez papel de figurante, atendeu convidados em casamentos, descartou lixo hospitalar, trabalhou em restaurante de tteok, em restaurante de gimbap, em empresa de mudanças, em serviço funerário, em centro de distribuição, atuou como mensageiro, vendedor de gelo, guia de estacionamento de shopping e até segurança de discoteca... Parecia que "trabalho em loja de conveniência" era a única coisa que faltava colocar no currículo.

Quarenta e três anos. Solteiro. Nenhum parente. Nenhuma qualificação profissional. Depois de frequentar o ensino fundamental e médio em Seul, se formou no *campus* do interior de uma universidade de prestígio. Ele era um homem sadio que tinha frequentado a universidade, mas que havia passado a vida toda trabalhando meio período e, apesar de ser uma pessoa íntegra, sua experiência era a de alguém que não sabia o que fazer da vida.

Ela estava preocupada. Diferentes experiências de trabalho eram um ponto positivo, mas ela ficou pensando se ele tinha aproveitado a vida tanto quanto havia trabalhado. Além disso, como ficou evidente na interação entre os dois alguns dias antes, ele tinha um jeito meio bobo, e até seu tamanho e comportamento eram inquietantes.

Foi então que o telefone tocou. Era o chefe Kang.

Fazia pouco tempo que o senhor Kwak tinha mencionado o pagamento da rescisão, ao que o chefe insistiu que não conseguiria pagar. Seon-suk enfatizou para Kwak que ele tinha o direito de receber a rescisão por ter trabalhado legalmente na loja por mais de um ano e, caso não a recebesse, ele poderia fazer uma denúncia ao Ministério do Trabalho. Ainda assim, o chefe insistiu em conversar com o senhor Kwak para fazê-lo desistir de receber o valor.

— Cadê a senhora?

— É final de semana, estou de folga. Por que me ligou?

— Olha, já chega, me diz como é que eu acerto a rescisão do velho Kwak.

— Ora essa... basta vir à loja que eu te ajudo.

— Mas e aí, achou alguém para substituir o velho?

— Ainda não. Você poderia fazer isso, não?

— Nem sonhando, tia. Ouvi dizer que ultimamente não tem muita vaga de emprego por causa da Covid-19. Então por que ninguém está se candidatando?

— Na verdade, um homem se candidatou, mas não confio nem um pouco nele...

— Ah, não! Se for uma pessoa só, não tem como trabalhar dois ou três dias. Se eu contratar alguém para cinco dias, vou ter que pagar folga remunerada, então, não!

— Mas quem vai preencher a vaga?

— Espera aí, do que a senhora não gostou nesse candidato? Ele é estúpido? Ou a senhora acha que ele vai passar a mão no caixa?

— Ele só me pareceu meio ingênuo. Apesar de falar demais...

— Ah, então é um cara bonzinho... Vamos tentar com ele primeiro. Por cinco dias na semana!

— Hum, então o senhor aprovou... Tenho medo de que acabe acontecendo alguma besteira...

— Só vai acontecer alguma besteira se botarem fogo na loja. E tem seguro contra incêndio, então vai ser ótimo se isso rolar! Tia, para de se preocupar. E faz ele prometer logo de cara que não vai exigir folga remunerada.

— Mas como?

— Ele é um cara ingênuo! Diz que as finanças da loja estão indo mal e pergunta se não tem problema para ele não receber folga remunerada. Aí a senhora grava em segredo. Entendeu?

— Ora, você que faça isso, porque eu não consigo!

— Tia, a senhora insistiu tanto que vou ter que pagar a rescisão do velho Kwak! Então até o salário da senhora e o do garoto da tarde vão ser reduzidos este mês. E agora vai ter um novato! Isso se trata de sobrevivência... vamos ter que cortar um pouquinho aqui e ali para as finanças sobreviverem. A senhora é a gerente! Então, por favor, se comporte como tal. Não posso ser o único a me preocupar com as finanças e bancar o vilão da história, não acha?

Nem ela mesma soube dizer o que deu nela para concordar, mas, querendo se livrar logo daquilo, Seon-suk ligou depressa para o número de telefone que havia na primeira página do currículo. Quando atendeu, o homem ficou radiante e respondeu de pronto que aceitava o emprego. Seon-suk engoliu em seco e acrescentou:

— Só que, no momento, a condição financeira da loja de conveniência não está muito boa. Por isso, não podemos oferecer folga remunerada. Acho que vamos conseguir trabalhar juntos se você entender isso...

Suas palavras saíram enroladas por ter que dizer aquilo contra a própria vontade. Foi então que a resposta veio, em um tom de voz agudo, do outro lado da linha:

— Tudo bem. É complicado, mas a gente precisa se entender para poder trabalhar bem.

Por um instante, Seon-suk ficou espantada com a rapidez da resposta positiva, mas logo explicou que o antecessor dele sairia do emprego na próxima semana e que ela começaria a treiná-lo com antecedência já no dia seguinte. No final, ela hesitou e acrescentou:

— Peço desculpa. É que são as circunstâncias atuais... se as coisas melhorarem, vou tratar de te compensar imediatamente.

Ela encerrou a chamada e ligou outra vez para o chefe Kang, que comemorou, como se ele tivesse feito alguma coisa, quando foi informado da contratação do homem. Ele então acrescentou que era um babaca e implorou que ela fosse boazinha com o novo funcionário. Seon-suk desligou e mordeu o lábio.

Por mais irritada que estivesse, dessa vez ela tinha perdido para o chefe Kang. No entanto, estava decidida a compensar o pagamento das folgas remuneradas do novo funcionário assim que as vendas melhorassem. Porque se tratava do orgulho dela e da consciência de alguém que estava no comando — a senhora Yeong-sook ia querer proteger os funcionários.

Será que aquele homem bobalhão, que tinha deixado uma impressão tão ruim, aguentaria um trabalho tão árduo quanto o do período noturno? Talvez a intenção dele fosse apenas rechear o currículo com experiências de trabalho curtas. Não tinha como saber o futuro, mas... Ah, o que tiver que ser, será! Foi aí que um inédito desejo de vencer se apossou de Seon-suk.

Ao sair da loja de conveniência, ela fez uma promessa: "Sou gerente da primeira loja de conveniência Always em Cheongpa-dong, e vou zelar por ela!"

◉◉◉

Na manhã de quinta-feira, Seon-suk chegou ao trabalho e se deparou com Kwak e o homem novo de pé, lado a lado, próximos a uma prateleira. Com um sorriso satisfeito, ela os cumprimentou e eles responderam ao mesmo tempo. Kwak fez uma leve reverência, já o outro homem se curvou profundamente.

Aliás, o nome do novo funcionário era Geun-bae. Geun--bae Hwang. Do tipo tagarela. Mesmo naquele momento, ele enchia o senhor Kwak de perguntas. Seon-suk esperava de verdade que ele cumprisse seu dever de proteger a loja de conveniência à noite.

Estalou a língua.

— Está na hora de o senhor ir, mas nem tenho como oferecer um jantar de despedida.

— Não, sua gentileza durante meu tempo aqui já é o suficiente — disse Kwak, ruborizado, algo bastante incomum.

Prestando atenção, ela pôde ver que a área ao redor dos olhos dele estava um tanto inchada. Kwak, que notou que Seon-suk tinha percebido, virou-se e olhou para Geun-bae, que enfileirava as embalagens de ramyeon na prateleira. Então, Kwak se inclinou em direção a Seon-suk e cochichou:

— Aquele rapaz não é estúpido. Por favor, deixe ele ficar aqui por um bom tempo.

— Sério? Que bom! Mas o senhor não viu nenhum problema nele?

— Só que ele fala demais. O bom é que ele não vai precisar conversar com ninguém na loja à noite.

— Se ele pegar algum cliente que gosta de conversar, vai ser complicado...

— Geralmente só tem um cliente por vez à noite, então não seria um grande problema.

O senhor Kwak sorriu com os olhos e foi até o depósito. Foi a primeira vez que ela o viu sorrir.

Dizendo que precisava pagar uma refeição para o senhor Kwak por tê-lo treinado bem, Geun-bae saiu com ele da loja como se o arrastasse. Ela gostou de ver os dois homens andando juntos pelas ruas de Cheongpa-dong enquanto o sol despontava no horizonte. Se despejassem soju na sopa haejangguk, boa para curar a ressaca, já seria a festa de despedida do senhor Kwak. Apesar de Seon-suk ter achado Geun-bae um tapado, ficou menos preocupada depois de vê-lo levar seu antecessor daquele jeito furtivo.

Para celebrar a saída do senhor Kwak, Seon-suk o imitou e reassistiu à gravação das câmeras de segurança da noite anterior. Por volta das onze horas, a filha dele tinha entrado na loja de conveniência. Ela vestia uma camiseta de algodão que parecia linho e calça bem larga, e ficou parada na porta da loja durante um tempo, observando o senhor Kwak no balcão. Então, ela se dirigiu até ele. Como se recebesse um cliente muito aguardado, Kwak não se mexeu, até que abriu a boca para falar. A garota tirou a máscara e abriu um lindo sorriso de orelha a orelha, os olhos brilhando como se pudessem trincar a tela do monitor. Kwak esticou a mão; ela repetiu o gesto e a segurou.

Os dois continuaram ali, um de frente para o outro, por um tempo. Apesar da baixa resolução da imagem e de não poder escutar nenhuma palavra, Seon-suk sentiu como se estivesse assistindo a uma telenovela. E ficou satisfeita com o reencontro que havia acontecido com a ajuda dela.

Petisco favorito

Setecentos e cinquenta e três mil, quatrocentos e cinquenta e dois wons.

Com o olhar fixo no saldo bancário exibido na tela do monitor, So-jin não pôde nem suspirar. Sentia-se sufocada, mas não conseguia soltar o ar. Ela repassou todos os gastos daquele mês: quinhentos mil wons do aluguel da quitinete, trinta mil de manutenção, cento e setenta mil para quitar o empréstimo estudantil, mais ou menos cinquenta mil de internet, sessenta mil e oitocentos do plano de saúde... Só isso já excedeu o que ela tinha. Para ser bem sincera, So-jin estava de saco cheio da vida em Seul, em que só de respirar já se gastava mais de oitocentos mil wons. A "vida boa" na capital estava mais para "morte terrível".

Para alguém como ela, que tinha vindo do interior e precisou se virar sozinha, Seul parecia sempre exigir muita qualificação. "Você tem competência para morar em uma metrópole que abriga dez milhões de pessoas? Não? Então por que não fica na sua terra natal, com uma vidinha mais ou menos e sem dar duro?", a cidade parecia zombar dela, como se não fosse um lugar onde qualquer um poderia chegar e pronto. Uma metrópole reluzente, Seul era o próprio esplendor, mas So-jin se sentia encolhida à sombra daquela luz.

Depois de terminar o colégio, quando foi "estudar fora", em uma universidade próxima a Cheongpa-dong, e pôde conhecer Seul, sua vida de repente se tornou divertida e fascinante. O dormitório da universidade se tornou um escudo protetor para que ela não descobrisse a verdadeira face de Seul, e o sistema de empréstimo estudantil tirou sua preocupação de não conseguir terminar os estudos por não poder pagar a mensalidade até a formatura.

Porém, ao começar o segundo ano, ela teve que sair do dormitório e então precisou alugar um quarto em uma pensão nos arredores da universidade. Com a formatura, So-jin passou a morar sozinha em uma quitinete novinha em folha, no estilo *officetel*, mas, para um espaço de pouco mais de 16,5m², os gastos mensais ficavam em quinhentos e trinta mil wons. Se ela quisesse um lugar mais barato, teria que dividir com alguém — algo de que ela estava de saco cheio após o tempo de faculdade —, ou teria que morar em um lugar perigoso para uma mulher ficar sozinha. E o principal: depois de se formar e começar a pagar o empréstimo, ela se deu conta de que estava endividada.

Tirando os gastos com alimentação e transporte, viver em Seul custava oitocentos mil wons por mês. Comparado ao interior, a cidade grande tinha muito a oferecer em termos de vida cultural, só que esse tipo de gasto nem passava pela cabeça dela, o que transformava o fator "vida cultural abundante" em mera ilusão. O máximo que podia fazer era se aconchegar em uma livraria grande para ler um livro ou visitar exposições gratuitas. Então era melhor ter uma vida decente, pagando mais barato em comida e em aluguel no interior, do que morar no subúrbio de Seul. Porém, havia um motivo para ela não conseguir sair da capital: vagas de emprego.

Empregos... coisas que só existiam nas promessas dos políticos.

Havia três anos que So-jin estava procurando emprego e, durante esse período, tinha sido rejeitada inúmeras vezes. Depois da trigésima, ela parou de contar os "nãos". Suas notas e qualificações não eram ruins, e seu conhecimento de inglês era excelente — ela conseguia se comunicar bem no idioma. Porém sua busca por emprego estava aos poucos chegando ao fim.

No primeiro ano, So-jin não passou em várias entrevistas. Já no segundo ano, sequer foi selecionada na triagem de documentos. Naquele ano, o terceiro sem emprego, ela não conseguia imaginar quantas vezes seria rejeitada. Era sempre angustiante, por mais que ela aparentasse estar acostumada. Então, se estava sofrendo uma rejeição atrás da outra, talvez ela também devesse rejeitar Seul e ir embora... talvez devesse se afastar ainda mais e voltar para Mokpo, sua terra natal...

A sensação era de que So-jin não queria largar aquele osso e agia com imprudência enquanto esperava seu grande dia chegar. Por isso, depois de chegar ao nível de um burnout, sua justificativa era a de que voltaria ao interior sem arrependimentos, desculpa essa que foi uma estranha força motriz para So-jin suportar a vida em Seul.

Naquele dia, ela havia recebido mais uma resposta negativa. A agência de marketing digital que a tinha chamado para uma entrevista na semana anterior enviou uma mensagem dizendo que ela não havia sido selecionada. Só que tinham escrito o nome de outro candidato naquela resposta seca, além de colocar um poema no final e até acrescentar que "apesar de não ser o candidato ideal para nossa empresa agora, você encontrará algum lugar para mostrar sua competência". Uma rejeição sincera demais para uma agência de marketing digital.

Mas quanto mais ela pensava naquilo, pior se sentia. Quem diabos era o candidato ideal para ser contratado "agora", e qual era o "algum lugar" onde ela poderia mostrar sua competência? Se tivessem sido diretos e dito "A verdade é que não podemos te contratar porque você não tem as qualificações necessárias!", ela poderia desistir de uma vez, sabendo que não era boa o suficiente, mas nenhuma empresa dizia isso a um candidato eliminado. Empresas eram assim mesmo, e os candidatos não tinham outra opção além de serem tratados dessa forma.

No início, ela se arrependeu de ter se formado em administração de empresas. Mais tarde, culpou o fato de não ter conseguido fazer pós-graduação. Depois, passou a questionar a própria competência. E, por fim, chegou à conclusão de que ela só não tinha sorte. Naquele momento, a situação não passava de uma dor de cabeça. Para So-jin, as entrevistas eram um trauma, e as rejeições, uma neurose; o resultado de dois anos em busca de emprego foi a fixação desses termos da psicologia na cabeça dela.

Ela decidiu chorar em seu quarto e passar o dia caminhando à beira do rio Han para desestressar, mas tinha se cansado até disso. Se permitia sair com os amigos de vez em quando para espairecer, mas sentia que eles não curtiam o papo negativo dela sobre o próprio azar e tudo o mais. Os amigos que viviam na mesma situação que ela, em vez de mostrarem empatia, sugeriam mudar de assunto; já os que estavam empregados preferiam compartilhar os tormentos do trabalho corporativo e dizer que ela sentiria a diferença quando conseguisse um emprego. Quando dizia que invejava até isso, So-jin passava a impressão de não saber do que estava falando e se sentia mal outra vez.

Também ficou mais difícil se lamentar para a mãe, pois ela só dizia a So-jin que fizesse as malas e voltasse para casa, como se ser rejeitada fosse a coisa mais natural do mundo. So-jin não conseguia fazer isso e só ficava magoada e se sentia sufocada pela atitude indiferente da mãe. Então, a única forma de se consolar quando estragava uma entrevista ou era rejeitada era voltar para casa, tomar um banho, encher a cara e dormir.

Depois de ficar até tarde na biblioteca revisando o currículo e a carta de apresentação novos que tinha feito, So-jin passou em uma loja de conveniência a caminho de casa. Aquela loja ficava no caminho mais rápido entre a universidade e sua quitinete, próxima à Estação Namyeong, e nunca tinha muitos clientes nem muitos produtos. Já fazia alguns anos que continuava firme e forte, embora fosse uma loja meio caidinha, e, apesar de não ser muito popular no mercado de vagas de emprego, era um lugar aonde So-jin ia de vez em quando, pois sentia que a loja tinha a mesma vibe que ela. Além disso, lá havia seu salgadinho preferido, que ela não encontrava na loja de conveniência enorme em frente à sua casa.

Tlim. So-jin entrou e, sem nem precisar procurar, foi direto ao corredor dos salgadinhos pegar um pacote de Jagalchi, o salgadinho em formato de peixe. Em seguida, foi até a geladeira onde ficavam as bebidas alcoólicas, pegou uma garrafa de soju Chamisul e se dirigiu ao caixa.

So-jin entregou o cartão para o funcionário e ajeitou a mochila sobre o ombro para que ficasse à frente do corpo, então se preparou para guardar as compras. Ela ainda ficava envergonhada toda vez que comprava soju, porque, além de não fazer muito tempo que tinha começado a beber, a verdade era que soju parecia coisa de velho, então era estranho ela ter escolhido essa bebida. Mas ela gostava de soju o suficiente para deixar a vergonha de lado e ir comprar. O líquido transparente e amargo, porém refrescante, parecia ser a materialização do consolo para ela.

— Você está levando atum de novo!

O homem de meia-idade no caixa, que ela não sabia se era um simples funcionário ou o gerente, soltou aquela frase aleatória depois de devolver o cartão. So-jin ficou constrangida e teve que dar uma boa olhada nele.

— Hã?

— Juntando o soju *Cham*isul e o salgadinho Jagal*chi*, vira *Cham-chi*, ou seja, *atum*! Também gosto muito dessa combinação.

— Ah...

— Só que na minha época a gente comia muito Cham-sae, a combinação do soju *Cham*isul com *Sae*ukkang, aquele salgadinho em formato de camarão. Mas aí acabei pegando gosto pelo Jagalchi...

So-jin guardou as compras na mochila com tanta pressa que quase derrubou a garrafa. Por sorte conseguiu evitar o desastre e, depois de guardar tudo, ela escapou da loja de conveniência sem nem fechar o zíper da mochila.

Ela nunca tinha se importado muito com quem estava no caixa da loja de conveniência. A ideia não era o funcionário só passar os produtos depressa e entregá-los ao cliente em silêncio? Ela não soube o que fazer quando aquele homem começou a falar com ela de repente. Que conversa esquisita de tiozão tinha sido aquela? E de onde surgiu aquele papo de Cham-chi?!

So-jin ficou incomodada e sentiu que sua preferência por salgadinhos e bebida alcoólica tinha sido exposta. Será que ela deveria ficar feliz por seus gostos serem tão evidentes assim para um desconhecido? Que loucura! Aquele lugar não era assim antes. Será que mudou de dono? Como podiam ter contratado um funcionário tão sem-noção? Ou será que aquele era o gerente? Se fosse o caso, era por isso que os negócios não iam bem...

Tentando se livrar do sentimento desagradável, So-jin apertou o passo e prometeu nunca mais botar os pés naquele lugar.

◉◉◉

Após deixar o celular, com um vídeo do YouTube aberto, em cima da escrivaninha, ela montou a mesa com os comes e bebes. Do lado esquerdo, uma caneca cheia até a metade com soju; do lado direito, o pacote aberto do salgadinho. Pronto. Quando finalizou a disposição simples de tudo,

So-jin continuou a assistir ao vídeo, enquanto bebericava o soju ruidosamente e, de vez em quando, enfiava um salgadinho na boca. A cada mordida, ela se deliciava com o gosto salgado e a textura crocante.

Para cada gole de soju, ela consumia mais ou menos três unidades do salgadinho. Se enchesse a caneca duas vezes, lá se ia a garrafa toda e, até lá, So-jin já estaria bêbada, então precisou comer um punhado de salgadinhos de uma vez. Assim, levou pouco mais de uma hora para beber e comer tudo. Durante esse tempo, sua atenção esteve voltada para o canal de mukbang no YouTube, mas sua mente ficou o tempo todo vagando por algum momento passado.

Apesar de ter nascido e crescido em Mokpo, So-jin não comia hoe, o prato de peixe cru fatiado. Ela nunca havia se acostumado a nada que tivesse a textura esponjosa e a sensação de peixe cru. Quando era mais nova, quanto mais os adultos a pressionavam para comer hoe, mais ela se esquivava. Com a implicância da mãe ao perguntar "Seu irmão gosta, então por que você se recusa a comer?" e as críticas do avô, que a repreendia dizendo "Como é que pode alguém do litoral não comer hoe?", So-jin se retraía.

Mesmo em restaurantes que serviam pratos com hoe, So-jin, ainda criança, comia somente os acompanhamentos. Como ela comia pouco, seu pai sempre comprava um pacote do salgadinho em formato de peixe para ela quando iam a algum restaurante. O avô dizia que esse era um péssimo hábito; a mãe, que faria mal à saúde dela; mas o pai sempre levava um pacote do salgadinho para a menina.

— Agora você também gosta de peixe cru, né, So-jin?

— Gosto!

Deve ter sido aí que o salgadinho em formato de peixe se tornou a comida favorita de So-jin, ou melhor, o petisco favorito. Só depois ela percebeu que o formato na verdade não era de peixe, mas de polvo, o que não mudou em nada seu gosto pelo salgadinho.

Foi na primeira empresa onde estagiou após a formatura que ela começou a adicionar o soju naquela equação. O chefe da equipe dela achava natural recomendar que os estagiários consumissem álcool, dizendo que saber beber nos jantares corporativos também era um diferencial. Como se tivessem que agradecer a um beberrão de primeira que nem ele por estar os ensinando a beber, ele continuou sugerindo que experimentassem soju, cerveja e até uma mistura dos dois. E, para receber a aprovação dele, So-jin se esforçava nessa tarefa. Foi assim que ela ficou tão boa em tomar umas cervejas ou uns bons drinques. Porém, em vez de So-jin, que tinha se empenhado tanto para aprimorar suas habilidades alcoólicas, o chefe efetivou uma estagiária que, apesar de ser fraca para beber, era linda e agitava as bebedeiras.

Talvez fosse por isso que ela bebia aquilo. O amargo do soju parecia se compadecer das amargas rejeições sofridas por So-jin. Enquanto refletia, ela olhava para a garrafa de vidro verde e enxergava o rosto do pai ali, pois achava que a vida social dele havia sido como a dela.

Sempre que tomava o soju de que o pai gostava e comia o salgadinho que ele comprava para ela, todos os problemas do mundo ficavam para trás e ela sentia tanto o corpo quanto a mente relaxarem. Chamisul e Jagalchi... Chamisul, Jagalchi... Cham... chi... Ah, que merda! De repente, ela estava com vontade de comer atum. Apesar de não gostar de hoe, atum era o único peixe que So-jin encarava cru. Quando provou o peixe pela primeira vez, aos vinte anos, ela não sentiu uma textura igual à do hoe, além de ser suculento e saboroso que nem carne vermelha.

Só que, apesar de conseguir comê-lo, não era como se So-jin pudesse fazer isso. Infelizmente, ela não tinha condições financeiras de comprá-lo. Se bem que ela poderia chamar sua amada combinação de soju Chamisul e salgadinho Jagalchi de Cham-chi... Não, era horrível só de pensar.

Mas tinha um problema: aquela loja de conveniência era o único lugar nas redondezas que vendia o salgadinho e, se fosse para comprar de antemão no supermercado, ela temia comer tudo antes mesmo de chegar em casa. Nos últimos tempos, seu único consolo quando era rejeitada em uma vaga de emprego eram uma garrafa de soju e um pacote do seu salgadinho favorito, e ela não queria abrir mão daquilo. Então, além de um pouco bêbada, ela começou a ficar preocupada.

A busca por emprego que sempre acabava em rejeição; uma conta bancária prestes a ficar negativa no próximo mês; o pagamento do aluguel; sua cara de tacho por desistir de tudo e voltar para o interior; uma vida de merda em Seul e o orgulho ferido; nenhuma perspectiva de futuro, vivendo à custa dos pais em sua terra natal; seus vinte anos jogados fora... as preocupações de So-jin se acumularam feito nuvens carregadas anunciando uma tempestade. "Acalme-se. É melhor só ir tirar um cochilo", pensou ela. Depois de limpar a mesa, So-jin foi tentar dormir um pouco.

Ela parecia ter carregado as preocupações para o sonho, pois não parava de se revirar na cama. Após uma péssima noite de sono, So-jin deixou a ressaca para trás e foi sacudir a poeira. Depois de caminhar no parque Hyochang, ela voltou para casa, tomou banho e preparou um pouco de kongnamul-guk, uma sopa de broto de feijão. Juntando a alga e o kimchi especial de sua mãe, tornava-se um prato três em um, refrescante e delicioso.

So-jin se lembrou da mãe. Lógico que apenas ela poderia dar jeito em seu saldo bancário. Estava na hora de ser cara de pau e pedir um "paitrocínio". Quando chegou a Seul, ela tinha decidido não aceitar ajuda da família, mas, no fim das contas, precisou usar o dinheiro da mãe umas duas vezes. Ela lhe emprestou um ou dois milhões de wons, sem deixar de dizer que So-jin deveria devolver o valor e que iria deixar tudo anotado, óbvio, ao que So-jin respondeu que devolveria até com juros quando conseguisse um emprego. Só que isso acabou se tornando uma falsa promessa, e ela não tinha para onde correr.

Porém a mãe se recusou a mandar mais dinheiro. Aparentemente, o motivo eram os preparativos para o casamento do irmão mais velho de So-jin, que demandavam muito dinheiro, mas logo a mãe revelou seus verdadeiros sentimentos. O principal problema era saber até quando So-jin pretendia ficar em Seul sem ter um plano B. Não só ela estava desempregada, como havia uma grande escassez de empregos, e, com Seul liderando o número de casos de Covid-19, ela deveria fazer as malas e voltar para casa logo, antes que adoecesse.

Ela terminou a ligação com a mesma resposta de sempre: daquele ano não passaria. Imaginou que seu dinheiro acabaria um dia, só não esperava que fosse tão cedo.

So-jin até pensou em falar com uma amiga de infância — sua melhor amiga. Ela havia conseguido um emprego no ano anterior e tinha dinheiro de sobra, e So-jin havia emprestado dinheiro para ela uma vez. Mas estar desempregada e pedir dinheiro emprestado para a amiga empregada seria muito constrangedor, então ela desistiu da ideia. O jeito era arrumar dinheiro por conta própria. Afinal, mesmo sem ter trabalhado em um escritório ou ter sido efetivada, ela tinha feito vários bicos nos últimos anos.

Ela se recompôs e acessou um site de empregos de meio período. As vagas para dias de semana tinham fechado, considerando a preparação para o trabalho e possíveis entrevistas. Sobravam as vagas aos finais de semana, e precisava ser nas redondezas, com o menor gasto possível com transporte. So-jin pensou no que era mais adequado para ela e começou a explorar o site.

Mas não estava sendo fácil. Tinha menos vagas disponíveis do que ela havia imaginado, e So-jin lembrou que era período de férias escolares. Além de os universitários terem pegado todas as vagas de meio período, não havia muitas oportunidades adequadas a um cargo indefinido como o de So-jin. E agora? Ansiosa, ela começou a procurar até por vagas que tinha tentado evitar.

Entre elas havia até lojas de conveniência. Depois de lidar com vários clientes jinsang — em outras palavras, clientes abusados — na época da faculdade, ela passou a evitar aquele tipo de emprego. Os jinsangs costumavam ser homens de meia-idade com o hábito de jogar o dinheiro ou o cartão de qualquer jeito, que insistiam em levar uma sacola plástica e implicavam com qualquer coisinha, além de sempre falarem grosserias. Cansada de juntar bitucas de cigarro largadas debaixo das mesas ao ar livre por esse tipo de gente, So-jin jurou nunca mais trabalhar em uma loja de conveniência. Mas, naquele momento, ela estava sem tempo para ficar escolhendo. Depois de olhar o site de cabo a rabo, encontrou uma vaga de meio período aos finais de semana.

O local era a loja de conveniência Always de Cheongpa--dong.

"Deixa eu ver... esse lugar... esse lugar... era onde aquele funcionário — ou gerente, vai saber! — tinha feito aquela piada ridícula do Cham-chi no dia anterior. Ah, não acredito!", pensou So-jin, franzindo as sobrancelhas. O bom era que tinha o salgadinho preferido dela, o ruim era que havia aquele cara estranho.

Mas e se aquele homem não fosse o gerente? Quem sabe... Nesse caso, não existiria problema nenhum, pois talvez ela nem o visse, já que trabalharia aos finais de semana. Além disso, não dava para ser exigente. So-jin ligou para o número de contato.

Por sorte, quem atendeu foi uma mulher que parecia ser mais velha. Com uma voz vigorosa, ela se apresentou como a gerente e pediu que So-jin levasse o currículo até a loja no dia seguinte, às onze da manhã. Ao final da ligação, So-jin ficou aliviada em saber que o tal homem não era o gerente. Por fim, anotou em sua lista de afazeres: "Quando for à universidade hoje, imprimir o currículo sem falta!"

◉◉◉

No dia seguinte, So-jin chegou à loja de conveniência Always no horário marcado. Tlim. Quando abriu a porta e entrou, não havia ninguém no caixa, então ela olhou ao redor, ansiosa. Foi aí que um homem enorme saiu do depósito. Argh. Era o cara da piada do Cham-chi.

— Bem-vinda! — cumprimentou ele, animado.

Felizmente, ele parecia não ter reconhecido So-jin. Usar máscara tinha seu lado bom, afinal. Apesar do nervosismo de não saber o que fazer, ela decidiu criar coragem.

— A gerente não se encontra?

— Você veio para a entrevista? A gerente ligou dizendo que vai se atrasar e que eu posso fazer a entrevista no lugar dela. Só um minuto, por favor...

O homem foi para trás do caixa batendo as mãos para tirar a poeira, então olhou para So-jin com uma expressão séria de entrevistador. Ela só quis dar o fora daquela situação embaraçosa, mas pensou em sua conta bancária e entregou o currículo a ele.

Então o homem começou a analisá-lo com cuidado. De certa forma, parecia ridículo segurar aquele currículo velho diante do rosto e murmurar enquanto lia, e So-jin lamentou ter que ser entrevistada por alguém como ele.

— Formada na Universidade Feminina Sookmyung... e agora está procurando emprego...

— Isso.

— Não está fácil, né? Força!

Ele deu uma piscadela e ergueu um punho fechado. Ela agradeceu o incentivo, mas não teve como não achar aquilo constrangedor.

— Bastante experiência com trabalhos de meio período... "Tôs les Jors", "Olivión"...

— É "Tous les Jours" e "Olive Young"...

— Ah, eu estava só brincando. A pronúncia é bem confusa, né? Uma vez, um amigo meu... esse meu amigo é meio tapado, sabe?... em vez de pronunciar certo, em italiano, chamou do jeito que se lê, "Tôs les Jors"! Não é engraçado? Ha-ha-ha!

"Muito engraçado... nossa, que cara hilário...", pensou So-jin, debochada. Além de Tous les Jours não ser italiano, mas francês, significando "todo dia", So-jin segurou a vontade de chamar o homem e o amigo dele de "Debi e Loide".

Considerando aquilo um tipo de teste de paciência, ela só decidiu ser resiliente.

— Olha, tem loja de conveniência aqui também! Então você já deve saber como é a rotina de trabalho.

— Sim. Nunca trabalhei em uma Always, mas vou dar o meu melhor.

— Tenho uma pergunta. Um, dois, três... lá vai: por que você saiu do emprego na loja de conveniência? — perguntou ele, enquanto colocava o currículo sobre o caixa e encarava So-jin.

Ela ficou desconfortável com a nova atitude dele, de repente sério depois de falar tanta asneira pouco antes.

— Sendo bem sincera, saí porque estava me estressando com os clientes abusados. Não tive nenhum problema com os meus colegas de trabalho, e até o gerente ficou triste quando pedi demissão.

— Ah, clientes JS... Hum, faz sentido. Já estou trabalhando aqui na loja há duas semanas, e alguns clientes JS aparecem de vez em quando. Eu te entendo.

Hein? So-jin se esforçou ao máximo para controlar a expressão em seu rosto. Que história era aquela de JS? E outra, ela estava sendo entrevistada por um funcionário de meio período que estava ali havia duas semanas? Mais uma vez, ela precisou reprimir a raiva.

— Outra pergunta: quando trabalhava na loja de conveniência, você era boa em quê?

— Em inspecionar a validade dos produtos. É comum os funcionários de meio período se esquecerem de checar as datas de validade, mas, para mim, era um desperdício não vender um produto e deixá-lo passar da validade. Então eu tentava manter uma rotina de inspeção.

— Hum... você tem mentalidade de chefe. É raro alguém que preste atenção nisso. Muito bem!

Ao vê-lo balançar a cabeça em aprovação, So-jin decidiu apelar ainda mais.

— Eu também era boa no método "primeiro a entrar, primeiro a sair". Só isso já ajudava muito na gestão da validade dos produtos.

O homem piscou seus grandes olhos.

— O que disse?

— Primeiro a entrar, primeiro a sair... os produtos que chegam primeiro ao estoque são os primeiros a irem para a prateleira...

— É mesmo? Primeiro a entrar, primeiro a sair... Então, quer dizer que os produtos mais antigos vão para a prateleira antes dos novos?

So-jin disfarçou a incredulidade antes de responder.

— Lógico. Isso é o básico...

— Então! Foi o que eu disse! É óbvio que o básico é importante. Perguntei só para garantir — disse ele, pigarreando.

Depois de fazer um joinha, o homem fez que sim com a cabeça. Ainda assim, So-jin teve a impressão de que ele nem conhecia aquele método. Ela não conseguia acreditar naquilo. Mesmo que o homem só trabalhasse ali havia duas semanas, que tipo de treinamento aquele lugar dava aos funcionários? A mente dela começou a dar nó ao pensar que seria um problemão trabalhar ali.

— Para finalizar, se quiser dizer alguma coisa, fique à vontade.

No momento em que ele soltou a frase, todo o corpo de So-jin ficou tenso. Apesar de ser uma frase que ela sempre escutava ao final das entrevistas, nunca soube responder com tranquilidade. O que os entrevistadores queriam que ela dissesse? "Me contrate, por favor"? Mas precisava falar isso com cuidado e elegância. Aquela pergunta era como um teste para saber se o candidato tinha jogo de cintura, e ela sempre precisava dar uma resposta vaga ou moderada.

No entanto, dessa vez So-jin queria ser direta. Ela não hesitaria em dizer o que queria em uma entrevista de emprego naquela loja de conveniência. Então respirou fundo e encarou o homem.

— Sou uma ótima profissional. Se não me contratar, quem sai perdendo é você. Então me contrate, por favor.

Ele evitou os olhos cheios de vigor de So-jin e abaixou o currículo. Eita, aquilo era um mau sinal. Em seguida, ajeitou a máscara que teimava em cair do nariz e olhou para ela com seriedade. O que era aquilo? Que tensão era aquela?

— Contratada! *Congratuleishons*!

Assim como em "Tôs les Jors", ele a parabenizou com uma pronúncia toda errada, ao mesmo tempo que batia palmas com suas mãos do tamanho de tampas de panelas. So-jin logo assentiu para esconder o constrangimento. Nesse momento, o sininho da porta de entrada soou e, ao se virar, ela avistou uma senhora seguindo com pressa na direção deles.

— Essa é a candidata? Como foi? O que achou, Geum-bo? Fez a entrevista?

So-jin se apressou em abrir caminho para a mulher, que se aproximou correndo, enquanto disparava as perguntas.

— Ha-ha-ha! Ela foi contratada! É muito qualificada. Nota dez!

— Ah, olha o exagero... Você é universitária? Qual seu nome?

— Não, já me formei, e agora estou procurando emprego. Me chamo So-jin Jeon.

— Desculpa, é difícil saber por causa da máscara. Você causou uma boa impressão, hein...

— É que eu já trabalhei em loja de conveniência. A senhora conhece o método primeiro a entrar, primeiro a sair?

— Sair pra onde?

— É o método de colocar os produtos mais próximos da validade primeiro nas prateleiras. Por isso se chama "primeiro a entrar, primeiro a sair".

— Ah, não entendo nada desses nomes difíceis. Pois bem, Geum-bo, você inspecionou as datas de validade?

— Vou fazer isso agora.

— Ora, isso deveria ter sido feito antes de os produtos frescos chegarem às oito horas. Como é que você vai fazer agora?

— Ainda dá para fazer, sim. Não chegou muita coisa mesmo...

Na hora, a mulher mais velha, que aparentava ser a gerente, explodiu de raiva, e o homem saiu de trás do caixa e pareceu fugir para as prateleiras. A gerente levantou a voz e foi atrás dele. Com a sensação de estar assistindo a uma dupla de palhaços, So-jin sentiu um misto de emoções outra vez, e a alegria de ter encontrado um emprego se dissipou.

Pouco depois, a gerente retornou e explicou as regras da loja e o pagamento por hora. Além disso, perguntou se de vez em quando ela poderia substituir algum funcionário durante a semana, ao que So-jin respondeu que sim, caso tivesse tempo. A gerente ficou satisfeita e, antes de voltar para o depósito, disse para ela aparecer na sexta-feira, até as oito horas.

Tinha sido contratada. Mas ela não estava nada feliz.

Um cara intrometido e uma senhora com pavio curtíssimo! Só que ela trabalharia aos finais de semana e provavelmente nem os veria, então So-jin decidiu comemorar a conquista do dia. Fosse aos finais de semana ou como substituta durante a semana, suas despesas haviam acabado de ganhar um respiro. E, se levasse os produtos fora da validade para casa, poderia economizar com alimentação aos finais de semana.

Porém, a loja não tinha lá muita coisa disponível, e ela ficou na dúvida sobre a quantidade de produtos fora da validade que havia ali. So-jin só esperava que aquele homem desleixado — que nem fazia ideia do que era "primeiro a entrar, primeiro a sair" — continuasse negligente com a inspeção das datas de validade.

◉◉◉

Como esperado, trabalhar naquela loja de conveniência era desafiador. Desde seu primeiro dia, tudo continuou indo e vindo entre o absurdo e o vergonhoso. Estava sendo uma experiência nova e complicada para So-jin, que tinha se acostumado a se estressar com clientes desaforados quando trabalhou em um hotel, mas nunca havia tido problemas com o chefe ou os colegas.

Às oito da manhã de sexta-feira, ela trocou de turno com o homem que a havia entrevistado. Mas, mesmo assim, ele não foi embora e ficou botando as coisas em ordem na loja. Em dado momento, o homem encharcou uma folha de jornal e começou a limpar as janelas. O que ele fez a noite toda para ter que fazer limpeza àquela hora? Será que não tinha para onde ir? Ou estava fazendo aquilo de propósito para ver se ela trabalhava direito? Enquanto ela pensava em todas as possibilidades, foi difícil se concentrar no trabalho.

Após terminar a limpeza, o homem pegou a marmita que So-jin tinha colocado na pilha de descarte, sentou-se a uma mesa ao ar livre e comeu. Era desagradável olhar para seu rosto pingando de suor enquanto ele abocanhava a marmita de iguarias de terra e mar.

Contrariando as expectativas de So-jin, ele não foi embora ao terminar de comer. Em vez disso, sentou-se ao balcão da loja e começou a ler um livro. Ela não conseguiu ver qual era, mas parecia bem antiquado ler um livro de capa dura tão grosso e pesado quanto aquele. E por que ir comer ao ar livre naquele calor e depois voltar para ler?

Enquanto ela considerava a questão, um cliente chegou e o homem começou a bater papo com ele, agindo como se o conhecesse. Segundo ele havia dito, fazia só quinze dias que estava trabalhando ali, e parecia ser um morador das redondezas. Então, se ele morava tão perto, por que diabos não ia embora? So-jin simplesmente não conseguia entender o que ele estava fazendo ali.

Perto do meio-dia, ele se levantou e foi até o depósito buscar sua mochila. Quando saiu, se dirigiu a ela:

— Espero que você tenha um bom dia de trabalho, So-jin.

— Obrigada. Me diz uma coisa… por que você foi comer lá fora? Está muito quente hoje!

— É que, se eu comesse aqui dentro, ia ficar com cheiro de comida. Não seria legal nem para os clientes, nem para os funcionários.

— Os clientes comem ramyeon aqui dentro, então não teria problema.

— Mas é um ato de gentileza comer lá fora. Ha-ha-ha!

Apesar de ser um enxerido, ele não parecia ser alguém mal-educado. Com isso, So-jin se tranquilizou. Ela, então, quis saber como chamá-lo dali em diante.

— Pode me chamar só de Geun-bae. Meu nome é Geun-bae Hwang.

— Ué, mas no crachá que você usava agora há pouco estava escrito "Geum-bo Hong". A gerente também te chamou assim antes.

— Ah, é uma brincadeirinha. Tem um ator de Hong Kong chamado Geum-bo Hong, e me chamavam assim quando eu era criança. Você é muito nova, não deve conhecer… mas a gerente conhece, por isso vive me chamando assim. Por acaso você conhece o Chow Yun-fat e o Andy Lau?

— Não.

— Quando eu era criança, esses atores eram muito famosos na Ásia, que nem os artistas da onda coreana hoje em dia. Chow Yun-fat! Andy Lau! Leslie Cheung! Jacky Cheung! Todos eram famosos como os sul-coreanos, e Geum-bo Hong também. Ele era o mais gorducho de todos. Ha-ha-ha!

"Afff, de novo esse papo de tiozão", pensou So-jin. A culpa era dela mesma por ter baixado a guarda e feito uma pergunta descabida. Porém, como se tivesse reparado na expressão dela, o homem pigarreou e sorriu com os olhos.

— Bem, já que você não conhece o Geum-bo Hong, ignore o crachá e me chame de Geun-bae mesmo.

— Está bem.

Geun-bae Hwang, também conhecido como Geum-bo Hong, finalmente deu o fora da loja de conveniência. Foi só então que So-jin se sentiu livre, tal qual uma criança quando ganha o próprio quarto. E, de repente, sentiu seu estômago roncar. A gerente havia dito que ela poderia mexer na pilha de descarte de alimentos frescos próximos à validade e pegar o que quisesse.

So-jin foi até a área de descarte. Sua intenção era pegar os produtos descartados para levá-los consigo quando fosse embora, para almoçar algo diferente.

Porém, a caixa de descarte estava vazia. Hein?! Aquele homem, Geum-bo ou Geun-bae, havia comido a marmita de iguarias de terra e mar, mas ela tinha certeza de que antes havia ali gimbap, hambúrguer, leite... Só havia uma explicação para isso. Estava na cara que aquele homem tinha pegado todos os produtos descartados que sobraram!

Que belo ato de gentileza... Na próxima, So-jin colocaria os produtos descartados na bolsa assim que chegasse ao trabalho.

◉◉◉

Julho estava chegando ao fim e o calor estava sufocante. Enquanto isso, havia uma escassez de boas vagas de emprego, tal como as plantações em época de seca. Agora que estava empregada, So-jin já nem olhava mais os anúncios de vaga. Produtoras de conteúdo, editoras, plataformas digitais etc. — todas bem longe da área de administração de empresas — estavam contratando a esmo. Ainda assim ela suspirava, frustrada ao pensar que podia ter sido removida do banco de talentos e que seu tempo como candidata podia ter acabado, mesmo que fosse para esses tipos de empresa.

A primeira coisa que So-jin fazia ao chegar à loja de conveniência era olhar a pilha de descarte. Não tinha nenhuma marmita de iguarias, mas havia duas de comida caseira, que ela imediatamente pegou, junto com um leite. Sobrou apenas um hambúrguer e um sanduíche — Geun-bae que ficasse à vontade para comer aquilo. So-jin guardou as marmitas na mochila, sentindo-se vitoriosa.

Mesmo após a troca de turnos, Geun-bae pareceu não ter a menor intenção de ir para casa. Ele ficou olhando ao redor, organizou os produtos nas prateleiras e limpou as janelas, tudo enquanto enxugava o suor. Quando terminou, foi até o depósito e saiu de lá com uma marmita de iguarias. O quê? Aquela não estava na pilha de descarte? Sem dar atenção à expressão de So-jin, Geun-bae esquentou a marmita no micro-ondas e foi se sentar à mesa do lado de fora.

Ela tinha perdido a batalha. Aquele cara já havia pegado uma marmita de iguarias da pilha de descarte antes de So-jin chegar. Ele era mesmo um oponente formidável.

Naquele momento, a porta foi aberta e um cliente entrou. Era um homem que aparentava ter uns cinquenta anos, usando roupa de montanhismo e um boné de beisebol, com a máscara debaixo do queixo. So-jin refletiu se deveria mandá-lo colocar a máscara direito, mas ele já estava em meio às prateleiras escolhendo os produtos. Angustiada por não ter agido logo, ela ponderou sobre o que fazer na hora de passar os produtos no caixa. A princípio, deveria falar alguma coisa, mas a expressão desagradável no rosto do homem já mostrava sua essência de cliente jinsang.

O homem chegou até o caixa antes que ela deixasse a preocupação de lado, e So-jin ficou tensa. Ainda com a máscara no queixo, ele jogou um pacote de bala e um chocolate sobre o balcão, junto com o cartão. Sem perceber como estava brava, ela ergueu o olhar e se dirigiu a ele com bastante ênfase:

— Senhor, peço que ajeite a máscara, por gentileza.

— O quê?

— É lei, senhor, definida pelo governo. Ali na entrada tem uma...

— Quem é você para dizer o que eu devo fazer? Você é do governo, por acaso? — provocou o homem, encarando So-jin. Seu rosto foi ficando muito vermelho, como se tivesse bebido demais no dia anterior e, por ele estar sem máscara, o bafo de álcool a alcançou.

Por estar trabalhando em uma loja de conveniência pela segunda vez, So-jin não quis levar desaforo daquele jinsang, mas, quando o homem a encarou com um olhar agressivo, ela congelou.

— Quem você acha que é? Aonde quer chegar com esse papo? Se eu usar máscara, não vou pegar Covid-19? Ah, faça-me o favor!

— Veja bem, senhor... — So-jin tentou argumentar, cheia de coragem.

— Você é atrevida, hein?!

— Se não ajeitar a máscara, vou pedir que se retire. Não posso vender esses produtos para o senhor.

— Olha só, a funcionária da loja de conveniência tirando uma com a minha cara! Toma isso!

O homem ergueu a mão direita. So-jin ficou apavorada e se encolheu, e então escutou a risada do homem.

— Acha que sou idiota? Você quer mesmo levar uma surra, né? Ha-ha-ha!

Ele não a agrediu, só a ridicularizou. Foi humilhante.

De repente, a porta foi aberta e Geun-bae entrou, também sem máscara. Será que ele tinha vindo assim que terminou de comer?

Geun-bae se aproximou do jinsang e colocou a mão no ombro dele.

— Ugh... meu senhor...

— Que foi?

— Estou com Covid-19... cof, cof... por favor, chama uma ambulância... cof, cof... não consigo... cof... respirar...

— Ah, mais essa agora?!

O homem pegou o cartão de volta e deu um passo para trás, mas Geun-bae se aproximou mais e começou a arfar.

— Ah, senhor! Cof, cof... me ajuda! Estou com Covid-19, chama uma ambulância, por favor!

Assim que o homem ergueu a máscara do queixo, apavorado, Geun-bae o segurou com ambas as mãos. Frente a frente com um cara maior que ele, o homem não soube o que fazer e ficou roxo de vergonha.

— Ugh... cof, cof... estou sufocando. Me ajuda!

— Sai fora, imbecil!

O homem empurrou Geun-bae e saiu em disparada, como se estivesse sendo perseguido. Geun-bae o seguiu, grunhindo igual a um zumbi.

So-jin só assistia àquela cena, chocada. Ficou fascinada com aquela confusão, e a imitação de zumbi de Geun-bae foi tão plausível que ela ficou surpresa. Até sentiu certo desconforto pela possibilidade de ter pegado Covid-19.

Geun-bae voltou pouco depois, dessa vez de máscara.

— So-jin, aquele homem te ofendeu!

— Obrigada por ter mandado ele embora.

— Que isso... é só que um idiota daqueles deveria pegar Covid-19. E, se alguém vier sem máscara, pode dar uma bela de uma tossida. Se soltar uns cof cof bem altos, você vai ver o que vai acontecer. Ontem à noite também veio um cliente bêbado, e eu comecei a tossir tanto que ele ficou sóbrio e levantou a máscara rapidinho. Ha-ha-ha!

— Hum, entendi.

Geun-bae fez seu joinha característico e voltou à mesa ao ar livre para continuar comendo. So-jin ficou ali, embasbacada.

◉◉◉

— So-jin, sobrou uma salada de abacate.

Ela havia acabado de chegar ao trabalho quando Geun-bae gritou em sua direção, como se falasse de um prato de filé. Salada de abacate era uma boa opção, mas continuava sendo um produto de descarte. Sem saber o que ela achava, Geun-bae agia com sua animação de sempre. Realmente não existia tempo ruim para ele. Desde que ela o havia conhecido, ele era um tiozão enxerido.

Além disso, as pessoas costumavam tirar vantagem dele. A própria gerente o encarregava de pequenos reparos na loja, e uma cliente idosa insistia em receber as compras em casa, e quem fazia a entrega era Geun-bae. Naquele mesmo dia, ele foi chamado para ajudar na reforma de uma casa de carnes.

So-jin sentia que tinha passado a entender quem Geun-bae era. Ele era um capacho. Na sociedade, pessoas boazinhas, intrometidas e que estavam sempre sorrindo acabavam se tornando presas fáceis. Para So-jin, tão cautelosa, nada era mais assustador do que se tornar um capacho. Por outro lado, ela o via como uma oportunidade de aprender com os erros dos outros.

Fazia poucos dias que uma empresa chamada Prime Time Creative havia entrado em contato com ela, chamando-a para fazer uma entrevista final, pois os documentos que ela havia enviado alguns meses antes tinham sido aprovados. So-jin nem se lembrava de ter se candidatado àquela vaga, mas, em uma pesquisa rápida, encontrou o anúncio da vaga e as informações da empresa, e foi aí que se lembrou. New Wave Creative, descrito como um grupo econômico que iria impactar o mundo com seu conteúdo no modelo *one-*

-source-multi-use, um capital de três bilhões de wons, vinte funcionários e sede localizada em Samsung-dong, em frente ao centro de convenções COEX.

Depois de passar por diversos processos seletivos sem receber resposta alguma, nem que fosse negativa, So-jin acabou perdendo o interesse naquela empresa, que demorou muito para entrar em contato. Mas, ao ser chamada para a entrevista final, ela saiu de casa prometendo a si mesma que não iria entrar em pânico.

A entrevista foi rápida. Mais rápida do que o trajeto de uma hora da estação de metrô da Universidade Feminina Sookmyung, passando pela Estação Sadang e de volta à Estação Samsung. Havia três pessoas na sala de entrevista: um homem cheio de pomada para modelar no cabelo repartido, que se apresentou como o representante da empresa, o gerente que havia entrado em contato com ela e, ao lado dele, um diretor. Ao reparar que So-jin estava nervosa, o representante explicou que aquela era uma entrevista de aprovação, não de seleção.

— Dá gosto ver uma avaliação da indústria de conteúdo digital feita por uma graduada em administração de empresas, tal como você escreveu no formulário de inscrição da vaga. Você é a candidata ideal para a vaga. Então, a entrevista de hoje é só para ver se você não é nenhuma louca ou coisa do tipo. A menos que suba na mesa e comece a dançar de repente, nós vamos te contratar.

O gerente e o diretor riram da piada do representante, e So-jin também riu, mas de nervoso. Ela se incomodou com o jeito de falar e a tentativa do representante de parecer engraçado e sofisticado, pois não estava acostumada a ser escolhida com tanta facilidade. Estava feliz por o caminho para um emprego ter sido aberto como uma porta automática depois de ficar inacessível por dois anos, mas também estava abismada.

Chamando-a para fora da sala de entrevista, o gerente avisou que haveria um período de experiência de três meses após o informe das regras da empresa e os vários procedimentos de admissão. Ele explicou que o trabalho principal seria pesquisar todos os websites de literatura nacional e descobrir escritores com potencial que ainda não tinham sido publicados. Ao enfatizar a necessidade de encontrar o artista, e não a obra, ele disse que precisaria do conhecimento e da perspectiva de alguém jovem como So-jin.

Ela começou a ficar nervosa com a ausência da menção ao salário, e foi quando o gerente tocou no assunto. Seria um valor abaixo de dois milhões de wons, que aumentaria para cerca de dois milhões e quinhentos mil ao fim do período de experiência, quando ela fosse efetivada.

Ao chegar em casa, a tensão de So-jin se dissipou e ela percebeu como estava exausta. Era evidente que seu cansaço se devia às duas horas para ir e voltar naquele calor. Desde já ela sentia o peso do tempo de deslocamento, mas o alívio de ter conseguido um emprego tomou conta dela, que foi ficando sonolenta. Sem energia sequer para comer, So-jin foi direto para a cama.

Quando acordou, já era noite. Seu estômago vazio roncava. Para celebrar a contratação, ela resolveu pedir um pequeno banquete por delivery.

So-jin pegou o celular para abrir o aplicativo de entregas e deu de cara com algumas mensagens. Eram as respostas de sua melhor amiga à novidade de ela ter conseguido um emprego. Depois de abrir o chat e ler tudo, So-jin congelou.

Segundo a amiga, aquela "Prime alguma coisa" era famosa por explorar os funcionários. Era uma furada. Pelo visto, a empresa contratava recém-formados para pesquisar sobre qualquer coisa e escrever relatórios, e lhes pedia que fizessem hora extra como quem pede entrega de comida. E era muito raro um funcionário ser efetivado após o período de experiência e, mesmo se fosse, era comum pedir demissão devido à enorme carga de trabalho e ao clima pesado no local.

So-jin tentou ao máximo reprimir a ansiedade e ligou para a amiga. Assim que atendeu, a amiga fez um escândalo, como se a casa estivesse pegando fogo, e disse para So-jin nem pensar em trabalhar naquela empresa.

— Amiga, eu estou desesperada. Se me pagarem em dia, vou aceitar — enfatizou So-jin.

— Sua tonta, fiquei sabendo que o salário no período de experiência é mais baixo do que o mínimo. Quanto vão te pagar, hein?

Ela estava certa. O salário abaixo de dois milhões de wons não era muito diferente do salário mínimo pago em lojas de conveniência. Mas, se ela fosse efetivada, passaria a ganhar mais, não? Assim que pensou nisso, ela conseguiu prever qual seria a resposta da amiga. Quando So-jin ficou quieta, sua amiga alertou:

— Você está deixando te fazerem de capacho. Essa empresa vai te explorar! Lembra daquela minha amiga da igreja, a Ha-eun? Comeram ela viva lá!

So-jin encerrou o telefonema. Então, ligou o computador e começou a fazer pesquisas a esmo. Ao procurar pelo nome da empresa, entre os termos relacionados estavam "período de experiência", "salário", "abuso de autoridade", "exploração" e "falsa esperança de efetivação".

Havia dezenas de links para cada termo relacionado, tanto que nem se fazia necessário clicar e ler um por um. Apesar disso, um sentimento mal resolvido tinha permanecido e, com as mãos tremendo, ela adicionou mais um termo.

Capacho.

◉◉◉

So-jin abriu a porta de vidro da loja de conveniência Always e deixou o ar pegajoso da noite quente e úmida para trás. Tlim! O frescor dentro daquele local a envolveu, mas não conseguiu fazer com que sua raiva evaporasse. Não demorou muito para Geun-bae aparecer por entre as prateleiras e cumprimentá-la com um "Bem-vinda!", radiante por vê-la. "Ih, chegou o capacho!", foi o que ele pareceu dizer para So-jin, o que a fez estremecer. Os pensamentos dela a respeito de Geun-bae retornaram como um bumerangue e ecoaram em sua cabeça.

Ela o ignorou e foi direto para a geladeira. Pegou uma garrafa do soju Chamisul, foi até a prateleira próxima de Geun-bae e pegou um pacote do salgadinho em formato de peixe. Ao vê-la agir sem rodeios, Geun-bae se apressou até o caixa.

Quando viu o que ela ia comprar, ele bufou em uma espécie de exclamação e apontou para ela.

— Cham-chi! Ah, So-jin! Bem que você me pareceu familiar quando nos conhecemos. Você é a garota do Cham-chi! Ha-ha-ha!

— Só passa os produtos logo…

— Que foi? Alguma notícia boa? Ei, bebida alcoólica é para se tomar quando se está de bom humor…

— Já foi, então só passa os produtos logo! Por que você fala tanto assim? Chega a ser cansativo. Olha a sua idade! Eu lá tenho que ficar ouvindo todo esse blá-blá-blá?

— Calma, So-jin, eu só falei para beber quando estiver de bom humor…

— Não te perguntei nada! Tá achando que eu sou fraca, é? Você me enxerga como um capacho? Todo mundo sabe que eu sou! Mas quer saber? Você também é! Uma presa fácil! Capacho Wang! Hwang, sei lá… Cacete, está tudo uma merda…

So-jin estava à beira das lágrimas. Sem saber o que fazer, Geun-bae coçou a testa. Involuntariamente, So-jin pôs a mão na frente da máscara como se quisesse cobrir a boca e, quando se deu conta, seu corpo tremia e as lágrimas rolavam.

Geun-bae lhe entregou um lenço de papel e So-jin logo tratou de enxugar os olhos. Quando um cliente chegou, ela se dirigiu ao depósito, pois precisava aplacar as lágrimas e a tristeza enquanto Geun-bae lidava com o atendimento.

Depois de um tempo, ela se recompôs. O que diabos tinha sido aquilo? Nem bebeu e, ainda assim, pagou mico. Que arrependimento! Com que cara ia encarar Geun-bae? So-jin não sabia onde se enfiar e quis se demitir da loja de conveniência, que, no momento, era seu único meio de sustento.

Tlim! Ela ouviu o cliente ir embora. Não conseguia nem pensar em olhar para Geun-bae. So-jin saiu do depósito e andou depressa até a porta de entrada.

— Espera!

Ela estacou, e seus ouvidos captaram o som de uma tampa sendo aberta. Ao se virar, deu de cara com um Geun-bae sorridente, segurando uma bebida marrom-clara.

— Beba um pouco antes de ir. Prometo que vou ficar quieto.

Foi como se os pés de So-jin se movessem sozinhos. De pé em frente ao caixa, ela virou o copo de papel com a bebida que Geun-bae tinha servido. Que refrescante! Geun-bae abriu o pacote de salgadinhos e So-jin nem pensou duas vezes antes de pegar um punhado deles. O estímulo do sabor e da crocância na língua abriu o apetite dela.

So-jin se desculpou com Geun-bae e explicou a ele o que levara à sua atitude absurda e vergonhosa, como que se justificando. Ele a escutou de olhos arregalados, enquanto terminava sua bebida. Apesar de estar agradecido, até a aparência dele se assemelhava a um capacho, e So-jin não conseguiu segurar a risada. Então, Geun-bae levou a mão ao rosto sem motivo algum e fitou So-jin. Nesse momento, ela se lembrou de quando Geun-bae pronunciou "Tôs les Jors" e caiu na gargalhada outra vez.

Ele, então, foi até uma das prateleiras e voltou com um pacote do salgadinho em formato de peixe, que pagou do próprio bolso.

— E o capacho ataca novamente! Seu salgadinho de peixe.

Geun-bae ficou sem graça quando So-jin não respondeu.

— De polvo.

— Polvo? Como assim?

— O salgadinho. Meu pai dizia que era de peixe, mas é de polvo. Ele confundia os animais marinhos.

— Peixe... polvo... ha-ha-ha... dá pra entender por que ele se confundia.

— Meu pai trabalhava em Seul e a gente morava em Mokpo. Ele voltava para casa nos finais de semana e toda vez levava esse salgadinho. E sempre falava: "So-jin, pesquei uns peixinhos para você!" Eu dizia que não pareciam peixes, mas pedia que ele trouxesse os peixinhos de novo. Então, esse salgadinho de peixe... não, de polvo.. me lembra do meu pai.

Por um instante, So-jin sentiu que estava prestes a chorar outra vez. Para levantar o astral, Geun-bae disse que ia experimentar os salgadinhos de polvo e os mastigou ruidosamente.

— Seu pai teria gostado disso. Tenho certeza de que ele teria adorado o fato de a filha comer esse salgadinho de polvo junto com soju depois de crescida. Seu pai sabe das coisas. Salgadinhos em formato de animais marinhos são os melhores que tem! Eu gosto do de camarão. O de peixe é bom. O de caranguejo também. Mas o de baleia é o melhor de todos! Acaba virando uma pratada de frutos do mar! Quer um salgadinho de baleia também?

— Chega!

— Sabia que o polvo é um predador? A Coreia do Sul exportou polvo para os Estados Unidos, e eles comem todos os peixes dos rios de lá! É uma espécie que destrói o ecossistema. Certeza que é a força do k-polvo!

— Você não disse que ia ficar quieto? Tagarela e enxerido, sério… — A voz de So-jin falhou e ela desviou o olhar.

— Sério o quê? — perguntou Geun-bae, ofendido.

— Sério… obrigada.

— Imagina.

Geun-bae voltou a comer o salgadinho e, enquanto isso, So-jin esvaziou a garrafa da bebida marrom. Então, ela fez uma reverência e se virou para a porta.

— Garota-polvo!

So-jin estacou diante da porta ao escutar o grito de Geun-bae.

— So-jin, agora só vou te chamar de "garota-polvo"! A garota-polvo superpoderosa! E é para viver como um predador, não um capacho, viu?

Em vez de responder, So-jin abriu a porta com força. Ao sair para a noite quente e úmida igual a uma sauna, ela quis usar aquele calor e coragem repentina como combustível. Então aquele sentimento transbordou. Ela não iria deixar ninguém tratá-la de qualquer jeito! A sensação era a de realmente ter se tornado um polvo e, de repente, as ruas escuras à meia-noite e a ponte-túnel em Namyeong deixaram de ser assustadoras. A estranha cidade onde o pai dela morreu trabalhando não a assustava mais.

So-jin ergueu o olhar para o céu enquanto caminhava e falou:

— Pai, o salgadinho de peixe não é de peixe, é de polvo!

Não houve resposta.

— Eu queria te falar como isso é incrível, mas você não voltou naquela semana… aí não pude contar.

Sem resposta outra vez.

— Não pude falar com você depois disso, então estou contando agora. O salgadinho de peixe é de polvo!

Mais uma vez, não houve resposta.

— Aliás, sua filha deixou de ser um peixinho e se tornou um polvo.

"Estou orgulhoso de você, filha", So-jin escutou a resposta do pai.

◉◉◉

Um mês depois, So-jin pediu demissão. Havia sido contratada por uma empresa especializada em divulgação de marca. Dessa vez, tinha pesquisado sobre o lugar com antecedência. Apesar de ser uma empresa com uma altíssima carga de trabalho, não explorava os funcionários e tinha sido avaliada como um espaço pequeno, mas estável.

Na entrevista final, So-jin havia se apresentado como "garota-polvo". Ela bravamente declarou ter o superpoder de se transformar em polvo ao comer seu petisco favorito, e contou a história por trás, mencionando o falecido pai.

O representante da empresa aprovou a contratação de So-jin, dizendo que boas histórias criavam boas marcas.

Às oito horas da manhã de sexta-feira, Geun-bae cochilava no caixa da loja de conveniência Always quando So-jin chegou para seu último turno. Ela se aproximou e berrou "Capacho!", o que o fez acordar em um pulo e esfregar os olhos.

— Garota-polvo, fiquei sabendo que você vai sair porque conseguiu um emprego.

— Isso, e por sua causa.

— É mesmo? E o que este capacho aqui fez por você? Ah, sobrou uma salada de abacate.

— Obrigada, vou comer mais tarde. Mas hoje não sobrou nenhuma marmita de iguarias de terra e mar outra vez?

— Essa é pra mim, né? Comida coreana é coisa minha e comida ocidental é coisa da garota-polvo.

— Olha, você não é um capacho. É uma pessoa muito necessária.

— Ha-ha-ha! Só descobriu isso depois de pedir demissão... Sabe o que a gerente disse antes de abusar da minha boa vontade? Não sabia que ela está me pagando a mais sem o chefe saber? Achou que eu estava só fazendo um favor para o dono da casa de carnes? Consertei algumas cadeiras lá e em troca comi churrasco e camarão. Eles é que são capachos.

Aquele cara realmente não era normal... So-jin olhou de soslaio para Geun-bae e gesticulou para que ele saísse de trás do caixa, mas ele respondeu com um olhar ressentido e não deu sinal algum de que sairia.

— Que foi?

— Você conseguiu um emprego novo e disse que foi por minha causa.

— Só falei por educação.

— Você levou a sério o negócio de ser predadora, hein? Está dando patada para todo lado.

— Que bobeira é essa? Sai logo daí!

Geun-bae resmungou ao deixar o caixa. So-jin segurou a vontade de rir e tomou o lugar dele, começando a verificar tudo.

— Gostava mais quando só o Chamisul e o Jagalchi eram suas presas...

Afff. Dessa vez, So-jin não conseguiu segurar o riso e fez um joinha para o homem, que piscou os olhos grandes como sempre fazia.

O maior velhaco de todos

Ele encheu metade do copo de vidro com cerveja. A outra metade foi preenchida pelo soju. Não havia medida certa, bastava adicionar o soju como se fosse um tempero. "Esse é o verdadeiro somaek", pensou Choi, o único remédio que poderia aliviar o calor e o estresse daquele dia. Com um movimento, ele girou o copo e tomou toda a espuma branca de uma vez. Ahhh! Agora, sim! Aquele somaek, feito do jeito dele, tinha gosto de uma vida amarga e refrescante.

Choi ergueu a cabeça e olhou ao redor. Os pedestres olhavam de relance enquanto ele bebia, sentado à mesa ao ar livre da loja de conveniência, e se apressavam em sua volta para casa. Quando olhou para baixo, havia uma formiga subindo em seu chinelo, passando por cima do dedão. Choi sacudiu o pé com força e olhou as horas no celular. 21h55. Estava na hora de arrumar as coisas e se levantar. Em noites de verão, o fim do dia era curto demais para ser aproveitado em uma mesa ao ar livre, vestindo uma camiseta ensopada de suor.

Não costumava ser assim até na primavera. Depois de fechar o restaurante, ele conseguia se sentar a uma mesa ao ar livre, em uma loja de conveniência, para sentir o aroma das flores de cerejeira na brisa primaveril e desfrutar de seu somaek até tarde da noite. No entanto, conforme os dias foram ficando mais quentes e os casos de Covid-19 aumentaram, as lojas no geral se tornaram lugares onde não se podia mais comer até as dez da noite. O distanciamento social fazia Choi se sentir muito solitário.

Aquilo estava acabando com ele.

Quando os casos de Covid-19 tinham estourado, na primavera anterior, ele achou que iria pegar o vírus de um jeito ou de outro até o final do ano. Achou que os Estados Unidos, a Inglaterra e outros países desenvolvidos produziriam vacinas e tratamentos, tentariam vendê-los e, assim, tudo iria acabar logo. Mas, ao final de 2020, a pandemia havia piorado e não tinha chegado nem perto de acabar, e o fechamento do comércio e o distanciamento social foram ficando cada vez mais complexos, com trocas de fases.

Desde o início de 2021, os idosos já estavam se vacinando e logo seria a vez de Choi, então sua esperança de que tudo voltaria ao normal retornou. Assim como acontecia com a vacina da gripe, ele achou que poderia andar pelas ruas e comer alguma coisa depois que tomasse a vacina. Uma sociedade consistia em pessoas vivendo juntas, então por quanto tempo conseguiriam manter o distanciamento? Isso não era uma sociedade, era uma prisão.

Porém, durante o verão, o número de casos confirmados da doença passou de mil por dia, e o governo então decidiu intensificar o distanciamento. Em meio a todas aquelas restrições, vários profissionais autônomos como Choi estavam indo à falência. O auxílio emergencial ou indenização se provaram inúteis; era o mesmo que dar água a uma pessoa ensanguentada. Por que diabos a única opção para alguém à beira da morte precisava ser água, em vez de uma transfusão de sangue?

Choi rangeu os dentes sem perceber e sentiu dor em seus molares podres. A única forma de esquecer a dor era se embebedando. Ele precisava se embriagar para esquecer a dor de dente e enterrar com ela a dor da existência.

Ele invejava o senhor Park, dono de um estabelecimento vizinho ao seu restaurante, que o fechou temporariamente e se mandou para a ilha de Jeju assim que a quarta fase foi declarada. Para que abrir o lugar, afinal de contas? Era melhor aproveitar essa oportunidade para descansar. "Ter uma vida durante um mês", foi a explicação do senhor Park ao contar que passaria o tempo em uma praia da ilha, só comendo, dormindo e pescando.

Choi não tinha condições de fazer o mesmo. O senhor Park, cuja única filha tinha passado a ajudar no restaurante de sushi junto com a mãe, podia se dar a esse luxo, mas Choi tinha dois filhos na universidade. Não havia para onde ele fugir.

Então, para aplacar sua péssima situação, Choi bebia sozinho no restaurante fechado feito um fantasma, olhando pela janela escura, uma atmosfera gelada o consumindo. Ele nem sentia mais o gosto do álcool. E o pior de tudo, ele não suportava beber em um lugar onde havia passado o dia inteiro sem um único cliente.

Por esse motivo, fazia meses que ele ia àquela loja de conveniência. Passava cerca de uma hora ali, bebia seu somaek, voltava para casa e caía no sono. Às dez da noite, os beberrões precisavam ser enxotados, e a expressão desamparada no rosto deles os fazia parecer soldados derrotados após um bombardeio em sua festinha regada a álcool. As mesas ao ar livre de lojas de conveniência não eram exceção. A época da Covid-19 estava sendo particularmente cruel com quem gostava de uma birita.

Sempre que a porta da loja de conveniência era aberta, dava para escutar uma voz desnecessariamente animada dizendo boa-noite. "Boa noite para quem, se vamos todos à falência por causa da Covid-19?", murmurou Choi para si mesmo, antes de tomar o último gole de somaek.

Ahhh! Ele ergueu o corpo, enfiou a garrafa de bebida e o pacote de salgadinhos vazio em uma cesta e entrou na loja.

Sob a luz branca fluorescente, um ar frio envolvia a loja de conveniência. Era um ambiente gélido e ofuscante. Choi procurou o recipiente de coleta seletiva dentro da loja e foi até lá com a garrafa em mãos.

— A bebida estava boa?

Quando se virou, o homem atrás do caixa sorria. Pois bem, ele era mesmo um cara despreocupado.

Choi foi até o caixa e entregou o copo de cerveja e o abridor de garrafas sem dizer uma palavra. O homem pegou os utensílios das mãos de Choi, um cliente fiel da mesa ao ar livre, e cantarolou a antiga música pop que tocava na loja. Choi ficou irritado.

— O que te deixou tão feliz?

— Hum? Ah, gostei que o senhor veio hoje também.

— E o que isso tem de bom? Deixa eu te dizer uma coisa... No momento, o mundo está devastado pela Covid-19 e os trabalhadores autônomos estão arruinados, certo? Eu estou afogando minha raiva no álcool. Você acha que isso é motivo para ficar rindo à toa assim? Usou alguma substância para melhorar a imunidade?

— Quer mesmo saber?

— O que é? Hein? Fala logo. Anda!

— A risada. Ha-ha-ha! Quando rimos, nosso corpo produz uma substância chamada endorfina, que melhora a imunidade e aumenta a energia.

— Está tirando onda com a minha cara?

— Lógico que não. O senhor acha que eu uso alguma coisa que me deixa alegrinho, mas, na verdade, é o contrário.

— Daqui a pouco, em vez de endorfina, vou precisar de aspirina...

— Hum, essa piada de tiozão até que foi boa.

— Não tem nada de bom! Não quero mais te ver rindo à toa. Nunca mais venho aqui!

— Ei, o senhor disse isso ontem e voltou hoje.

— Amanhã eu realmente não venho!

— Se o senhor não vier, não vai ter onde beber. Então, pare com isso e volte amanhã, que aí eu te dou uma garrafa de bebida. Chegou muita mercadoria hoje, então fiquei ocupado.

— Hã? Agora você revende bebida? Chega! Não volto mais!

Choi abriu a porta de vidro e saiu como um relâmpago. Os bebuns tinham desaparecido e a rua estava deserta.

Incomodado com a máscara, ele a puxou para o queixo. A distância da loja de conveniência até o restaurante era de menos de cinquenta metros, e depois seriam mais cem até em casa.

Mesmo caminhando sem máscara ao ar livre, ele estava ofegante devido ao calor e ao álcool no sangue. Talvez ele devesse tomar mais um comprimido para pressão alta... Nem fizera um check-up médico naquele ano, mas, se morresse de repente no dia seguinte, será que sua esposa conseguiria reabrir o restaurante sozinha? Será que os meninos se formariam e conseguiriam emprego? Todo tipo de receio começou a consumi-lo mais uma vez. Preocupações impossíveis de se dissipar mesmo com o álcool pareciam cercar Choi como um vírus.

◉◉◉

Ele não sabia quanto comer para se livrar da ressaca. Choi foi até o restaurante e iniciou o dia preparando pedaços de filé para começar os trabalhos. Ele havia aberto o estabelecimento depois de vinte anos trabalhando como açougueiro em Majang-dong, e ali era mais que seu local de trabalho, era sua razão de viver havia dez anos. Em um prédio antigo, foi trabalhando ali que Choi conseguiu comprar a casa própria e mandar os dois filhos para a universidade. Ele sentia orgulho só de entrar na rua onde ficava o estabelecimento, e sorria ao ver a placa com o nome de seu restaurante: "A melhor casa de carnes de Cheongpa".

Naquele momento, desde que tinha entrado no restaurante, ele estava cabisbaixo e não parava de suspirar. Mesmo sem precisar atender clientes, não havia um único dia de paz.

Tudo por causa da merda da Covid-19 e da porcaria do distanciamento social.

Mas será que era só isso? Conforme refletia, o orgulho que sentia do restaurante ia aos poucos desaparecendo. A esposa, que trabalhava junto com ele, estava sempre nervosa, e os filhos, que antes o ajudavam nos negócios, andavam muito ocupados. Os funcionários de longa data ficaram ali por muito tempo, pois nunca foram maltratados. Fazia tanto tempo que estavam juntos, grelhando carnes e rindo, que o trabalho havia se tornado prazeroso.

E quanto aos clientes? Idosos que eram fregueses dez anos antes estavam muito velhos e não conseguiam ir até lá com frequência, e professores e membros do corpo docente das universidades próximas, que costumavam ser os principais clientes, migraram para novos restaurantes havia bastante tempo. E, acima de tudo, havia um desinteresse por carne bovina devido ao preço alto demais para universitários, os principais consumidores daquela área.

Enfim, um estabelecimento comercial não servia só para ganhar dinheiro, mas para ser um espaço alegre e vivaz tanto para os funcionários quanto para os clientes, mas tudo isso havia desaparecido, e sobravam apenas os atributos de um estabelecimento em ruínas, como cogumelos venenosos.

Choi tinha passado trinta anos superando diversas crises no mercado de carne, inclusive o índice IMF, a SARS, febre aftosa, ondas da doença da vaca louca, MERS... mas não conseguia ver a luz no fim do túnel frente àquele desastre global.

Alguns dias antes, ele tinha perdido sua última funcionária, a senhora Cho, que havia sido a primeira da equipe do restaurante e chef de cozinha. Por conta das dificuldades financeiras, seria difícil continuar com ela. Choi havia dito isso a ela, que estava à beira das lágrimas. Tinha sido uma despedida dolorosa para ele também, pois a espetacular habilidade da senhora Cho para preparar os acompanhamentos era fundamental. Ela sabia que chegaria sua vez e disse que tinha dado o seu melhor naqueles dez anos, além de encorajá-lo dizendo que a carne de lá era a melhor e que tudo ficaria bem.

— Você vai embalar isso ou não?

A esposa de Choi, que preparava os acompanhamentos na cozinha, jogou aquela bomba em cima dele pela décima oitava vez naquele dia. Choi continuou cortando o miolo da paleta em silêncio. Com um suspiro, a esposa abriu a torneira e começou a lavar alguma coisa ruidosamente.

— Você vai ver, os negócios vão melhorar assim que a Covid-19 acabar — disse ela, sua expressão abatida. — Por isso, quero que você embale isso para armazenarmos. Parece que a Covid-19 não vai acabar tão cedo. Aliás, só vai terminar depois que acabar com este restaurante.

— Você não para de falar nisso, hein? Carne bovina é mais gostosa grelhada na hora, então para que guardar?

A sopa gomtang não fica tão boa depois de esfriar. Meu amor, eu sou o dono deste lugar, a melhor casa de carnes de Cheongpa. Não tem uma única pessoa neste bairro que não tenha provado nossas carnes, não é? O sabor é inesquecível, então, se congelarmos, o gosto vai ficar diferente. Vai perder a essência. No momento, tem a questão da Covid-19 e da crise, mas se as coisas melhorarem e ficar tudo bem, as pessoas vão acabar querendo comer carne. Ou estou errado?

— Pare de encomendar carne, e vamos comer o que restou. Não é pela questão do sabor, precisamos nos livrar da mercadoria. O que faremos com os bifes coreanos? Os meninos não estão mais comendo.

— Estão reclamando de barriga cheia. Aliás, você mandou o Seung-min ficar no restaurante à noite, né?

A esposa suspirou e olhou feio para Choi.

— O garoto está trabalhando meio período! Quantas vezes eu já te disse que ele não pode ajudar no restaurante?

— Não, agora que até a senhora Cho saiu, não tem ninguém pra trabalhar aqui. Nossa família precisa ficar unida! Por acaso tem mais alguém com quem podemos contar? Vendi carnes para botar comida na nossa mesa, e agora ele vai trabalhar no estabelecimento dos outros sem nos ajudar com o nosso restaurante! E que trabalho de meio período é esse?

Não sei. Ele disse que pagam mais de dez mil wons por hora. Perguntei se isso é comum hoje em dia, porque estão pagando mais do que o mínimo por hora. O que posso fazer? Quase não damos mais mesada a ele.

— Mesada? Eu dei comida e um teto para ele, paguei os estudos dele! E agora, cadê ele? Ah, é hoje que eu boto aquele moleque no lugar dele!

Choi retirou as luvas de cozinha e pegou o celular ao lado da tábua de cortar carne.

— Experimenta ligar pra ele!

Ele quase derrubou o celular ao escutar o rugido da esposa. Ela, que estava diante do marido, o olhou com raiva e acrescentou:

— Quando ele foi dispensado do exército dois meses atrás, eu te disse para não ficar dando sermão nele, e o que você respondeu? Que ele deveria ajudar a família, já que foi dispensado! E já que vai precisar pagar a faculdade, ele foi trabalhar com outra coisa. Entendeu?

— Do que você está falando? Vou pagar a faculdade, se ele nos ajudar com o restaurante.

— Não precisa...

— Por quê?

— Você não sabe mesmo?

— Hum...

— Ele disse que precisava de um empréstimo para pagar as mensalidades, por isso está trabalhando meio período. Ele mesmo quer pagar...

— Que garoto estúpido! Foi por isso que falei para ele tentar uma bolsa de estudos. Que idiotice...

— E como ele tentaria uma bolsa trabalhando no restaurante? Se você não o obrigasse a ajudar aqui enquanto faz faculdade, ele não ligaria de vir! Você se orgulha de não se importar com o que fez e continua agindo feito um velhaco rabugento!

— O quê? Velhaco?!

— Isso mesmo! Um velhaco! Os garotos não querem ficar aqui porque você só sabe reclamar! É assim com o restaurante também. Você nunca me escuta e insiste em fazer tudo do seu jeito. Acha que dá conta de administrar isso aqui? Se eu peço para trabalharmos com delivery, você me ignora; se peço para expandirmos o cardápio, você finge que não me escuta! Se for para você ficar agindo desse jeito, então faça tudo sozinho!

A esposa arrancou o avental, o arremessou longe e deu as costas para Choi. Parecia uma cena de novela, em que a mocinha havia acabado de pedir demissão ao presidente da empresa, o vilão da história.

Por um momento, Choi ficou olhando inexpressivo para as costas da esposa, enquanto ela se retirava do restaurante, antes de começar a gritar, enraivecido.

— Então eu sou velhaco, é? E qual é o problema nisso? É crime ser velhaco? Por acaso estou fazendo mal a alguém? Fiz o melhor que pude, foi só por isso que insisti em esperar mais um pouco! O que tem de errado nisso? Argh!

◉◉◉

Quando se deu conta, ele estava sozinho na loja, abandonado feito uma couve-chinesa podre. Choi estava aborrecido e sem saber o que fazer, mas não havia ninguém para desabafar. O jeito foi tomar uma garrafa inteira de refrigerante de limão e arrotar alto até conseguir suprimir a raiva.

Choi desistiu de preparar o almoço e deu uma olhada no restaurante. Atrás do acrílico transparente, por onde os clientes podiam ver o preparo das carnes, a mesa onde as carnes eram cortadas exibia a coloração vermelha dos pedaços de filé, e a cozinha estava cheia de recipientes de temperos e ingredientes que a esposa tinha cortado para fazer os acompanhamentos. Ao se virar e passar os olhos pelo salão, avistou as molduras que preenchiam a parede principal do restaurante. Entre elas, havia a fotografia de um jovem bonito e sorridente, uma cabeça mais alto que Choi, e gravada na moldura estava a assinatura dele.

Aquele jovem tinha sido um cantor famoso nove anos antes e atualmente era um dos atores mais bem pagos do país, Mu-yeong Cha. Um dia, menos de um ano após a inauguração do restaurante, Choi recebeu uma ligação de um velho mestre de artes marciais de Majang-dong, dizendo-lhe para receber um jovem artista que desejava aprender a desossar carnes. Choi ficou satisfeito e aceitou mais por ter sido o mestre quem havia pedido; no entanto, pouco depois, um jovem magricela, de rosto pequeno e pescoço longo, o que o fazia parecer um pássaro, surgiu com um punhado de câmeras. Era Mu-yeong Cha.

O garoto se apresentou como um entusiasta de carnes que tinha ido até lá para aprender a modelá-las, um passatempo popular em Nova York naqueles tempos. A expressão dele estava tão indiferente e ele tinha sido tão arrogante, querendo aprender um passatempo estadunidense sem saber o básico da arte de desossar, que Choi não conseguiu desfazer a cara feia. Por sorte, algum produtor ou roteirista mais esperto o acalmou, e ele pensou naquele mestre, decidindo-se por tentar entender do que se tratava o programa de televisão.

Mu-yeong Cha ficou lado a lado com Choi e o encheu de perguntas. Choi respondeu de modo apropriado e lhe ensinou as técnicas, mas, como era sua primeira vez gravando para um programa de televisão, ele quase arrancou o próprio dedo enquanto removia a fáscia. Ficou nervoso pensando que era o foco da câmera e, por fim, após cerca de duas horas de gravação, tirou uma foto junto com o garoto, e sua esposa conseguiu o autógrafo dele.

A filmagem foi incômoda e frustrante, mas a aparição de Mu-yeong Cha ali tinha feito tanto sucesso que mais clientes começaram a chegar no dia seguinte. Membros do fã-clube dele tiravam fotos enfileirados do lado de fora do restaurante, e os moradores da vizinhança os imitavam. A partir de então, o negócio deslanchou e logo se tornou uma atração no bairro.

Mu-yeong Cha, o ator mais bem pago da atualidade. Ele esteve em alta desde então e acabou se tornando um dos melhores atores do momento. Sempre que o via, Choi costumava dizer que ele só fez sucesso por causa do restaurante, mas, pensando bem, tinha sido o garoto quem trouxe vida ao restaurante. Será que Choi, mesmo sem perceber, não havia sido arrogante ao pensar que tinha as melhores carnes e que sua comida era a melhor? Talvez o problema não fosse a Covid-19. Quem sabe sua comida já não fosse tão boa assim, e sua família e os clientes estivessem evitando não só ele, mas também o restaurante, pois ele estava agindo feito um velhaco rabugento? Ele sentiu um calafrio.

Pôs a mão na coluna e prendeu a respiração; estava sentindo dor no peito. Será que tinha tomado a medicação para pressão alta naquele dia? Se morresse, o que aconteceria com o restaurante? E com sua esposa e seus filhos? Com os pais idosos em sua cidade natal? Uma série de aflições fez o coração do homem se apertar. Ele pensou em Mu-yeong Cha e soltou um longo suspiro. Esperava conseguir trazê-lo mais uma vez ao restaurante. Ele respirou fundo e rezou para que aquela sorte batesse à sua porta mais uma vez, e que pudesse viver até lá.

A esposa retornou no momento em que ele começou a se preparar para os trabalhos da noite. Com o rosto ligeiramente corado, ela ignorou Choi e foi terminar de preparar os acompanhamentos e arrumar o local. Tinha saído para almoçar com suas amigas do salão de beleza e tomado cerveja e soju. Assim como Choi bebia sozinho na loja de conveniência depois do trabalho, ela às vezes saía para comer e beber com as amigas — era uma regra implícita que ambos seguiam sem dizer nada.

À noite, ele teve a sorte de encher seis mesas. Todas eram só para duas pessoas, o que não trazia vendas muito significativas. A carne ficava mais saborosa e o restaurante faturava mais quando recebia grupos de pessoas. Se houvesse um clima de animação, bastava oferecer mais carne e bebida para aumentar as vendas, mas, sendo apenas duas pessoas, era difícil receber mais pedidos.

Ao final do dia, Choi preparou bulgogi, o prato preferido da esposa, com a carne bovina que estava próxima da validade. Os dois cozinharam e comeram em silêncio. A refeição quebrou um pouco do gelo entre eles, até a esposa dizer, com indiferença, que iria voltar para casa mais cedo.

Choi lavou a louça, verificou os itens no estoque e fechou a porta roll-up. Ao olhar o celular, viu que era pouco mais de oito da noite. Como seria o trabalho no dia seguinte? Ele afastou a apreensão e caminhou até o parque Hyochang.

Já havia muita gente caminhando no parque, usando máscara. Ele tinha que se exercitar; hipertenso, precisava manter uma rotina saudável antes que chegasse ao limite. Ofegante, Choi se juntou à procissão, caminhando tão depressa que logo sua máscara ficou úmida. Conforme caminhava sem pensar muito, sua respiração foi ficando mais uniforme e a mente, mais nítida. Quando deixou o parque, sua camiseta estava ensopada de suor e a garganta, seca.

Ele pensou no somaek geladinho. Droga... ele não queria voltar àquele lugar, mas a sede o estava consumindo, e Choi logo se viu dobrando a esquina da travessa onde ficava a loja de conveniência.

◉◉◉

Tlim.

— Bem-vindo!

Choi ignorou o rapaz animado que o cumprimentava, pegou uma cesta na entrada e se dirigiu à geladeira; o ar frio da loja ameaçava congelar sua camiseta suada a qualquer momento. Ele pegou duas garrafas de cerveja, uma garrafa de soju e alguns pacotes de salgadinho e petisco. Ao se aproximar do caixa, o rapaz sorriu para ele.

Por mais que os negócios e o mundo estivessem indo ladeira abaixo por causa da Covid-19, o atendente continuava sorrindo, com seu crachá escrito "Geum-bo Hong" pendurado no pescoço. Era uma habilidade invejável. Em outras palavras, ele tinha uma mente de ouro. Já devia ter passado dos quarenta anos, mas era tão despreocupado a ponto de trabalhar meio período à noite em uma loja de conveniência.

— E aí, Geum-bo Hong, o que você faz da vida? — perguntou Choi ao rapaz que lhe estendia o cartão após finalizar o pagamento.

— Eu? Sou funcionário da noite aqui da loja.

— Não, tenho certeza de que esse não é o seu trabalho de verdade. O que você faz durante o dia? Onde mora? Por que está escrito "Geum-bo Hong" no seu crachá?

— Bem... sempre trabalhei meio período. Eu trabalhava num canteiro de obras antes, e durmo de dia. Já que trabalho à noite, a qualidade do meu sono durante o dia não é das melhores, então preciso dormir bastante. Moro em Namchang-dong, perto do Mercado de Namdaemun. O que mais você perguntou mesmo...? Ah, Geum-bo Hong é meu apelido desde pequeno, meu nome verdadeiro é Geun-bae Hwang. Ha-ha-ha!

— Que ridículo. Por que você é tão despreocupado assim? Você tem planos para o futuro? Sua família tem grana?

— Não tenho família, não me planejo e não tenho preocupações... ah, acho que é por isso que sou tão tranquilo.

— Não tem preocupações? Mas e se alguma coisa acontecer com você? E se você ficar doente ou se acidentar? E se acontecer alguma coisa que te faça ter muitas despesas, como é que você vai fazer? Você tem seguro ou uma reserva?

Por um instante, Geum-bo Hong engoliu em seco e sorriu.

— O senhor não precisa se preocupar comigo. Já está sendo difícil o suficiente se preocupar consigo mesmo.

— Hein? Está dando uma de adivinho agora? Como é que você sabe que eu tenho preocupações?

— Porque você está sempre sentado encolhido na mesa ao ar livre, todo amuado. Mas não se preocupe tanto... dizem que o estresse é um veneno, e você até ficou parecido com um sapo nos últimos tempos.

— S-sapo...?

— Ah, não pense que é uma coisa ruim! Estou falando do sapo fofinho na embalagem daquele velho soju Jinro. Basta você retirar o veneno daquele sapo...

— Que papo é esse, seu imbecil?

— Só fiquei animado para responder à pergunta, e acabei... Ah, desculpa se ofendi o senhor. Venha, vamos voltar para a toca.

— Toca?

— Estou falando da mesa ao ar livre. Existe um conceito chamado "toca do homem", que diz que os homens precisam do próprio espaço. Sabe nos filmes estadunidenses, quando os homens arrumam o porão ou a garagem do jeito deles para que seja um espaço só deles? E aí, quando estão com algum problema, vão até esse lugar e só ficam lá sentados.

— Não sei, não sou muito de assistir a filmes.

— Enfim, acho que o senhor está usando a mesa ao ar livre porque está muito preocupado, então encontrou sua própria toca. Ha-ha-ha!

— Minha própria toca...

— Isso. Por favor, pare de se preocupar e vá relaxar na sua toca.

Com uma cesta na mão, Geum-bo Hong mostrou o caminho. Choi acabou o seguindo e, naturalmente, se sentou à mesa ao ar livre na esquina. Logo o local começou a lhe dar a sensação de uma toca, e ele se sentiu como um homem das cavernas urbano.

Com uma espécie de nostalgia da pré-história, quando não se usavam ferramentas, Choi abriu uma das garrafas com o dente. Ele pediu um copo ao rapaz que o olhava surpreso, despejou a cerveja e, então, se serviu de uma dose de soju. O rapaz fez um joinha e se retirou.

Choi tomou a espuma transbordante em longos goles. Ahhh! Em seguida, enxugou a barba com o dorso da mão, se sentindo um selvagem nu que tinha acabado de se livrar de um grande fardo. Ele queria arrancar a roupa grudenta e dormir nu.

Quando Choi tomou outro gole da bebida, um aroma estranho o alcançou. Ao olhar para baixo, viu um repelente verde em formato de espiral, próximo ao pé da mesa, e se sentiu em um acampamento ao ar livre. Da última vez que esteve ali, Choi havia reclamado da quantidade de mosquitos e, dessa vez, Geum-bo Hong tinha colocado o repelente de antemão. Talvez aquele rapaz fosse uma pessoa melhor do que ele imaginava... com isso em mente, Choi preparou outro somaek.

A cerveja tinha acabado e sobraram apenas duas doses de soju. Choi costumava dosar tudo direitinho, mas estava com tanta sede naquele dia que acabou tomando cerveja demais. Ele se levantou e entrou na loja.

Choi pegou mais uma garrafa de cerveja e foi até o caixa, dando de cara com Geum-bo Hong cochilando estirado na cadeira. Dava até para ouvir os roncos baixos por trás da máscara. Aquela era uma façanha e tanto para quem dormia bastante durante o dia por causa da má qualidade do sono. Se descansava tanto, por que dormia na loja? Choi decidiu pagar mais tarde e voltou para a mesa.

Enquanto preparava mais um somaek, as palavras ditas mais cedo pela esposa ressurgiram junto com as bolhas. Ela havia lhe pedido que parasse de ser rabugento e de fingir que não a escutava. Choi não conseguiu deixar de se irritar com a palavra "velhaco"; não por ter sido chamado assim, pois ele concordava com isso e não se importava com a opinião dos outros. O problema estava no "rabugento". A esposa não havia se referido somente a ele, mas também ao que ele estava tentando proteger, então Choi se irritou por sua teimosia, seu cuidado com as carnes e a forma como havia administrado o negócio durante tantos anos terem sido diminuídos a meras reclamações.

A esposa pedia que ele mudasse isso ou aquilo porque os negócios não iam bem, mas e quanto a tudo que tinha ido bem até então por causa de sua teimosia? Choi se entristecia por ela ignorar toda a sua experiência.

E era a mesma coisa com os filhos. Ele era um pai teimoso e ríspido, mas nunca foi negligente com a família, sempre arcou com tudo que os garotos precisavam e se orgulhava de tê-los criado bem. Apesar disso, a esposa se irritava com ele por implicar com os filhos e fazê-los trabalhar, mas por acaso ele tinha dito para os dois largarem os estudos e irem trabalhar? Universitários da mesma faixa etária que eles tinham empregos de meio período, Choi só pedia que eles fizessem o mesmo, mas no restaurante. Qual era o problema nisso? Não haveria salário, mas Choi daria mesada a eles.

E o principal, o restaurante era um negócio de família. Choi não conseguia gerenciar tudo sozinho. Quando as vendas iam bem, ele contratava mais funcionários para que a esposa e os filhos pudessem trabalhar menos, porém as vendas tinham caído nos últimos anos e, com a pandemia de Covid-19, estava na hora de todos trabalharem juntos para enfrentar essa crise. Além disso, era difícil de aceitar que a esposa tivesse dito que ele explorava os filhos.

Argh. Após soltar um longo grunhido, Choi terminou de beber o soju. Nesse momento, a porta de vidro foi aberta e Geum-bo saiu, segurando um copo longo em formato de tulipa, cheio de cerveja. Ele se sentou de frente para Choi, na cadeira que geralmente ficava vazia, e tirou a máscara. Geum-bo Hong tinha uma bocarra e grandes bochechas.

Ele inclinou o copo de cerveja na direção de Choi, que o olhava surpreso.

— Cheguei atrasado para aceitar um gole. Ha-ha-ha!

— Pode tomar cerveja durante o expediente?

— Isso não é cerveja.

— Quê? Lógico que é! Você estava cochilando um tempo atrás. Tem certeza de que está fazendo seu trabalho direito?

— Não estava, não. O senhor pegou uma garrafa de cerveja lá dentro, né?

— Hã? Então você percebeu a garrafa vazia… Por que veio até aqui, se deveria estar cuidando do caixa?

— Ah, é que o senhor estava amuado de novo, então pensei em dar uma passada. Vamos fazer um brinde!

Choi se incomodou com a palavra "amuado", mas tentou disfarçar e tomou um gole da cerveja, esvaziando o copo. Já estava cansado de beber sozinho e não estava achando nada ruim ter companhia.

Choi despejou o restante da cerveja no copo, quando Geum-bo Hong tirou alguma coisa de dentro do bolso lateral da calça cargo e encheu o copo. Ao olhar com atenção, Choi viu que era chá de cabelo de milho.

— Ué, você quer fazer um brinde com um negócio que nem é álcool?

— Eu disse que não era cerveja. Mas é que nem mágica, sabe? O sabor é um pouco terroso e é refrescante. Quando quiser uma cerveja, basta tomar um desses.

— Minha nossa, estou aqui, vendo você tomar chá de mijo…

— Ah, lá vem o senhor de novo… Esse chá é bem gostoso. Por que não experimenta?

Choi estremeceu quando Geum-bo Hong tentou lhe servir um pouco do chá de cabelo de milho. Com uma expressão decepcionada, o rapaz encheu o próprio copo com a bebida marrom-clara. Choi o achava um pé no saco na maioria das vezes, mas era bacana beber junto com ele.

— Acho que sei que tipo de cara você é.

— Hã?

— Você é um tremendo de um babaca.

— B-babaca? Então tá. Sou um babaca. É, acho que passo essa imagem mesmo.

— E qual é a imagem que eu passo para você? A de um velhaco rabugento?

Geum-bo Hong coçou a cabeça e, após uma pausa, assentiu. Choi, então, deu alguns tapinhas nas costas dele e ergueu a voz:

— Mas ser um velhaco rabugento é tão ruim assim? Eu dou o sangue pelo meu trabalho, ganho meu próprio dinheiro e digo o que precisa ser dito, então por que as pessoas se incomodam tanto por eu ser implicante e reclamão?

— Bem, eu não acho ruim ter as próprias convicções... mas será que o problema não é o senhor só falar de si mesmo? Porque pessoas reclamonas geralmente falam só de si mesmas e não escutam os outros.

— Não é que nós não escutamos, é que temos o nosso próprio jeito de lidar com as coisas. Mesmo se escutássemos, seria difícil de mudar, não acha?

— Aí é que está. Você precisa escutar os outros e melhorar as coisas para ter algum progresso.

— O que é progresso na minha idade? O importante é ser bom no que se faz, e eu me comporto desse jeito para proteger tudo que construí. Não me menospreze tanto por causa disso!

— Não estou menosprezando. Acho isso o máximo! Admiro os profissionais autônomos do nosso país. Mas talvez sua família não sinta o mesmo, já que, para eles, o senhor é marido e pai, não chefe. Então, você precisa ouvi-los como marido e pai, não como chefe. Se não conseguir fazer isso, adivinha? Eles o verão como um velhaco chato.

— Olha, eu entendo, mas o que estou querendo dizer é que é difícil mudar. E se não adiantar de nada? E se o negócio falir? Quem vai assumir a responsabilidade? Minha esposa, meus filhos ou eu?

— Então o senhor está estressado com a possibilidade de uma mudança não surtir efeito. Mas, como eu disse, o estresse é um veneno. Nesse caso, por que o senhor não tira um tempo para refletir sobre o meu conselho e fazer algumas mudanças? Se não der certo, sua família vai brigar com o senhor, por acaso?

— Hum, nunca se sabe.

— As pessoas têm consciência. Ao menos o senhor terá escutado a opinião da sua família e tentado mudar. Se acharem ruim, o problema é deles! Mas eles não fariam isso, né?

— Sei lá! Talvez um cara sem família e folgado que nem você consiga fazer isso, mas eu não! — berrou Choi.

Ele se levantou e entrou na loja, e Geum-bo Hong o seguiu apressado.

Ao chegar ao caixa, Choi estendeu o cartão para Geum-bo Hong.

— Mais uma garrafa de cerveja e chega por hoje!

O rapaz pegou a garrafa e passou o leitor de código de barras, então passou o leitor na garrafa de chá de cabelo de milho também. Choi o olhou confuso, e o rapaz tratou de dizer que, por ter feito companhia a ele para beber, nada mais natural que Choi também comprasse o chá, não é?

— Ei, está achando que eu sou trouxa?

— Não, só um velhaco.

— O quê?! Nunca mais volto aqui!

Choi olhou feio para Geum-bo e lhe deu as costas para ir embora. A voz do rapaz soou atrás dele:

— Pensando bem, o senhor não é velhaco…

Choi parou.

— É um velhaco rabugento! Só um velhaco é tão teimoso assim. Ha-ha-ha!

Dessa vez, Choi não conseguiu nem suspirar. Tinha sido um erro achar que valeria a pena conversar com aquele babaca. Como se para calar a própria boca, ele colocou a máscara e saiu da loja.

Ao chegar em casa, Choi se jogou na cama. Estava no quarto do filho mais velho. Um ano antes, sua esposa havia sugerido que eles dormissem em quartos separados porque não suportava os roncos do marido, que nos últimos tempos roncava sem parar. Por isso, ele passou a dormir naquele quarto quando o filho mais velho foi para o exército. Depois de ter sido dispensado, dois meses atrás, o filho mais velho foi para o quarto do mais novo, que era calouro em uma universidade próxima. E, quando Choi percebeu, o mais novo já estava morando em um quarto alugado, pois tinha aulas mesmo durante as férias.

Ficaria difícil para quatro adultos continuarem morando em um apartamento de três quartos. Não seria fácil voltar para o quarto de casal e ficar junto da esposa, então um dos filhos teria que ir morar sozinho. Ou, se nenhum dos dois saísse de casa depois de se formar, talvez o próprio Choi teria que ir embora.

Com inúmeras preocupações, ele não pegou no sono. Para ele o somaek funcionava como um remédio para dormir, mas naquela noite não conseguia pegar no sono mesmo tendo bebido. Foi então que ele ouviu o barulho da fechadura eletrônica da porta de entrada da casa. O filho estava de volta. No escuro, Choi tateou em busca do celular para ver a hora. 23h45. Todas as lojas fechavam às dez, então onde diabos o garoto estava trabalhando para chegar a uma hora dessas? Nem ele mesmo conseguia curtir por aí depois do trabalho, então desconfiava do que o moleque estava fazendo de verdade. Choi ficou tentado a sair do quarto, abordá-lo e enchê-lo de perguntas, mas se conteve.

Antigamente, ele teria repreendido o garoto, mas dessa vez não podia interferir. Choi se lembrou da bronca que levou de Geum-bo Hong — um velhaco só falava de si mesmo. E, se insistisse nisso, se tornaria um velhaco rabugento. Droga... ele nunca havia se incomodado em ser chamado assim, mas ficou horrorizado ao perceber que não estava imune nem às críticas de um funcionário da noite de uma loja de conveniência.

Seria esse o fim da vida dele? Sendo o chefe da família, deveria só abaixar a cabeça para a esposa e os filhos e garantir o sustento de todos? Nos últimos tempos, nem ganhar dinheiro ele estava conseguindo, então devia estar chegando ao fim da vida mesmo. Com esse pensamento, Choi se encolheu feito um camarão e tentou dormir.

No dia seguinte, ele não foi à loja de conveniência depois do trabalho. Além disso, decidiu ficar sem beber por um tempo, já que não estava conseguindo relaxar nem com o álcool, e também não queria ver Geum-bo Hong, aquele falastrão pretensioso.

⊛⊛⊛

Ainda havia dias em que a clientela parecia ser uma espécie em extinção e o ar-condicionado representava um desperdício de dinheiro. Naquele dia mesmo só duas mesas foram ocupadas à tarde, e depois mais ninguém apareceu. Mesmo em um estabelecimento sem um horário oficial para descanso, era natural dar uma desacelerada entre as duas da tarde e o início da noite. Além disso, se fechasse o restaurante, Choi ficaria preocupado quanto a pagar as contas.

À noite, ele escutou a esposa cumprimentar um cliente e, ao olhar de dentro da cozinha, viu que a pessoa estava sozinha. Ele não iria assar carne para um único cliente, então saiu para perguntar se poderia servir sopa gomtang, e viu de quem se tratava.

Hum, então ele tinha dado as caras ali? Com o cenho franzido, Choi se aproximou de Geum-bo Hong.

— Por que veio até aqui?

— Olá! O senhor não tem ido à loja ultimamente, então vim ver se está tudo bem.

— Que chatice... Isto aqui é um restaurante! Você vai pedir alguma coisa para comer?

— Lógico! Estou a caminho do trabalho e passei aqui para jantar.

— Achei que você comesse as marmitas da loja de conveniência...

Nem a grosseria dele conseguiu tirar o sorriso do rosto de Geum-bo Hong. A esposa de Choi achou que eles eram amigos e se retirou.

— Pensei em pedir carne, mas é melhor não... então, me vê um gomtang.

— Certo. Vou colocar um pedaço extra de carne só porque você é um babaca.

— Opa, aí sim!

Choi voltou para a cozinha e preparou uma tigela enorme de gomtang com bastante carne, que a esposa levou para Geum-bo Hong. O rapaz soltou uma exclamação audível assim que a viu e, devorando a tigela de gomtang, gritou "Esta sopa é maravilhosa! Vou morrer de tão macia que a carne está!" e coisas do tipo. A esposa observou incrédula, mas Choi não se ofendeu com a reação exagerada do rapaz.

O problema surgiu depois do pagamento. Geum-bo Hong o elogiou, dizendo "Se o gomtang é tão bom assim, imagina o contrafilé", e Choi passou o cartão dele com um sorriso convencido. Ao pegar o cartão de volta, o rapaz começou a palitar os dentes e comentou:

— Não sei por que as pessoas não fazem fila aqui para comer essa comida tão deliciosa.

— Meu rapaz, quem é que está fazendo fila em restaurantes com esse caos causado pela Covid-19?

— Hã? Acho que não é bem assim... toda noite passo pela Estação Namyeong e os estabelecimentos por ali estão sempre com longas filas, principalmente a churrascaria...

— Como assim, longas filas? Soube que até o restaurante de carne na chapa no fim da rua foi à falência...

— Não, senhor. A região da Universidade Feminina Sookmyung, perto da base militar estadunidense, está bombando. É que estão enxotando os infectados pela Covid-19.

— Você está de brincadeira! Ali é um centro comercial fraco, só tem barraquinhas de comida.

— Ah, meu senhor... vejo que está muito ocupado cuidando do próprio negócio para ir a qualquer outro. O senhor deveria ir até lá agora para ver o que está em alta nas churrascarias e tal...

— Ah, vai cuidar da sua vida, em vez de querer opinar no negócio dos outros! — explodiu Choi, apontando o dedo na cara de Geum-bo Hong.

O rapaz cobriu a boca escondida pela máscara, como que para se desculpar, e fez uma reverência profunda antes de desaparecer.

Choi suspirou e rasgou a nota fiscal em pedacinhos. Então ouviu uma risadinha atrás de si e se virou, flagrando a esposa, que havia tirado a máscara para rir. Quando Choi resmungou "Tá rindo do quê?", ela se voltou na direção dele com um sorriso satisfeito.

— Pensei que você só não escutasse o que eu digo, mas, pelo jeito, não escuta ninguém. Aquele rapaz só falou a verdade, e você ficou todo nervoso. Não tem como não rir, né?

— Que só falou a verdade o quê?! Até você está contra mim?

A esposa deu as costas para ele e mudou o canal da TV. Estava na hora da sua novela favorita. Choi queria discutir, mas sabia que aquilo se tornaria uma bola de neve, então só voltou para a cozinha e começou a assistir a um jogo de beisebol no celular. Seu time do coração estava ganhando, mas ele não conseguia se concentrar de tão preocupado que estava. Não acreditava que aquela noite terminaria com a venda de um mísero gomtang, nem que os outros restaurantes estavam cheios de clientes, apesar da Covid-19. Merda… os negócios indo bem, a casa lotada e enxotando os infectados!

◉◉◉

Entre o casal Choi, havia uma regra de jantar fora toda segunda-feira, que era o dia de folga no restaurante. Geralmente, eles iam ao estabelecimento vizinho, o restaurante de sushi do senhor Park, porque a esposa adorava sushi e eles precisavam dar uma pausa na carne de vez em quando.

Desde o início da pandemia, os dois passaram a pedir comida para comer em casa, principalmente frango frito ou comida chinesa. No entanto, os negócios não iam bem o suficiente para manter esse costume, então passaram a fazer o jantar com as sobras do restaurante.

Talvez por isso Choi nunca tenha se afastado muito dos arredores do restaurante. A maioria dos amigos de sua terra natal, com quem costumava se reunir em Seul, tinham falecido ou se tornado fazendeiros; em outras palavras, ou ele sobrevivia a Seul, ou voltava para o interior. Seu único amigo que havia se dado bem na vida tinha comprado uma casa em Gangnam, ao sul do rio Han, e nem frequentava mais os bairros ao norte do rio. O homem que jurou que ele iria ganhar muita grana vendendo carne nunca mais ligou nem para convidá-lo para um jantar. Por isso Choi havia ficado preso a Cheongpa-dong, isolado em sua bolha. Cheongpa-dong até poderia ser considerado uma colina verdejante, mas, para um bicho do mato feito Choi, o bairro não passava de um poço escuro.

Já que as palavras de Geum-bo Hong lhe haviam dado gastura, assim que a segunda-feira chegou, Choi comentou com a esposa que eles deveriam sair para jantar. Quando ele sugeriu algum restaurante que estivesse em alta naquela época do ano, a esposa de repente desconfiou das intenções dele, mas logo correu para procurar o que vestir.

O casal passou em frente ao famoso restaurante de comida chinesa em frente à Universidade Feminina Sookmyung, que costumavam frequentar. Fazia duas semanas que o restaurante de sushi do senhor Park estava fechado. Ele estava mesmo na ilha de Jeju havia menos de um mês? Tsc... isso que era nascer com a bunda virada pra lua.

Descendo a rua, eles passaram por um restaurante de comida chinesa cheio de universitários. Enquanto caminhava, Choi usava uma das mãos para levantar o cós da calça de linho, que o incomodava. A esposa havia insistido para que ele não usasse short quando fossem sair, então ele tinha sido forçado a usar aquela calça, apesar do desconforto. Ao menos ele a escutou, e agora os dois desciam a rua de mãos dadas. O calor da mão dela, que nunca soltava a mão suada de Choi, não o incomodou nem um pouco naquele dia quente.

Mesmo sendo início da noite, já havia muita gente aglomerada à entrada da Universidade Feminina Sookmyung; no entanto, Choi não viu nenhuma fila nem lugares lotados como Geum-bo Hong havia dito. A esposa sugeriu que eles fossem na direção da base militar estadunidense, e assim atravessaram a faixa de pedestres e viraram a esquina onde havia algumas placas de trânsito iluminadas.

O sol de verão estava se pondo e as pessoas começavam a beber nos restaurantes. Os estabelecimentos que enchiam as vielas, vendendo carne na chapa ou ensopado, pareciam ainda ser administrados pelos moradores locais, e os principais clientes pareciam ser homens de meia-idade e moradores dos arredores, em vez de jovens e turistas. Parecia mais um lugar familiar do que qualquer outra coisa, então Choi puxou a esposa pela mão até a viela oposta.

Após andar no máximo cinquenta metros, adentraram em uma atmosfera totalmente diferente. Os estabelecimentos antigos davam lugar a pubs e cafeterias sofisticados onde serviam cervejas estrangeiras, além de restaurantes do sudeste asiático e bares japoneses que estavam entre os favoritos da molecada. Um dos lugares exibia apenas um portão de ferro sem placa, onde um grupo de jovens se reunia. Eita... o que será que era servido ali?

À entrada, no que parecia ser um gazebo, havia apenas um bloco de notas cheio de nomes e números de telefone em vez de um menu. Choi entendeu de imediato que, se deixasse seu número ali, seria chamado para entrar no lugar. De acordo com o bloco de notas, tinha umas sete ou oito pessoas na fila, o que foi suficiente para ele estalar a língua, irritado.

— Quem quer ficar em uma fila dessas? Não importa que a comida seja boa — resmungou ele ao se virar para a esposa, que olhava o celular. — Mas o que será que servem aqui? E por que tem fila na porta? Não tem menu, e nem tem como saber só de olhar pelo lado de fora.

A esposa apontou para a tela do celular, indicando que a resposta estava ali. Intitulado um "bar de fusão" coreano, o lugar servia tanto frutos do mar quanto carnes, petiscos criativos e bebidas alcoólicas tradicionais. As fotos do local eram maravilhosas, com belíssimos pratos.

Choi murmurou que não achava uma boa ideia servir aquele tipo de comida, que aquilo não encheria a barriga de ninguém, só os olhos. A esposa se afastou dizendo que era esse o motivo para o lugar ser tão atrativo. Decepcionado com o comentário dela, ele achou difícil entender aquela moda.

Faminto e exausto por causa do calor, Choi chegou à conclusão de que estava na hora de escolher o que comer. A esposa sugeriu um restaurante de hoe, e os dois se viraram para voltar à viela familiar próxima à entrada da Universidade Feminina Sookmyung, quando um grupo de pessoas chamou a atenção deles. Funcionários de escritório esperando em filas, jovens fumando, casais terminando a refeição — havia gente de todas as idades e estilos na frente de um estabelecimento.

Era em frente à churrascaria. O local emitia calor e fumaça, competindo com o calor do verão. Chegando mais perto, deu para ver pela janela aberta a carne de porco sendo grelhada e as pessoas desfrutando de suas refeições.

— Deve ser aqui. O lugar que aquele rapaz comentou.

Choi assentiu, concordando com a esposa.

O local era um sucesso inegável. Aglomeradas do lado de fora por causa da Covid-19, as pessoas esperavam ser chamadas tais como fiéis vassalos esperariam para a seleção de um pretendente real.

A primeira coisa que Choi sentiu foi espanto, depois inveja e, por último, vergonha. O que havia sido sua teimosia ridícula em culpar a Covid-19 por tudo senão a atitude de um velhaco rabugento? As reprimendas da esposa pareceram ressoar nos ouvidos de Choi mais uma vez.

Percebendo o pânico que ele sentia, a esposa o segurou pelo braço e decidiu que iriam comer hoe. Choi riu quando ela disse que hoe combinava com o calor e que só loucos grelhariam carne naquele tempo quente. Evasivo, ele comentou que deveriam fechar a casa de carnes e abrir um restaurante de hoe.

— É complicado só durante o verão, mas o resto do ano pede uma carne grelhada. E, nesse caso, nada melhor que carne bovina.

Choi mal conseguiu reunir forças ao ouvir as palavras da esposa.

Os dois atravessaram a rua e chegaram a um local mais familiar. De repente, ela parou diante de um novo restaurante de hoe que havia passado despercebido por eles. Ao olhar lá dentro, ela viu que não havia clientes e decidiu que deveriam ficar por ali, e Choi concordou.

Eles pediram uma porção generosa de variados tipos de peixe cru, soju e cerveja. Enquanto comiam o primeiro prato de hoe, a esposa pediu que ele preparasse um copo de somaek para ela. Agradecido e maravilhado por ela, que só tomava cerveja, beber somaek com ele, Choi preparou uma mistura fraca.

— Na verdade, eu sabia por alto que Namyeong-dong tinha se transformado em um bairro famoso entre os jovens.

Choi manteve a cabeça baixa e os olhos no hoe.

— Tem alguns restaurantes bem conhecidos perto da Universidade Feminina Sookmyung que servem variados cortes de porco e boi. Dão nomes diferentes para o mesmo tipo de corte ou inovam nos acompanhamentos, tipo ramen no caldo de osso ou contrafilé com arroz frito, ou criam novos pratos com carne.

"Já que você está tão por dentro de tudo, vamos tentar no nosso restaurante!", foi o que ficou entalado na garganta de Choi, mas ele nunca diria tais palavras em sã consciência, então só bebeu o somaek em silêncio.

— Sabia que o Seung-min está trabalhando em uma churrascaria?

As mãos dele enrijeceram no momento de despejar o soju na cerveja.

— Fica em Hannam-dong e é frequentada por vários artistas da onda coreana. Só opera na base de reservas e só serve carne de gado coreano.

Gado coreano, Hannam-dong, artistas da onda coreana... o garoto tirou a sorte grande. Muito esperto da parte dele... Tentando atenuar o sentimento de inferioridade, Choi encarou a esposa.

— O que ele faz lá? Serve as mesas? Lava a louça? O quê?

— Está aprendendo a grelhar carne, ajudar na cozinha e fazer alguns outros serviços.

— Coisas que eu também poderia ensinar a ele.

— Não, é diferente. É outro tipo de habilidade, nada a ver com o que fazemos no nosso restaurante. A gente não consegue acompanhar a cabeça dos jovens. Acho que é por isso que Seung-min quis parar de trabalhar com o pai e ir para Hannam-dong.

— E por que ele não me diz essas coisas? Ele não confia em mim?

— Não é isso, é que é frustrante falar com alguém que não escuta.

— De novo essa história...

— Você não escuta nem o que eu falo. Antes de ir para o exército, Seung-min teve uma ideia enquanto ajudava no restaurante: montar uma mesa de bar e adicionar novas coisas ao menu. Em vez de servir só bife tártaro, servir uma espécie de hoe de carne em fatias finas e grossas também... E o que você disse na época?

— Sei lá. Nem lembro.

A esposa o encarou em silêncio. Choi revirou os olhos, sem saber o que fazer.

— Não me lembro de ter magoado nosso filho, então não entendo por que ele está se afastando de mim.

Ela largou os hashis na mesa com um estrondo.

— Ok, desculpa...

De repente, Choi sentiu os olhos arderem. Desculpar-se pareceu ter trazido as lágrimas à tona, mas ele preferia morrer a demonstrar vulnerabilidade na frente da esposa. Respirou fundo, segurando as lágrimas, e a esposa mordeu o lábio, observando-o se conter.

— Já que nós saímos para jantar, eu também te devo desculpas.

— Estou com medo.

Choi sentiu o olhar da esposa sobre si. Então desabafou tudo o que não tinha conseguido dizer antes.

— Ando me preocupando com tudo... Achei que se eu defendesse meus princípios, por mais que me chamassem de rabugento, eu conseguiria proteger o restaurante e a nossa família... é assim que tem sido minha vida inteira... mas deu tudo errado e agora eu estou ainda mais preocupado e assustado.

Ela segurou a mão dele. Choi lutou para manter os olhos abertos.

— Não se preocupe, eu estou com você. Nossos filhos estão com você. Sempre estivemos ao seu lado. Você tem tomado a dianteira sozinho e nós só estamos cansados de apenas obedecê-lo. Se estiver cansado, pare de ser tão teimoso e passe o bastão.

— E isso vai ajudar o restaurante? Vai impedir os negócios da família de falirem?

— As coisas podem melhorar. Amor, nós não podemos desistir. Pelo restaurante e pelos meninos.

Ela ergueu o copo e ele fez o mesmo.

Os dois ficaram conversando no restaurante até dez da noite. Por serem os únicos clientes, a mulher que parecia ser a dona do lugar continuou levando pratos para eles. Em troca, eles beberam bastante cerveja. Com o marido encarregado da cozinha e a esposa cuidando do salão, aquele local parecia muito com o restaurante do casal Choi.

Sentindo uma estranha afinidade, Choi se esforçou para comentar com a senhora que o dia a dia não estava sendo fácil para ele. A proprietária os olhou com uma expressão confusa e hesitou antes de falar.

— Não dá para acreditar que estão fechando o cerco só para os profissionais autônomos.

— Pois é... mas nós acabamos deixando — disse a esposa de Choi.

A proprietária tinha escutado a conversa do casal e os olhou com empatia.

— Não são só os autônomos que ganham dinheiro, né? Os donos dos imóveis também ganham. Se vamos dividir a conta, então os donos e os funcionários também precisam manter o distanciamento — reclamou a proprietária.

— Concordo. Os donos dos imóveis também precisam fazer o distanciamento. Se um imóvel abrigar dois estabelecimentos, um deles deveria fechar por causa do distanciamento, e o dono do imóvel não deveria receber o aluguel depois das dez da noite! E as fábricas também deveriam parar depois das dez! E funcionários de escritório deveriam trabalhar só um a cada dois dias! — comentou Choi.

— É isso aí!

Ao se virar, Choi deu de cara com o homem que deveria ser o marido da proprietária, de punho erguido.

— Táxis, ônibus, metrô... tudo deveria parar após as dez para manter o distanciamento. A Covid-19 ainda está por aí, sabe? E os políticos que ficam fazendo campanha e gerando aglomerações até tarde da noite? Eles não precisam fazer distanciamento? Somos os únicos que não entendem essa palhaçada? — bradou Choi.

— É isso aí! Gente igual ao senhor tinha que ser político! — exclamou o proprietário, assentindo.

Choi sentiu-se encorajado e estava prestes a continuar seu discurso, quando a esposa tocou seu ombro e deu tapinhas nas costas dele. Choi pisou no freio.

— Senhora, nós temos uma casa de carnes em frente à Universidade Feminina Sookmyung. É a melhor de Cheongpa-dong! Vá até lá um dia. A senhora nos serviu muito bem hoje... então nós também queremos servi-la bem — disse a esposa de Choi para a proprietária.

— Ah, obrigada. No nosso dia de folga, meu marido e eu vamos até lá! — respondeu a mulher com um sorriso no rosto.

— Perfeito. Se não tivermos clientes, podemos ser os clientes um do outro! — acrescentou o proprietário, erguendo as sobrancelhas de taturana.

— Ha-ha! O senhor é bom de lábia, hein? Está certo, está certo — disse Choi, e fez um joinha.

◉◉◉

Ao sair do restaurante, Choi se sentiu aliviado pela primeira vez em muito tempo. Apesar do exagero, poder desabafar daquele jeito foi como um sopro de ar fresco, e ele pôde sentir a camaradagem ao encontrar pessoas que entendiam suas dores e dificuldades. Será que era isso que queriam dizer com "a tristeza diminui quando dividida"? Naquela noite quente de verão, Choi e a esposa caminharam de volta para casa com passos mais leves.

Choi saiu do banho e encontrou a esposa fatiando uma melancia e um melão coreano. Havia também duas garrafas de cerveja. Como Choi não sabia que havia bebida alcoólica em casa, a esposa informou que as bebidas estavam na geladeira de kimchi.

— Eu tomava uma cervejinha ou outra em casa enquanto você ficava na loja de conveniência depois do trabalho.

— Olha só! E eu levando picada de mosquito em uma mesa ao ar livre porque achei que você ia ficar brava...

Choi contou à esposa sobre a última vez que tinha bebido na loja de conveniência. Havia ficado por lá durante uma hora, até ser enxotado. Além disso, também contou que o rapaz para quem eles serviram a sopa gomtang no outro dia trabalhava à noite na loja e era alguém incomum.

A esposa riu, dizendo que os dois enfim saíram para jantar juntos e conversar sobre a vida graças àquele rapaz. Será que havia sido um golpe de sorte eles terem se reaproximado por causa de Geum-bo Hong? Será que as vendas melhorariam em breve? Choi abriu um sorriso irônico e deu uma mordida em uma fatia de melancia. A esposa abriu uma garrafa de cerveja e ofereceu a ele. Choi estava de bom humor; mesmo com as vendas fracas, só de estar em casa e poder tomar uma cerveja na companhia da esposa já estava alegre.

Espirituoso, Choi sugeriu que os dois brindassem de braços cruzados. Mas a esposa balançou as mãos em negativa, duvidando de que as pessoas ainda brindassem assim.

— Qual o problema? Eu sou velhaco, não sou? Velhacos adoram brindar de braços cruzados!

Com relutância, ela ergueu o copo. Choi cruzou o seu braço com o dela e aproximou o copo da boca.

Nesse momento, o barulho da fechadura eletrônica soou e, com o susto, o casal descruzou os braços. Quando abriu a porta e entrou em casa, Seung-min parou abruptamente, confuso ao ver os comes e bebes espalhados e os pais sentados lado a lado no chão, segurando copos de cerveja.

— Já chegou, filho? — perguntou ela, fingindo calma.

— Hoje... é que dia?

Sem dizer nada, Choi gesticulou para que o filho se aproximasse, e o garoto se sentou diante deles, sem nem ter trocado a calça jeans.

— É dia de folga, então é dia de beber em família. Mas o que você está fazendo em casa tão cedo? Você sempre chega lá pela meia-noite...

— Também é meu dia de folga. Fui jantar com um amigo.

— Bebeu?

— Bebi.

— Quer mais?

— Lógico!

Choi entregou para o filho o copo que a esposa foi pegar e o encheu com cerveja. A esposa se juntou a eles para o brinde e esvaziou o copo. Fazia muito tempo desde a última vez que os três haviam se sentado juntos e bebido daquela forma.

Pai, mãe e filho conversaram sobre muitos assuntos. A embriaguez deixou Choi mais confiante, e o conselho de Geum-bo Hong foi de grande ajuda. Seguindo o que o rapaz havia sugerido, Choi escutou o filho e a esposa como pai e marido, e não como chefe.

Seung-min explicou que chegava tão tarde em casa porque voltava de Hannam-dong a pé. O serviço terminava às dez da noite e, até ele acabar de organizar e limpar o espaço, já passava das onze. Para economizar gasolina e se exercitar um pouco, ele vinha andando, passando pelo bairro de

Itaewon e pela Estação Noksapyeong, atravessando a Estação Samgakji em direção a Namyeong-dong, até chegar a Cheongpa-dong. Choi pensou que o filho também deveria ter muito sobre o que refletir durante sua caminhada noturna, e sentiu os olhos marejarem outra vez ao imaginá-lo a caminho de casa. Mas se forçou a parecer durão.

Choi perguntou como era trabalhar com a carne de gado coreano em Hannam-dong, e o filho respondeu não ter nada de especial, mas que faziam de um jeito bonitinho e vendiam a um preço exorbitante. Segundo ele, a churrascaria servia a carne em estilo "omakase"* com base em um sistema de reservas, e vários artistas e "celebs" frequentavam o local. Choi quis perguntar o que era "omakase" e "celebs", mas achou que isso seria bem coisa de velho e fingiu saber do que se tratava.

Então o filho contou que Mu-yeong Cha achava o contrafilé servido na churrascaria o melhor que ele já havia provado. *Mu-yeong Cha?!* Para a surpresa de Choi, o astro havia ido até a churrascaria alguns dias antes, e Seung-min o cumprimentou dizendo que a família era dona de uma casa de carnes em Cheongpa-dong. Foi então que Mu-yeong Cha contou aos colegas que já tinha ido comer no restaurante de Choi, onde gravou um programa de TV e aprendeu a desossar. Ele disse que o lugar era muito bom, mas que o melhor contrafilé era o daquela churrascaria.

---

* Experiência gastronômica em que os clientes confiam na escolha do chef e degustam receitas sazonais preparadas com ingredientes frescos. (N.T.)

Quando Choi perguntou se o filho havia tirado uma foto com Mu-yeong Cha, Seung-min respondeu que o ator estava bêbado demais para isso. "Ora, eu tirei foto com ele e ainda peguei autógrafo", disse Choi, se gabando. A esposa se intrometeu dizendo que Mu-yeong Cha estava em um patamar diferente de quando tinha ido até o restaurante. Ao dizer que o havia convencido a voltar algum dia, a expressão no rosto do filho era a mesma de quando tinha conseguido a faixa preta no taekwondo.

Choi se levantou para ir ao banheiro; enquanto isso, a esposa perguntou se Mu-yeong Cha estava acompanhado quando foi à churrascaria, e o filho começou a tagarelar outra vez. "Ah, garoto, a fruta não cai longe do pé mesmo... no futuro, você vai ser um belo de um velhaco", pensou ela.

Após se aliviar, Choi lavou as mãos e o rosto, aproveitando para se livrar das lágrimas. Quando se olhou no espelho, viu um homem de meia-idade desleixado, com apenas metade da cabeça coberta de cabelo, as bochechas caídas e olhos inflamados. Lá fora, o papo do filho e as exclamações da esposa preenchiam o ambiente. Diante da cena, Choi deu um largo sorriso, radiante.

◉◉◉

Já era quase fim do verão quando Choi voltou à loja de conveniência à noite. Geum-bo Hong continuava a cochilar no caixa. Foi só quando Choi apareceu com uma cesta cheia de cerveja e soju que o rapaz abriu os olhos e sorriu como se nada tivesse acontecido.

— Como o senhor está?

— Você ainda não foi demitido, quem diria...

— Nossa... se eu não estivesse aqui, era capaz de o senhor nunca mais voltar. Eita que hoje o senhor vai encher a cara mesmo! Quer que eu ponha o repelente lá fora?

— Quem é que bebe em uma mesa ao ar livre, tendo que limpar tudo depois, quando se tem uma casa?

— Uaaaaau!

Geum-bo Hong fez um joinha e Choi deu de ombros.

— Olha... hoje estou comprando muita coisa, então escute o que eu vou dizer!

Como o grande velhaco que era, Choi começou a falar antes mesmo que o outro homem concordasse. Choi lhe contou que, por causa dele, conseguiu prestar atenção nos estabelecimentos ao redor e perceber que não estava sozinho; que, mesmo se não pudesse proteger seu restaurante, o importante era proteger sua família; que o filho saiu do emprego e passou a administrar o restaurante junto com ele; que ele aprendeu o que era carne em estilo omakase e estava se divertindo com os planos e testes de novos pratos; que beber na companhia da esposa e do filho era mais gostoso; e, o mais importante, que ele finalmente se livrou do veneno do estresse.

— E o restaurante ganhou um novo nome.

— Qual?

— *So. Hwak. Haeng.* Adivinha o que significa!

— Hum... "So" de somaek. "Hwak" de "hwakshiran", que significa "na certa". "Haeng" de "haengbok", que significa "alegria"...?

— Você não é nada criativo, né?

— Achei que o senhor gostasse de somaek, já que bebia todos os dias.

— Saí dessa vida faz tempo. "So" vem de "sogogui", carne bovina. "So hwak haeng", ou seja, "Carne bovina é alegria na certa". O que achou?

Geum-bo Hong ficou boquiaberto e fez um joinha.

— Foi ideia do meu filho. Achou muito ruim?

— Hein? O senhor mudou o nome do restaurante porque seu filho pediu? Caramba, abrir mão de um nome assim... Parabéns por deixar de ser um velhaco rabugento e teimoso!

Choi ficou emocionado com as palavras dele, mas ainda havia uma coisa a dizer.

— Obrigado. Você falou tudo o que eu precisava ouvir. Acho que isso fez uma baita diferença.

Depois de ter sofrido para fazer a confissão, Choi ficou um tanto irritado ao ver o rapaz revirar os olhos.

— Obrigado também.

— Pelo quê?

— Por ter desabafado comigo. Estou feliz por isso, de verdade — disse Geum-bo Hong com uma expressão satisfeita, que deixou Choi sem graça.

Ele, então, só deu um tapinha no ombro do rapaz.

— Você é muito peculiar... Ah, eu queria te pedir um favor, já que às vezes você dá uma de faz-tudo. Na sexta-feira, vou fazer algumas reformas no interior do restaurante para colocar os balcões e queria saber se você pode ir me dar uma ajuda. Só meu filho e eu não vamos dar conta. Aí eu te pago pelo dia.

— Não precisa me pagar.

— Mas assim não vale!

— Então aceito carne de gado coreano da melhor qualidade. Oitocentos gramas de contrafilé. É tudo o que eu preciso, ha-ha-ha!

— Ora essa...

Choi fez que sim com a cabeça e se dirigiu à saída. Ele pôde ouvir o rapaz cantarolar às suas costas. Choi decidiu preparar o contrafilé para ele, além de colocá-lo para testar os novos pratos em estilo omakase.

Compre dois, leve três

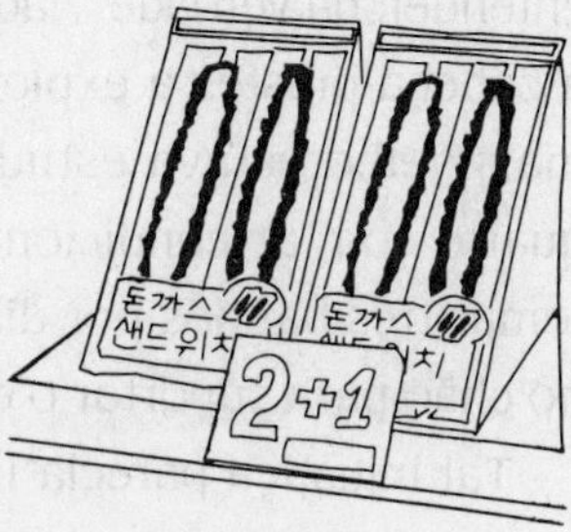

Não havia justiça no mundo. Bastava olhar o pai dele para saber. Por trabalhar em um canteiro de obras, ele só não ia quando estava chovendo, mas nem ganhava tanto dinheiro assim. O pai dizia que era por ser um peão trabalhando para um subempreiteiro... Apesar de ele não entender o que isso queria dizer, o pai vivia xingando o chefe. Dizia ser sujo e de baixo nível e, a isso, sempre se seguia a frase "Min-gyu, se você não estudar vai acabar que nem eu, sendo peão em um lugar que parece uma estufa no verão e um congelador no inverno".

Não havia justiça nenhuma no mundo. Bastava olhar a mãe dele para entender. Sendo faxineira, ela trabalhava em uma empresa de prestação de serviços, mas o dono da empresa e os funcionários ganhavam muito mais do que ela e seus colegas faxineiros. Além disso, a mãe sofria com as bobagens que ouvia do pessoal da empresa e do prédio. Era inacreditavelmente injusto que ela precisasse fazer faxina, enquanto os outros ganhavam mais para fazer sabe-se lá o quê.

Se você ainda não acredita na injustiça do mundo, então dê uma olhada no próprio Min-gyu. Esse é o jeito mais fácil de entender, na verdade. Naquele dia quente, em que ele sentia a cabeça prestes a explodir, era difícil saber se seu irmão mais velho estava estudando ou jogando videogame no quarto com ar-condicionado, enquanto Min-gyu precisava tomar três banhos por dia, abraçar o ventilador e se deitar no chão para suportar o calor sufocante.

Tal injustiça parecia inerente a Min-gyu desde sempre: o irmão era alto igual ao pai e inteligente igual à mãe; já Min-gyu não era tão inteligente, pois havia puxado ao pai nisso, e era gordo, por ter puxado à mãe, algo que não era bem-visto. Min-gyu não conseguia entender como podia ter sido azarado daquele jeito e só lamentava como a vida era injusta.

O irmão estava no último ano da escola e era bom aluno, então havia ficado com o único quarto que tinha ar-condicionado. Mas será que Min-gyu não merecia pelo menos um ventilador decente? Por mais que ele se queixasse, a mãe não havia substituído o ventilador velho, apesar da haste quebrada, das hélices barulhentas e de ser impossível controlar a direção do vento. Ela só repetiu o que tinha dito no ano anterior: o verão iria acabar logo.

Min-gyu odiava a injustiça do mundo e não gostava de como os próprios pais o tratavam. Odiava o pai, odiava a mãe e odiava o irmão mais do que tudo. Para piorar, desde o início da pandemia de Covid-19 o ensino a distância o obrigou a passar mais tempo com a família.

Quando não ia trabalhar, o pai ficava estirado no sofá assistindo à TV e bebendo, além de fazer Min-gyu de serviçal.

"Pega um soju pra mim na geladeira", "Esvazia o cinzeiro pra mim", "Traz o salgadinho de lula seca", pedia sem parar, explorando Min-gyu como se ele fosse um lacaio da Dinastia Joseon.

Quando a mãe chegava do trabalho, ela e o pai costumavam ter uma briga rápida, depois o clima dentro de casa se acalmava. Nos dias em que saía para trabalhar, o pai chegava em casa e apenas jantava e ia para a cama; mas, quando chovia muito, como estava acontecendo bastante naqueles últimos dias, o pai e a mãe brigavam o tempo todo. Assim, ela, geralmente tão carinhosa com Min-gyu, acabava implicando com cada coisinha que ele fazia.

Cansado das bebedeiras e cigarros do pai e da implicância da mãe, Min-gyu não tinha para onde fugir. Tudo o que ele desejava era tirar uma soneca no quarto fresquinho do irmão, mas o fato de o irmão ser o Nº1 da família o mantinha afastado. Os dois se davam bem durante a infância, mas o irmão havia crescido e se tornado um babaca egocêntrico e cheio de si.

O objetivo do irmão de Min-gyu era cursar direito em uma universidade de prestígio e se tornar juiz. Na verdade, foi ele quem disse a Min-gyu que o mundo não era justo e que era preciso conseguir um bom emprego para ter alguma vantagem na vida. Com esse objetivo em mente, seu foco eram os estudos, pois ele dizia que alcançar tal objetivo iria requerer sacrifícios. Por esse motivo ele não dava atenção ao irmão mais novo, muito menos às tarefas domésticas. Os pais o apoiavam e concordavam com tudo que ele dizia. Já um garoto cheio de acne e que mal conseguiu entrar em uma escola de artes liberais feito Min-gyu não tinha a menor chance.

Em casa as coisas eram tão injustas quanto no mundo lá fora. Buscando um refúgio longe da injustiça e do calor, Min-gyu encontrou o lugar perfeito.

Descendo a rua do prédio baixo onde morava, havia uma loja de conveniência na esquina de uma pequena bifurcação, onde o ar condicionado era bem distribuído entre todos que estivessem lá dentro e, apesar de os preços serem mais altos do que no mercadinho da vizinhança, eram igualmente mais caros para todo mundo. E o mais importante, Min-gyu era tratado de maneira justa, como qualquer outro cliente, independentemente de sua aparência ou de suas notas. Em meio ao verão escaldante, ele passou a frequentar a loja após o jantar para fugir dos pais, que chegavam a essa hora do dia.

Assim que entrou pela porta de vidro, Min-gyu começou a procurar pelos produtos na promoção "Compre dois, leve três". Naquele dia, escolheu o leite sabor chocolate. Ele foi até o caixa, pagou e se sentou nos fundos da loja. Uma olhada no celular mostrou que eram seis e meia da noite — se tomasse um leite a cada hora, ele poderia ficar na loja até as nove e meia. Após as nove, o pai já teria adormecido, então ele poderia terminar de beber o leite e voltar para casa. Min-gyu abriu a primeira caixinha e tomou um gole.

No mês anterior, o produto naquela promoção tinha sido batatas chip; na semana anterior, o bolinho castella. Ele só ficava desapontado pelo seu espetinho de massa de peixe preferido nunca entrar na promoção por ser tão popular, mas leite sabor chocolate não era nada mau. Três pacotes de batatas chip o deixariam de barriga cheia até o café da manhã, e três castella o fariam engasgar. Mas o leite o deixaria de barriga cheia e sem a garganta seca.

Enquanto tomava a bebida, Min-gyu abriu o YouTube. O moço que trabalhava meio período na loja havia passado a senha do Wi-Fi para ele; estando prestes a servir ao exército, era um cara meio bruto, mas estava sempre disposto a fazer o que Min-gyu pedia. Ele também tinha lhe passado a senha do banheiro dos funcionários. Min-gyu mal podia esperar para que o irmão fosse servir ao exército para ter o próprio quarto com ar-condicionado.

Às oito horas, chegou o novo funcionário de meio período. Min-gyu prestou atenção à conversa no caixa. O funcionário mais antigo passava algumas orientações ao mais novo, que parecia não entender nada do que estava sendo dito. Ele estava em seu terceiro dia de trabalho e, apesar de ser chamado de "garoto" pelo funcionário antigo, devia ter uns vinte anos a mais que Min-gyu, o que o fazia parecer um tiozão. Nos dois dias anteriores, foi a gerente da loja quem lhe passou as orientações, e Min-gyu precisou segurar o riso.

— Como é que você não sabe metade das coisas que eu te passei ontem?! Por acaso você tem memória de peixe? Amanhã você vai ficar sozinho aqui. Acha que vai dar conta do recado?

Min-gyu achou hilário e pesquisou na internet o que significava ter memória de peixe, mas o tiozão só coçou a cabeça e disse que não haveria nenhum problema, o que Min-gyu duvidava muito. Longe disso, pois, assim que a gerente se foi, ele não conseguiu encontrar um cigarro para um cliente e ficou todo alvoroçado. Além disso, ele era muito desajeitado e saía trombando em tudo, derrubava os produtos das prateleiras, calculava errado o preço das cervejas e deixava os clientes esperando.

Frequentando aquele lugar fazia um mês, Min-gyu já entendia o funcionamento de uma loja de conveniência, mas aquele cara era um péssimo funcionário, não fazia nada direito. Também era provável que ele nem tivesse frequentado a escola. Min-gyu não era bom aluno, porém tinha uma boa percepção e achava que poderia trabalhar bem em uma loja como aquela. Mas a mãe nunca o deixaria trabalhar durante as férias e dizia que ele ainda era muito novo e precisava focar nos estudos. Min-gyu queria terminar o ensino médio e conseguir um emprego de meio período em uma loja de conveniência, e, como ele já seria maior de idade, a mãe não poderia impedi-lo. O pai dizia que, sem estudo, ele acabaria trabalhando em um lugar que parecia uma estufa no verão e um congelador no inverno, mas lojas de conveniência eram frescas durante o verão e quentinhas durante o inverno!

Então, nas férias de verão do primeiro ano do ensino médio, Min-gyu decidiu o que queria fazer da vida: trabalhar meio período em uma loja de conveniência. Apesar de o salário ser baixo, ele não tinha hobbies nem amigos, então não havia muito com o que gastar. Além do mais, o custo da mão de obra em países desenvolvidos era tão baixo que dava para sobreviver com um emprego de meio período e, como a Coreia do Sul já era quase um país desenvolvido, ele torcia para que fosse possível se sustentar com um emprego desses quando fosse adulto.

Min-gyu terminou de tomar a primeira caixinha de leite e se levantou para esticar as pernas. Deu uma volta pela loja e espiou o caixa para ver como o novo funcionário estava se saindo. Às oito, muitos produtos haviam chegado e o tiozão estava abaixado atrás do caixa. O garoto ficou frustrado querendo saber o que diabos o homem estava fazendo ali, uma vez que precisava tirar as caixas do meio do caminho para os clientes passarem.

Naquele momento, uma música começou a tocar na loja. Min-gyu não reconheceu a canção, mas o homem se levantou e começou a cantarolar e mexer os ombros. Mas hein? Será que ele tinha se agachado atrás do caixa para ficar ouvindo música? Foi quando o olhar dos dois se cruzou.

— E aí, você curte música das antigas? É "Radio Ga Ga", do Queen!

— Quê?

— Não conhece a banda Queen? Alguns anos atrás saiu um filme, chamado *Bohemian Rhapsody*, sobre o Freddie Mercury.

Rhapsody, Mercury... aquelas palavras eram um mistério para Min-gyu. O que era esse tal de "Radio Ga Ga" que o tiozão estava cantarolando enquanto balançava a cabeça? Ele conhecia a Lady Gaga, mas nenhum Radio Ga Ga.

— Rock and roll! — exclamou o homem, com o indicador e o mindinho erguidos em um gesto estranho.

Min-gyu achou que o tiozão devia ser doido. Mas ele não iria abrir mão de um lugar onde tinha investido toda a mesada do dia. O garoto correu de volta para os fundos da loja e abriu a segunda caixinha de leite. Ele entrou no YouTube, botou os fones de ouvido e escolheu um vídeo do grupo Oh My Girl. Logo o som esquisito da música barulhenta que o tiozão havia colocado foi abafado por "Dolphin", a música favorita de Min-gyu.

Tto mulborareul ireukyeo da da da da da da da da da da.

Aí, sim! Finalmente música boa!

Imerso no oceano de vídeos similares disponíveis no YouTube, Min-gyu passou a noite assistindo a um vídeo atrás do outro, contagiado pela música alegre do Oh My Girl.

Nos últimos tempos, Min-gyu começou a se interessar por história. Havia muito conteúdo sobre o tema por aí, e ele achava os vídeos bem divertidos. Dava para fazer de tudo nessa vida sem se cansar! No momento, para Min-gyu isso significava assistir a vídeos no YouTube. Na infância, tinha significado ler livros.

A mãe de Min-gyu dizia que não podia cuidar dele e do irmão pois precisava trabalhar, então os mandava ler livros depois da escola. Na época, os livros que eles tinham em casa eram clássicos da literatura universal, enciclopédias e quadrinhos educativos, mas o irmão não era muito de ler, pois tinha um celular. Já Min-gyu passava dia e noite lendo.

Ao terminar a segunda caixinha de leite, ele fechou o YouTube, tirou os fones e pegou um livro de dentro da mochila. *O Meu Pé de Laranja Lima* havia sido entregue pela professora de literatura para ser lido durante as férias, e Min-gyu tinha começado a lê-lo na semana anterior como lição de casa, mas, tirando o nome engraçado do pé de laranja, "Minguinho", ele achou a história muito deprimente e o livro não estava conseguindo prender sua atenção. Como se não bastasse, a música alta que o tiozão da loja havia colocado o distraía da leitura. Irritado, Min-gyu se virou na direção do caixa para descontar sua frustração, mas deu de cara com o tiozão, parado à sua frente.

— Garoto, esse sanduíche está vencido há dezessete minutos. Se não se importar, pode comer.

O homem, bem mais velho e vestindo um colete tão apertado que parecia que os botões saltariam a qualquer momento, estendia um sanduíche de tonkatsu para Min-gyu. O garoto sentiu suas bochechas arderem. Em sua cabeça, de um lado havia o sanduíche de tonkatsu, seu preferido, e do outro as palavras da mãe, que vivia lhe dizendo que não aceitasse nada de estranhos. Min-gyu precisou pensar rápido.

— É uma delícia. Eu adoro — disse o tiozão, o que deixou Min-gyu desconfiado.

— Então por que está me oferecendo?

— Bem, porque... já tenho uma marmita de tonkatsu vencida há dezessete minutos. Ha-ha-ha!

— Ah...

Min-gyu ficou morrendo de inveja. Ele queria muito provar a marmita de tonkatsu daquela loja, e o tiozão ganhava uma de graça! O garoto engoliu em seco.

— E você está lendo meu livro favorito, então senti vontade de te oferecer alguma coisa.

Min-gyu segurou a vontade de dizer "Então me dá a marmita de tonkatsu!" e só assentiu. O tiozão sorriu e pôs o sanduíche ao lado da caixinha de leite.

— Obrigado.

— Não foi nada! Ouvi dizer que os jovens de hoje em dia não leem mais livros, mas você é diferente. Muito bem! Foi você quem escolheu esse livro?

— Hum… foi.

— É de um escritor brasileiro! Ficou muito famoso quando eu era criança. A história é só o Zezé conversando com o Minguinho, e eu adoro isso, porque as pessoas precisam ter com quem conversar.

— Hum…

— Nossos amigos são as pessoas com quem podemos contar. Você tem amigos, né?

— Não.

— Entendo… então você deveria dar nome a uma árvore e fazer amizade com ela, igual no livro. A caminho da Estação Seul tem uma ginkgo, ou você pode ir até o parque Hyochang e escolher uma árvore para ser sua amiga.

— Vou ver o que faço.

— Ah, olha eu falando sem parar outra vez, ha-ha-ha! Sabia que você seria bom de conversa, já que gosta de ler. Quando lemos, sentimos vontade de dividir nossa opinião sobre o livro, e esse acaba sendo um bom assunto para uma conversa.

— Nós discutimos sobre os livros que lemos na escola. Na aula de literatura.

— Uau, que aluno exemplar! E o que você quer ser quando crescer? Bibliotecário? Professor de literatura? Ou quem sabe… escritor?

— Quero trabalhar em uma loja de conveniência.

— Hã?

— Quero ter um trabalho igual ao seu.

— Ah...

— Se isso aqui está vencido, precisa ser consumido logo, né? É melhor eu comer, então.

— Ah, é... certo. Bom apetite.

O tiozão se virou e foi embora com uma expressão abobada no rosto. Min-gyu precisou ouvir aquela tagarelice infinita para ganhar um sanduíche. Parecia que era o tiozão quem precisava de um amigo, não ele.

O sanduíche de tonkatsu não o decepcionou — que ideia genial embrulhar carne de porco frita e empanada em dois pedaços de pão. Combinou tanto com o leite que Min-gyu acabou com a caixinha restante. Ele guardou o livro na mochila e se levantou para ir embora.

— Obrigado pelo sanduíche.

Diante da porta, ele se despediu do homem no caixa, que pegou um pedaço enorme de tonkatsu coberto de molho e fez um joinha para Min-gyu. Em seguida, enfiou a comida na boca e mastigou, satisfeito.

Trabalhar em uma loja de conveniência devia ser o máximo!

Min-gyu continuou a ir à loja nos dias que se seguiram, e passou a ler *O Meu Pé de Laranja Lima* com grande entusiasmo. Enquanto lia, percebeu que o tiozão — um fã da garotada leitora — mais uma vez separava os produtos vencidos. Nos dias em que o produto na promoção "Compre dois, leve três" era pão, ele oferecia caixas de leite vencidas a Min-gyu. Quando o produto em promoção era algum salgadinho, ele oferecia garrafas de suco vencidas. Para Min-gyu, aquela espécie de acordo não era nada ruim. O problema é que ele não tinha outro livro para ler e não queria ir à escola durante as férias para pegar mais livros emprestados nem reler algum dos que tinha em casa. E também seria impossível gastar sua mesada em uma livraria.

Quando o tiozão se aproximou e perguntou se ele havia terminado de ler *O Meu Pé de Laranja Lima* e Min-gyu respondeu que sim, o homem arregalou os olhos e quis saber sua opinião sobre a história. Min-gyu precisou encher linguiça até o tiozão começar a falar o que tinha achado da história. Ele disse ter lido o livro quando era muito novo e que se lembrava de detalhes, e falava com tanta seriedade que Min-gyu até se sentiu um pouco desconfortável. Como se fosse uma recompensa por ter oferecido ao garoto os produtos vencidos, o tiozão havia obrigado Min-gyu a conversar sobre o livro.

De tão aborrecido que estava, Min-gyu teria se levantado e metido o pé da loja, se o homem não tivesse comprado um iogurte para ele do próprio bolso. Era noite e não havia clientes na loja, então o tiozão passou mais tempo falando com Min-gyu do que trabalhando. E, apesar de ser um trabalho que pagava mal, Min-gyu mais uma vez se deu conta de que aquele era seu emprego dos sonhos.

O tiozão perguntou qual livro Min-gyu leria em seguida, e o garoto respondeu que ainda não tinha decidido. No momento em que ele pegou a mochila para ir embora, o homem pediu que ele esperasse um pouco e se dirigiu até o depósito. O que estava rolando? Além de produtos vencidos, agora ele ganharia livros usados? Min-gyu começou a ficar animado, mas percebeu que, se lesse mais um livro, talvez precisasse discuti-lo de novo.

O homem voltou, sorridente.

— Este é um livro informativo e interessante. Quer ler?

O tiozão estendeu um livro velho e grosso de capa dura. Quando Min-gyu o segurou, viu que estava tão empoeirado que pensou ter sido encontrado no lixo. Na capa, havia uma ilustração malfeita de um foguete que mais parecia um desenho feito com giz de cera por uma criança do jardim de infância, sob o seguinte título:

Rastros da ficção jovem-adulta
Ajuste de órbita

O livro era uma mistura incomum entre rastros e ficção, foguete e órbita, e Min-gyu não conseguiu entender do que se tratava.

— Está um pouco velho, mas o conteúdo ainda é bem atual. Quer ler?

— Ah, está bem.

Min-gyu abriu a mochila com pressa e enfiou o livro lá dentro. Após se despedir do homem, perguntou:

— Mas... qual é o seu nome?

— Meu nome? Geun-bae Hwang.

— Então por que está escrito "Geum-bo Hong" no seu crachá?

— Porque são nomes parecidos. Tem um ator que eu gosto que se chama Geum-bo Hong.

— Não é por você ser parecido com ele?

— Sim, por sermos parecidos e por eu gostar do trabalho dele! Então quis deixar assim no crachá. Ha-ha-ha!

Para dizer a verdade, Min-gyu tinha pesquisado o nome no crachá do tiozão no dia anterior. Ele achou mesmo que "Geum-bo Hong" parecia ser um nome chinês e descobriu se tratar de um ator de cinema da China ou de Hong Kong. E, além disso... ele era a cara do tiozão.

— E como você se chama? Já que somos colegas de leitura, é bom sabermos o nome um do outro.

— É Min-gyu Go. Mas pode me chamar pelo meu apelido, que nem eu vou chamá-lo pelo seu.

— E qual seu apelido?

— Ah, hum... é "Minguinho".

— Minguinho? Min-gyu? Que incrível! Como vai, Minguinho? Ha-ha-ha!

Min-gyu curtiu o novo apelido. Ele teve a ideia quando o homem disse usar o nome Geum-bo Hong por ter uma pronúncia similar a Geun-bae Hwang, e Minguinho também tinha uma pronúncia parecida com Min-gyu, quando dito depressa.

Ele não via problema algum em se aproximar de Geum-bo. Assim ele poderia se sentir mais confortável na loja de conveniência, ganhar produtos vencidos e pegar livros emprestados.

Isso, lógico, se ele conseguisse suportar o falatório constante e o gosto musical barulhento do homem.

Dong-hyun é aluno de uma escola de artes liberais em Mapo, Seul. Até o ensino fundamental II, Dong-hyun foi um aluno exemplar, mas agora se tornou um delinquente. Ele mata as aulas e as reuniões noturnas do grupo de estudos a seu bel-prazer e gosta de fugir da escola. Até que um dia, depois de os membros do corpo estudantil lhe darem um corte de cabelo no estilo "faixa do meio" por ter cabelo comprido, Dong-hyun desistiu da escola.

Com um corte de cabelo horrível e sem uma escola para onde voltar, Dong-hyun começou a andar a esmo. Um dia, em um dos becos de Sinchon, ele se envolveu em uma briga com um grupo de valentões da vizinhança, e a briga só não ficou mais séria porque um dos valentões, Dae-bang, tinha sido amigo de Dong-hyun na escola primária (antes de ser transformada em uma escola de ensino fundamental, o que já revela a idade deste livro). Dong-hyun, então, se junta à gangue e passa a cometer alguns delitos, como roubar lojas e dinheiro de outras crianças e fugir de casa.

Na realidade, a família de Dong-hyun não era pobre nem desestruturada; em linhas gerais, ele tinha uma vida abastada e confortável. O seu pai era cientista espacial e trabalhava em um centro de pesquisa na cidade de Daejeon, e a mãe era dona de uma loja de roupas muito famosa. Mas Dong-hyun sentia dificuldade em criar laços com a família. O pai, sempre ocupado com sua pesquisa e desenvolvimento de foguetes, ia para casa uma vez por mês, e a mãe, que não se dava bem com o pai, estava sempre ocupada desde que Dong-hyun tinha entrado no ensino médio e a loja de roupas havia começado a fazer sucesso. Talvez por isso ela fizesse tantas reuniões e bebesse até tarde da noite, enquanto o jantar de Dong-hyun ficava a cargo da empregada.

Quando foi que tudo começou a dar errado? Dong-hyun passava os dias agindo feito um delinquente juvenil sem sonhos e sem esperança, com uma família indiferente a ele. Até que um dia, enquanto pilotava uma lambreta roubada, ele sofreu um acidente e acabou no hospital com a perna quebrada. Os pais se ocuparam de reparar os danos causados pelo acidente do filho, e Dong-hyun, em vez de se sentir culpado, ficou bem aliviado por ter causado aquele acidente, pois seus pais finalmente dariam atenção a ele.

A mãe chorou e mandou que Dong-hyun nunca mais fizesse aquilo, além de implorar que ele se cuidasse e tirasse boas notas, dizendo que trabalharia menos na loja e passaria mais tempo com ele. Dong-hyun sentiu pena da mãe, mas não tinha certeza se conseguiria voltar para a escola, um ambiente tão sufocante. O pai, sem dizer mais nada, retornou a Daejeon.

No dia em que ele recebeu alta do hospital, o pai buscou Dong-hyun e a mãe de carro e os levou até Daejeon. Era a primeira vez que Dong-hyun ia àquele lugar. A quitinete do pai se parecia muito com o quarto bagunçado de Dong-hyun, o que deixou o homem envergonhado, então sugeriu que eles fossem até o laboratório.

O lugar era fabuloso, e todos os pesquisadores foram legais e simpáticos. Ver os colegas juniores do pai se preocuparem com ele, cuja perna estava engessada, e o *encorajarem fez Dong-hyun perceber que o pai era uma figura mais importante do que ele imaginava.*

O pai levou Dong-hyun e a mãe a uma sala contendo o modelo do foguete em que estava trabalhando, e os três o admiraram por um tempo, até que o pai abriu uma lousa que ocupava a parede inteira. Ali, símbolos complicados e números demonstrando a trajetória e o alcance do foguete preenchiam o espaço. O pai tentou lhes explicar aquilo, usando palavras como propulsor, oxidante, encontro e outros termos complicados que Dong-hyun e a mãe não conseguiram entender. Sentindo-se envergonhado outra vez, o pai pediu a compreensão deles por não ser bom em dar explicações, então respirou fundo e disse: "Para resumir, às vezes os foguetes precisam passar por um ajuste de órbita, e eu acho que está na hora de ajustarmos a órbita de Dong-hyun e de nossa família."

O pai, então, disse ao filho que era sua última chance de fazer um ajuste de órbita. Caso ele não o fizesse agora, a trajetória de seu foguete encontraria algo muito pior do que um acidente de lambreta, e o resultado não seria apenas uma perna quebrada.

Além disso, o pai lhe disse que ele e a mãe também se sentiram encorajados a ajustar a órbita. A mãe completou dizendo que ela e o pai haviam conversado sobre se mudarem para Daejeon e morarem juntos como uma família, e ambos pediram a opinião de Dong-hyun.

"Não sabemos aonde esse ajuste de órbita vai nos levar, mas a simulação feita neste exato momento nos diz

que vamos colidir com um imenso planeta e explodir. Se pensarmos bem, podemos prever que isso aconteça. Agora nós precisamos encontrar uma forma de mudar a trajetória. Está na hora de refazermos nossas manobras orbitais para chegarmos ao encontro", o pai os encorajou.

Dong-hyun pôde sentir o entusiasmo do pai em explicar o que era o ajuste de órbita, assim como o entusiasmo da mãe em consentir reatar com ele. Dong-hyun baixou os olhos para a perna engessada. Ele queria voltar a andar. Queria voltar a andar com as próprias pernas, se reorientar e se ajustar a uma órbita nova e normal.

Ele, então, concordou com a decisão dos pais. Decidiu se mudar para Daejeon e tentar consertar sua vida. Dong-hyun pediu uma caneta emprestada ao pai e escreveu no gesso da perna: Ajuste de órbita. Dia 1.

— E temos um final feliz! Você também escreve bem, né?

— Já desisti de matemática, então vou ter que escolher uma graduação em artes liberais...

— Não dá para ser bom nas duas coisas. Este livro é bom, não é? É uma ótima descrição da jornada de um delinquente juvenil para corrigir seus erros.

— Mas, na verdade, sinto inveja de Dong-hyun.

— Hã?

— Ele é de família rica, então pode fazer coisas erradas e se meter em encrenca, porque os pais vão dar cobertura. Por isso é que ele pode fazer esse tipo de resolução.

— Hum... é uma forma de interpretar a história. Eu não penso assim.

— Tenho certeza de que é porque você também deve morar em uma casa maneira.

— Errou. Não tenho um puto no bolso!

— Hã? O que um puto faria dentro de um bolso?

— Enfim, achei emocionante quando Dong-hyun concordou com os pais no final e decidiu mudar a trajetória da vida dele.

— Então você também está mudando sua trajetória?

— Não, falhei em ajustar a órbita. Estou pousando.

— Hein?

— Pousando no Amor. Ha-ha-ha!*

— Nossa, quanta infantilidade... Que tipo de discussão sobre um livro é essa?

— Desculpa, estou muito abaixo do seu nível intelectual. Você é um grande pensador contemporâneo.

— Ninguém ao meu redor pensa assim. Na escola, sou só um otário que não consegue estudar e, em casa, sou dependente dos meus pais e inferior ao meu irmão.

— Ei, não pense desse jeito. Daqui para a frente, quero que você reflita e tome atitudes para ajustar sua órbita. Uma atitude positiva. Como eu disse, também vivi uma adolescência complicada. Mas li um livro, tive um sonho e me comprometi em segui-lo. Quando digo que estou pousando,

---

* Referência à novela sul-coreana (no original, *Sarangeui Bulshichak*) exibida entre 2019 e 2020, que foi um grande sucesso na Coreia do Sul e no exterior. (N.T.)

é porque sei que um dia vou pousar direto no palco do meu sonho.

— Qual seu sonho?

— É segredo. Se quiser saber... são quinhentos wons!

— Ah, que isso?

— Eu sei que é algo meio clichê... mas e o seu sonho, qual é?

— Eu só gosto de ler livros e assistir a vídeos de história no YouTube, mas meus pais dizem que isso não é um sonho e que eu deveria sonhar em ser juiz, que nem meu irmão.

— Minguinho...

— O quê?

— Já me disseram que, quando vamos ficando mais velhos, precisamos saber três coisas sobre nós mesmos. Primeiro, no que somos bons, depois o que queremos fazer e, por último, o que precisamos fazer.

— Hum...

— Digamos que aquilo em que você é bom é a sua especialidade, o que você quer fazer é o seu sonho e o que você precisa fazer é o seu trabalho. Vai haver uma interseção entre esses três aspectos, e você só tem que encontrá-la. Então, se aquilo no que você é bom também for seu sonho e seu trabalho, e se estiver ganhando dinheiro com isso, está feito!

— Mas como eu encontro essa interseção?

— Veja só o Heung-min Son. Ele é bom em jogar futebol, o sonho dele era ser jogador, o trabalho dele é esse e é com isso que ele ganha dinheiro.

— Mas isso é porque ele é um gênio! Eu sou só um garoto qualquer, gordo e sensível.

— Ser sensível não é algo ruim. Pode ser uma habilidade. Assim como você gosta de ler, isso é algo em que você é bom. E se gosta de assistir a vídeos de história, que tal se tornar historiador? Esse pode ser seu emprego dos sonhos.

— Acho que historiadores ganham mal.

De repente, Geum-bo pareceu ter se engasgado. Pois é, ganhar dinheiro não era brincadeira, no fim das contas. Como se quisesse ganhar tempo para pensar na resposta, ele pigarreou.

— O negócio é o seguinte... não é fácil encontrar uma interseção que inclua os três aspectos, então eu... por enquanto... trabalho meio período aqui na loja.

— A conclusão é trabalhar em uma loja de conveniência.

— Pode ser...

— Então é tudo uma perda de tempo.

— Tente encontrar o que está dentro de você. Quando descobrir no que é bom e do que gosta, vai ser mais fácil poder ser você mesmo.

— Combinando meus talentos e sonhos?

— Isso! O que é importante para os outros pode não ser para você. Temos valores diferentes, por assim dizer. Eu trabalho em uma loja de conveniência para ganhar um salário mínimo, mas tudo bem, porque dinheiro não importa para mim.

— Minha nossa! Como é que dinheiro não importa?!

— Não importa mesmo. Até vou comprar uma coisa para você comer pela ótima discussão sobre o livro. O que você quer?

O sanduíche de tonkatsu estava uma delícia.

Enquanto Min-gyu comia, Geum-bo começou a tratar dos afazeres pendentes. Ele voltou a atender os clientes, reabasteceu a geladeira de bebidas e as prateleiras de salgadinhos e ramyeon, e pôs um frango frito que tinha sobrado para esquentar no micro-ondas, pois o produto precisava ser consumido. Min-gyu já estava com água na boca, e Geum-bo lhe disse para comer um pouco do frango, mas ele recusou — já sabendo o que viria pela frente — e foi embora.

Sua casa estava no maior silêncio. Era pouco mais de dez horas e parecia que o pai já tinha ido dormir. Min-gyu torceu para que não chovesse no dia seguinte, pois assim o pai sairia para trabalhar e a casa ficaria na paz, sem ele e a mãe brigando.

Caía uma chuva forte. Ainda era dia, mas estava tão nublado que parecia noite lá fora. Min-gyu ficou preocupado de o esgoto transbordar e inundar o prédio semi-subterrâneo, como tinha acontecido alguns anos antes. Também ficou preocupado com o pai, largado no sofá assistindo à TV e bebendo soju.

O pai xingava todas as pessoas que apareciam no noticiário. Aos olhos dele, políticos, empresários, gente que recebia prêmios acadêmicos e membros do centro de controle e prevenção de doenças eram todos uns filhos da puta escrotos, podres e fodidos. Até enquanto assistia a um programa sobre a vida animal, o pai continuou xingando. Cães eram malucos; gatos, folgados; cavalos, esquisitos; galinhas só ficavam girando sem rumo; e até os bichos que ficavam dentro da tubulação pareciam uns loucos roendo tudo sem parar. Óbvio, se os animais estavam na TV era porque havia algo de curioso ou errado com eles, pensou Min-gyu, mas não era certo criticá-los tanto assim. Então foi exatamente isso que o menino disse ao pai, e a resposta foi a de que Min-gyu não sabia do que estava falando. Era impossível conversar quando o pai estava bêbado.

O problema surgiu quando a mãe chegou em casa à tarde. Quando ela entrou, o pai desligou a TV e se refugiou no quarto do casal. Ela tinha chegado exausta, então o clima na casa ainda estava ameno.

A briga começou à mesa, durante o jantar. O pai estalou a língua, irritado ao ver que o ator Min-jun Seo, viciado em jogos de azar, tinha voltado a aparecer na TV. Min-gyu sabia que a mãe era fã daquele ator e prestou atenção na reação dela. Como esperado, ela não engoliu aquilo.

— Ele faz apostas em jogos de golfe, não jogos de azar.

— Apostas em jogos de golfe são jogos de azar!

— É só uma brincadeira entre amigos. Qual é o problema nisso? No golfe, as pessoas jogam uma rodada e fazem apostas.

— Ora, essa... O pessoal está sendo pego até nas apostas de bairro!

— Pare de falar merda. Você nem joga golfe nem nada, então não sabe do que está falando e deveria manter a boca fechada!

— Você acabou de me mandar calar a boca, é?

— Quando foi que eu te mandei calar a boca? Você nem conhece o conceito de apostar em jogos de golfe e é hilário que esteja falando de jogos de azar a essa altura do campeonato! Quanto dinheiro você perdeu naquela porra de site de apostas esportivas, o Sports Toto?

— Mas que merda! O Sports Toto não existe mais há tempos, para que trazer isso à tona de novo?

Largando a colher, o irmão mais velho ignorou os pais e foi para o quarto. Ele já tinha esvaziado a tigela de arroz, e Min-gyu se sentiu mal por não conseguir limpar o prato com tanta rapidez quanto o irmão. Ele enterrou o rosto nas mãos e pôs pedaços do peixinho frito myeolchi em cima do arroz. Ele não teve escolha a não ser tapar os ouvidos e continuar comendo.

— E eu não posso trazer isso à tona? A gente podia ter se mudado para uma casa sublocada se você não tivesse limpado toda a nossa conta bancária por causa do Sports Toto, e eu me mato de trabalhar para conseguir pagar o aluguel por causa disso! Você não está trabalhando e só fica deitado enchendo a cara?! — reclamou a mãe.

— Não dá para ver que está caindo o mundo lá fora? Esqueceu que eu não saio para trabalhar na chuva? Por acaso já faltei algum dia de trabalho? Quem é que não se esforça o suficiente? Você finge que é a única que sofre aqui!

— Ah, tá, eu finjo que sou a única sofrendo... enquanto isso, você fica estirado no sofá xingando os outros na TV. Se sente melhor quando xinga gente arrogante, é?

— Terminou?

— Não terminei! Por que você não pode trabalhar na chuva? Só existe trabalho em obra? Você podia ser entregador, motorista... ou podia pelo menos fazer as tarefas domésticas! Eu saí para trabalhar e falei para você estender as roupas quando terminassem de lavar, não foi? Cheguei em casa e elas ainda estavam na máquina! Quer que todas as roupas mofem no verão sem uma secadora em casa?

— E quanto custa a porra de uma secadora? Fala que eu compro. Vai, fala, quanto custa?

— De que isso importa agora? Com essa sua atitude, como é que a gente vai ficar sem brigar hoje?

Os dois iam cuspindo as palavras um no outro. Em dado momento, Min-gyu precisou se levantar, abandonando a tigela de arroz. Pelo visto aquele seria um longo dia. Os pais pareciam crianças brigando por alguma besteira. Por que diabos Min-jun Seo ter se envolvido em uma aposta em jogos de golfe os tinha enfurecido tanto...?!

A chuva piorou e, mesmo usando um guarda-chuva imenso, Min-gyu ficou encharcado até o short. O estrondo dos trovões o lembrou dos pais berrando um com o outro. "Será que a tristeza poderia cair igual à chuva e aos trovões?", refletiu Min-gyu.

Ele saiu em disparada na direção do único lugar onde encontraria abrigo, tomando cuidado para não escorregar com os chinelos molhados.

Min-gyu entrou na loja de conveniência, encharcado da metade do corpo para baixo. Estava um gelo ali dentro. Minha nossa! Ele tinha ido até aquele lugar para escapar do fogo do inferno em casa e agora iria morrer congelado.

Assim que o viu, Geum-bo se levantou de trás do caixa e se aproximou dele. Min-gyu o encarou, batendo os dentes. O homem deu meia-volta e entrou no depósito, voltando um instante depois com uma blusa de manga comprida, que jogou sobre os ombros de Min-gyu. O garoto odiou o fedor de mofo da roupa, mas, como ela era quentinha feito um cobertor, ele logo parou de bater os dentes.

— Ei, em um dia como esses, você deveria estar em casa comendo uma panqueca de feijão bindaetteok! Por que veio até aqui?

— O que está na promoção "Compre dois, leve três" hoje?

— Hoje? Deixa eu ver... esta semana muitas bebidas entraram em promoção, mas não dá para tomar nada gelado agora. Ah, que tal ramyeon?

— Está na promoção?

— Coma um pote. Pode ficar aqui pelo tempo que quiser.

Geum-bo piscou para ele como se já soubesse de tudo. Min-gyu teve que cerrar os dentes de novo por um instante. Não sabia se seus suspiros eram de alívio ou de frustração, pois seu peito não parava de subir e descer.

— Olha só esse queixo batendo... está frio demais, vá se sentar. Já levo o macarrão para você.

Feito um robô, Min-gyu ocupou uma cadeira no canto. Foi só depois que se lembrou de que tinha que pagar pelo macarrão, mas ele não queria se levantar. O que ele mais precisava era controlar a respiração.

Min-gyu pensou em como havia tolerado tudo tão bem. No ensino fundamental I, quando o atazanavam por ser gordo, ele não se abalava. No fundamental II, mesmo quando sofria bullying, ele nunca faltava a uma aula sequer. E durante a pandemia, quando as aulas se tornaram on-line, a melhor parte era não ser obrigado a comprar lanche para os outros. Mas, naquele ano, por começar o ensino médio e não poder sair de casa, foi ficando cada vez mais difícil. As brigas dos pais dia sim, dia não, a bebedeira e os cigarros do pai e a arrogância e o desprezo do irmão foram se tornando cada vez mais sufocantes.

Para Min-gyu, as poucas horas que passava na loja de conveniência sem ser incomodado, longe de casa e do clima pesado de lá, eram o único ponto positivo do seu dia a dia.

Mas aí aquele tiozão começou a interferir. Primeiro conversando com ele e oferecendo produtos de descarte, depois lhe emprestando livros e querendo conversar sobre eles. Agora, lhe dava roupas e ramyeon. Por não estar acostumado com isso, Min-gyu se sentiu desconfortável com toda aquela atenção e cuidado, mas também ficou agradecido. Ainda assim, ele não sabia como deveria reagir.

— Toma.

Um pote de ramyeon com uma tampa enorme foi colocado na frente de Min-gyu. Sobre a tampa, como se fosse um pino de marcação, havia um montinho preto em formato triangular. Era um gimbap de tonkatsu. Min-gyu sentiu os olhos marejarem.

— Surpresa! Dessa vez, eu trouxe um gimbap de tonkatsu pra você! Minguinho, você é fã de tonkatsu, né? Hein? Está rindo ou chorando? Lá-lá-lá... se chorar enquanto ri, o furico vai cair... lá-lá-lá...

Geum-bo começou a cantarolar uma música estranha e a balançar os ombros. Min-gyu logo tratou de enxugar as lágrimas antes de olhar feio para o homem.

— Quem disse que eu estou chorando? E jantei antes de vir... não consigo comer gimbap!

— Não consegue? Ah, Minguinho, fala sério. Sempre dá para comer mais um pouquinho. E esse gimbap é uma delícia, mil vezes melhor do que o sanduíche de tonkatsu.

Min-gyu ficou com água na boca.

— Fiquei com frio mais cedo e mergulhei um desses no ramyeon. Ficou perfeito! Sabe o que é tonkatsu nabe?

— Não.

— É um prato que se come no Japão. Veja bem, eu já fui ao Japão uma vez, mas não para Tóquio, e sim para Osaka! Dizem que Osaka é melhor, até porque o Universal Studios fica lá...

— Ai, Geum-bo, para de tagarelar e diz logo o que é tonkatsu nabe!

— Ah, é! "Nabe" é caldeirão em japonês. Então podemos dizer que esse pote de ramyeon é um caldeirão.

Ele então afastou o gimbap e abriu a tampa do pote. O cheiro irresistível do macarrão cozido atiçou o olfato de Min-gyu. Geum-bo misturou com os hashis e sorriu quando o macarrão ficou pronto, então arrancou a embalagem do gimbap mais rápido do que descascaria uma tangerina.

— Agora você despeja o gimbap no pote. Ploft!

Antes que Min-gyu pudesse impedi-lo, Geum-bo botou o gimbap dentro do pote de ramyeon.

— Hum...

— Relaxa. Primeiro, você come o macarrão. Mergulhe o gimbap no caldo e, quando terminar de comer o macarrão, aí você desmancha o gimbap. E mergulha a carne de porco no caldo. Quando der uma mordida na carne cheia de molho, tcharam! Vai ter um tonkatsu nabe instantâneo!

— Nossa...

Min-gyu ergueu o ramyeon e tomou o caldo direto do pote. Na hora ele sentiu o frio em seu estômago desaparecer. Geum-bo então soltou uma exclamação.

— Certo, você tem seu jeito de comer...

— Dá aqui os hashis, por favor.

Geum-bo entregou os palitinhos a ele como quem passa um bastão. Min-gyu comeu o macarrão primeiro e, depois, desmanchou o gimbap e mergulhou o tonkatsu no caldo. Em seguida, remexeu o macarrão para fazer um tonkatsu nabe instantâneo do jeito que Geum-bo havia explicado.

Ficou maravilhoso!

Com o calor da comida no estômago e o da blusa sobre os ombros, Min-gyu não iria pegar um resfriado. Ele pegou o celular e abriu o YouTube, que, junto com os livros, eram sua única forma de escapar da realidade. Mas, já que estava sem livros para ler, só o que restou foi adentrar o universo do YouTube outra vez. Foi quando ele se lembrou de que não tinha pagado pelo ramyeon.

Min-gyu foi até o caixa e abriu a carteira, mas Geum-bo balançou a mão no ar e se recusou a aceitar o pagamento. Ele era mesmo um trouxa. Min-gyu fez uma reverência, envergonhado.

— Obrigado.

— Imagina. Agradeça respondendo a uma pergunta.

Bem, talvez ele não fosse trouxa, só uma matraca.

Mas a pergunta foi inesperada.

Pela expressão triste no rosto de Min-gyu ao chegar à loja, Geum-bo achou que havia acontecido alguma coisa e perguntou do que se tratava. O garoto tentou explicar que seu rosto só estava pálido por causa do frio, mas não colou. Geum-bo disse que pessoas gordas e sensíveis costumam enfrentar várias dificuldades durante a infância e a adolescência, e que Min-gyu poderia desabafar com ele se estivesse passando por algum problema. Algo irrompeu dentro de Min-gyu, que esfregou os olhos e contou o que havia acontecido em casa: como os pais tinham brigado por causa do ator Min-jun Seo, ou porque a mãe estava irritada pelo pai não sair para trabalhar, ou porque o pai havia sido um babaca com a mãe devido às dívidas de jogo, ou porque os dois não suportavam um ao outro. O menino disse não saber o que fazer, que o ambiente em casa estava se tornando assustador e desconfortável, que ele odiava o irmão por fugir daquilo se isolando no quarto com ar condicionado, que ele não tinha para onde ir, que estava sofrendo e que a loja de conveniência era o único lugar onde conseguia respirar.

Antes que percebesse, Min-gyu chorava de soluçar. Um cliente entrou na loja, olhou estranho para Geum-bo e quis chamar a polícia, mas Geum-bo explicou o que havia acontecido e ficou por isso mesmo. Porém, Min-gyu começou a rir por ter sido pego no flagra chorando.

Geum-bo rapidamente ofereceu uma bebida a ele. Min-gyu bebeu e conseguiu controlar as fortes emoções. Ao devolver o copo a Geum-bo, este pediu que ele terminasse de beber.

— É chá de cabelo de milho. Ótimo para quando se está chateado.

O chá era saboroso e refrescante, um verdadeiro alívio.

Geum-bo deu risada quando Min-gyu soltou um arroto e, como se fosse o pagamento pelo chá, começou a contar a própria história.

O homem disse ter crescido sem um pai com quem gritar, e que a mãe teve muita dificuldade em criá-lo sozinha. Apesar de ser parecido com Min-gyu em compleição física e sensibilidade, ele não era bom em nada; então, mesmo entre os colegas, ele era o kkakdugi. Quando Min-gyu perguntou o que aquilo significava, ele explicou que, ao se formar times, a criança que não era escolhida para nenhum se tornava um jogador extra, um kkakdugi. Como na promoção "Compre dois, leve três". Geum-bo bateu palmas e estendeu o punho, e Min-gyu bateu com o próprio punho no do homem, meio hesitante.

Depois de passar a adolescência em uma espécie de limbo entre ser um kkakdugi ou não, Geum-bo disse ter se familiarizado com livros só quando a mãe abriu uma locadora de livros. Começando com histórias em quadrinhos, logo ele passou para romances, compilações de clássicos e revistas sobre artes marciais, até chegar à ficção em geral e à ficção jovem adulta. Por último, vieram os ensaios e livros de autoajuda; Geum-bo lia tudo o que encontrava na locadora.

— E o que você fez?

— Na época eu tinha mais ou menos a sua idade. A locadora foi aberta quando eu estava no segundo ano do fundamental II, então foi uns três anos depois. Os negócios não estavam indo bem, e minha mãe parou de trazer livros novos. E eu... tive que procurar mais.

— Onde?

— Na biblioteca.

— A biblioteca da escola?

— Não, a do bairro. Eu morava em um bairro chamado Hoehyeon, perto do Mercado de Namdaemun. Subindo a rua do mercado tem a biblioteca pública de Namsan, que é cheia de livros, salas de leitura e pessoas da sua idade. Além disso, por ser no sopé da montanha, o ar é fresco e arejado. E a comida da cafeteria é barata.

Min-gyu ficou animado ao ouvir sobre a cafeteria da biblioteca. Segundo Geum-bo, a biblioteca de Namsan ficava nos arredores e dava para ir até lá a pé. Ele disse que bastava cruzar a Estação Seul para chegar a Huam-dong, e que Min-gyu poderia ler um livro lá e tomar sopa de macarrão na cafeteria, e estaria bem fresquinho por causa do ar-condicionado.

— Quero um lugar fresco pra ler e comer... um lugar que seja parecido com este aqui!

Geum-bo riu outra vez e garantiu que a biblioteca seria um lugar bem mais confortável para Min-gyu do que a loja de conveniência. Min-gyu quis ir naquele momento, mas Geum-bo balançou a cabeça e disse que não sabia se a biblioteca estaria aberta por causa da Covid-19. Então o garoto imediatamente pegou o celular e pesquisou na internet.

Enquanto Geum-bo atendia os clientes, Min-gyu descobriu que o distanciamento social em Seul estava na quarta fase e que, apesar de não estarem fechadas, as bibliotecas funcionavam com capacidade reduzida. Empolgado, Min-gyu informou que, assim que as chuvas passassem, iria à biblioteca de Namsan. Geum-bo estendeu o punho outra vez e de novo Min-gyu precisou corresponder, o que foi irritante, mas não tinha como evitar.

— Mas não tem ninguém igual a você lá, né? Que finge saber das coisas e não para de falar.

— Não, em bibliotecas se faz um silêncio solene. Até para falar ao celular precisa ser do lado de fora. Só pode conversar com as pessoas dentro dos livros.

Min-gyu pesquisou a palavra "solene": formal, sério. Ele gostou disso. Seria bom se pudesse ler em paz em um espaço sério e fresco naquele verão. Depois ele iria comer tonkatsu na cafeteria quando sentisse fome. "Seria o paraíso", pensou. Ele imediatamente reservou o horário pela internet.

Antes de voltar para casa, Min-gyu devolveu a blusa para Geum-bo, que a vestiu na hora. Ele então fingiu tremer de frio, fazendo Min-gyu rir. Geum-bo soltou sua risada característica e estendeu o punho. Dessa vez, Min-gyu o ignorou e fez uma reverência respeitosa.

Obrigado por cuidar de mim quando eu não tinha para onde ir.

Obrigado por me indicar uma biblioteca cheia de livros, com cafeteria e tudo.

◉◉◉

Na manhã seguinte, o sol brilhava forte e o ar estava denso e sem umidade. Os pais de Min-gyu haviam saído para trabalhar, e as roupas lavadas estavam estendidas no varal de chão. O irmão tomou o café da manhã sozinho e foi para o quarto.

Min-gyu pesquisou na internet o caminho até a biblioteca de Namsan. Era uma caminhada de vinte e oito minutos. E ao pé de uma montanha. Ele precisava se apressar para que não chegasse tarde e a capacidade máxima da biblioteca fosse atingida. Por conta do calor, pensou em levar uma camiseta extra para trocar e avistou uma de gola redonda estendida no fim do varal. Min-gyu a enfiou na mochila e saiu de casa.

Depois de descer a colina de Cheongpa-dong, ele passou pela bifurcação onde ficava a loja de conveniência Always, chegou à rua principal e caminhou pela viela que dava na Estação Seul. À sombra da árvore ginkgo, Min-gyu ofegou por trás da máscara antes de continuar andando por Garwol-dong até chegar à escada rolante que subia para a estação. Após se refrescar com o ar-condicionado de lá, Min-gyu desceu mais uma escada rolante até a saída 11, no subsolo. Não foi fácil, mas ele conseguiu se esgueirar por entre a multidão e encontrar a saída em direção a Namsan. Caramba, ainda tinha o morro! Min-gyu subiu a montanha feito um explorador adentrando uma floresta. Ainda era manhã e ele já estava sem fôlego no calor escaldante, mas não podia desistir da biblioteca, com todos os seus livros, a cafeteria e o ar-condicionado.

Quando finalmente chegou ao lugar, Min-gyu se sentiu no paraíso, já que somente 30% da capacidade total da biblioteca poderia estar ocupada, devido ao distanciamento social. Feliz por ter chegado cedo, Min-gyu começou a explorar o lugar. Por causa dos vários anos de história da biblioteca, havia muito o que ver ali, quase como se fosse um museu ou galeria de arte em vez de uma biblioteca.

Ele pôde estudar em uma sala de leitura e pegar livros emprestados, mas não conseguiu se sentar para ler, por causa da Covid-19. Min-gyu passou cerca de uma hora indo de uma prateleira a outra e escolheu três livros. Após registrar a retirada dos livros, ele saiu da biblioteca e se sentou em uma das cadeiras espalhadas pelo local. Sentado em uma cadeira, ele leu um romance; sentado em outra, um livro de história; sentado em mais outra, um livro sobre lojas de conveniência.

Já havia passado muito do horário do almoço e era meio da tarde quando Min-gyu sentiu fome. "Este é o poder da biblioteca", pensou ele com uma admiração recém-descoberta, enquanto se dirigia apressado até a cafeteria.

Minha nossa! Tonkatsu por cinco mil wons!

Até no restaurante Gimbap Heaven o tonkatsu custava seis mil wons, e ali estava por cinco mil... a biblioteca era mesmo um paraíso. Ele nem hesitou antes de pedir o prato e passou uma hora comendo. Já que precisaria passar o dia inteiro na biblioteca, Min-gyu decidiu aproveitar o tempo ao máximo.

Seu objetivo de desacelerar foi por água abaixo, pois ler na biblioteca fez o dia passar muito depressa. Estava tão imerso na leitura que começou a achar o ar condicionado gelado demais e decidiu sair do prédio, dar a volta na estátua do filósofo Yak-yong Jeong e ir até o parque Namsan. Lá havia alguns pombos, pessoas em situação de rua e indivíduos de semblante relaxado que descansavam como se estivessem isolados do resto do mundo. Após dar uma volta pelo parque, Min-gyu voltou à biblioteca para ler e, quando se cansou, passou a explorar seus diferentes espaços. Ele descobriu que era oferecido todo tipo de programação: havia uma sala de literatura infantojuvenil, uma Academia de Leitura, palestras com autores e passeios literários guiados pelos bibliotecários.

Min-gyu jurou zerar toda a programação.

Durante todo o verão, ele passou os dias na biblioteca, feliz da vida. No início do ano, devido ao distanciamento social causado pela Covid-19, ele começou a ter aulas remotas assim que entrou no ensino médio. Seu novo uniforme de inverno não cabia mais, e ele não sabia se o uniforme de verão iria continuar cabendo. Ele estava preso em casa, assistindo a aulas on-line e tendo que aturar a família.

Min-gyu odiava a Covid-19, odiava as férias de verão e, naquele momento, odiava o fato de que as férias estavam chegando ao fim. A partir do segundo semestre a escola reabriria, ele voltaria a frequentá-la e não conseguiria mais ir todos os dias à biblioteca. Sendo assim, Min-gyu decidiu ir lá todo final de semana. Para ele, a biblioteca era a melhor versão de uma loja de conveniência, pois permitia a ele ficar longe de casa.

Agosto chegou e trouxe o fim da onda de calor. A caminho de casa após sair da biblioteca, a loja de conveniência Always entrou no campo de visão de Min-gyu. Já havia passado um pouco das oito da noite. No início do verão, nesse horário ele costumava ficar enfurnado em casa. Sem perceber, Min-gyu se dirigiu à loja.

Tlim!

O caixa estava vazio, então Min-gyu circundou as prateleiras e espiou o interior da loja. Onde estava Geum-bo? Foi então que uma jovem saiu de dentro do depósito, vestindo o colete dos funcionários de meio período. Quando Min-gyu começou a frequentar o estabelecimento, Geum-bo lhe disse que trabalhava das dez da noite às oito da manhã, mas, por causa da situação da loja, estava fazendo o horário das oito da noite às oito da manhã. Será que ele não trabalhava mais ali? Ou tinha voltado para o horário das dez às oito? Min-gyu estava curioso, mas a fome e o cansaço falaram mais alto e ele não quis ficar lá até as dez.

Min-gyu perambulou pelo local como se tivesse reencontrado seu antigo parque de diversões. Ainda havia poucos produtos e as prateleiras estavam mal-arrumadas. Ele não sabia se o gimbap triangular sabor tonkatsu tinha acabado ou não, e os sanduíches de tonkatsu próximos da validade pareciam estar ruins. De repente ele sentiu saudade do tonkatsu nabe instantâneo de Geum-bo.

Min-gyu deu uma última olhada nos produtos da promoção "Compre dois, leve três" e se dirigiu ao caixa ao encontrar algo de que gostava. Pensou em perguntar à garota tímida sobre Geum-bo, mas desistiu ao pensar que ela poderia não entender aquele nome.

Geum-bo tinha dito que a pronúncia do apelido e de seu nome verdadeiro eram similares, mas Min-gyu não conseguia se lembrar do nome verdadeiro dele. Seria estranho se Geum-bo também não conseguisse se lembrar do nome verdadeiro de Min-gyu, somente de "Minguinho".

Pensando bem, ele percebeu que foi Geum-bo quem fez o papel de Minguinho, enquanto Min-gyu havia sido o garotinho desafortunado da história. Ele se lembrava do nome do garotinho.

Zezé.

Min-gyu se tornou Zezé e saiu da loja de conveniência.

◉◉◉

No dia anterior, os pais dele haviam tido uma briga, mas Min-gyu não sentiu medo. Assim como as folhas das árvores ficavam mais verdes no verão, Min-gyu tinha crescido uns dois centímetros e havia encorpado. Ele não podia ver o próprio coração, mas sabia que também havia ficado mais forte. O pai assistia à TV em silêncio, talvez por estar ciente da presença da mãe. Ela sabia que Min-gyu passava tempo na biblioteca estudando para o segundo semestre e, quando ele chegava em casa, ela sempre o recebia dizendo "meu caçulinha" e o parabenizando por se esforçar tanto. Mas estudar para o segundo semestre não era tudo; ler livros por escolha própria também era uma forma de estudar. Esse era o ajuste de órbita de Min-gyu, a lição de vida que ele tinha aprendido com Geum-bo.

No entanto, por mais que procurasse na biblioteca, ele nunca conseguia encontrar *Ajuste de órbita* para reler. Por que será? Min-gyu perguntaria a Geum-bo se o visse de novo.

Na sala de estar escura onde os pais dormiam, Min-gyu pôs dois produtos da promoção "Compre dois, leve três" dentro da geladeira. Ele também deixou um recado em cima da mesa de jantar:

Deixei chá de cabelo de milho pra vocês na geladeira.
Podem levar para o trabalho.
Dizem que é bom para quando se está irritado ou chateado.

A terceira garrafa do chá de cabelo de milho pertencia a Min-gyu. Naquela noite de verão, Min-gyu bebeu o chá enquanto lia um romance que tinha pegado da biblioteca. A noite de verão seria longa, a história era interessante e o coração de Min-gyu estava sossegado.

O turno da noite

Uma loja de conveniência sem clientes em uma noite de verão é igual a uma geladeira — trabalhando incansavelmente no silêncio da noite, funcionando sem parar durante vinte e quatro horas. Assim como as geladeiras têm o motor compressor para produzir ar frio, as lojas de conveniência têm funcionários para produzir lucro. E, tal como um motor compressor emite sons de *zum* e *uin*, às vezes Geun-bae também fazia alguns barulhos. Com seus *uhs*, *ahs* e *uffs*, ele colocava os produtos nas prateleiras, se esticava para tirar uma soneca e até mesmo lia um livro em suas pausas. Falar sozinho parecia ser uma forma de se certificar de que estava vivo, de avisar que estava preso dentro daquela geladeira. Como se fosse para justificar a um cliente que entrasse na loja a razão de ser do funcionário, acordado àquela hora da noite.

Apesar dos esforços inconscientes de Geun-bae, a loja de conveniência Always em Cheongpa-dong de fato estava deserta naquela madrugada. Ele tinha atendido tão poucos clientes que ali poderia ser chamado de Polo Norte em vez de geladeira. Do jeito que as coisas estavam, será que ele iria morrer congelado? Ali, até mesmo a positividade infinita de Geun-bae se tornava tão inútil quanto um iceberg derretido.

Tlim! Um cliente chegou! Lógico, sempre havia alguém com sede que decidia comprar algo para beber no meio da noite. Geun-bae cumprimentou o cliente com um alegre "Bem-vindo". O homem de meia-idade usando máscara olhou feio para Geun-bae, que parecia ter tomado um susto, e desapareceu entre as prateleiras.

O sujeito comprou uma bebida para curar ressaca e chá de uva-do-japão, e saiu. Ele devia estar com muita sede. Quando o próximo cliente iria aparecer? Será que também estaria com sede ou com o estômago vazio? Ou será que estaria com febre ou indigestão e viria comprar remédio? Por que a senhora que sempre comprava um lanche a caminho do trabalho de madrugada não tinha vindo ultimamente? Quem era o adolescente que tinha ficado na loja por mais de dez minutos na noite anterior?

Geun-bae se fez uma pergunta atrás da outra, até enfim chegar ao que mais estava curioso para saber.

Onde estava o homem que um ano e meio antes tinha tomado conta da loja enquanto recuperava a memória? Ele tinha passado o inverno no calor daquele lugar, mas onde havia se firmado no verão? Segundo ele, aquela loja tão fria quanto uma geladeira tinha sido um lugar tão aconchegante quanto uma lareira no inverno quando ele esteve ali, mas... será que era isso mesmo?

Geun-bae tentou imaginar a figura de Dok-go pela loja de conveniência. Não foi fácil, mas aquele era seu trabalho. O turno da noite não passava de um álibi. Assim como Dok-go buscou recuperar a memória ali, Geun-bae estava tentando fantasiar sobre Dok-go. Ele tinha que visualizá-lo naquela inconveniente loja de conveniência.

◉◉◉

Ele esteve de olho naquele lugar desde o início do ano. Havia duas lojas de conveniência Always em Cheongpa-dong; a da rua principal, em frente à universidade, não parecia nada inconveniente: era espaçosa, limpa e estava sempre cheia de clientes, sinal de que estava indo bem. Então, na primavera, o contrato com a empresa terminou e o estabelecimento mudou para outra rede de lojas de conveniência.

A única loja de conveniência Always que restou no bairro era pequena e tinha pouca variedade de produtos. Geun-bae ficou atento para quando abrisse uma vaga no período noturno e esperou ansiosamente, até foi à loja algumas vezes para dar uma olhada. Quem trabalhava lá era um homem de meia-idade, com cabelos grisalhos, aparentando ter mais de sessenta anos e ser forte para a idade. Pelo visto ele não iria sair do emprego tão cedo. Geun-bae pensou se deveria desistir, mas ali não era o único lugar onde não havia garantia, então aguardou em silêncio. Duas vezes por semana, ele ia de Namchang-dong, onde morava, até a loja de conveniência em Cheongpa-dong, e verificava se havia algum anúncio de vaga na porta ou se ainda havia jovens trabalhando meio período à noite nos finais de semana. Além disso, ele também pesquisava no site de vagas de meio período.

Finalmente, no início de julho, um anúncio de emprego foi publicado. Era uma vaga de meio período no turno da noite! Geun-bae ficou animado igual a quando foi aceito na universidade. A vaga noturna ainda não tinha sido preenchida e ele estava confiante. Já havia ido à loja dezenas de vezes e visto a senhora que trabalhava no período da manhã, que parecia ser a gerente, e achou que, se conseguisse passar confiança através de seu porte físico e atitude positiva, eles não teriam motivo para não o contratar.

Porém, ele não passou na entrevista.

E morreu de vergonha por não saber que não havia dinheiro suficiente no cartão. Por sorte, o raciocínio rápido da gerente o salvou. Porém, se passaram dias sem ele receber uma resposta da loja. Será que o currículo era muito longo e ele perdeu pontos por isso? Ou tinha exagerado na dose? Ou, ainda, será que havia outro candidato mais forte? Pensar que poderia não conseguir a vaga que estava almejando havia tanto tempo o deixou ansioso.

Argh, era sempre assim. Geun-bae não era o tipo de pessoa que ficava obcecado com alguma coisa, mas, daquela vez, se sentiu um pouco amargurado. Ficou desapontado, pois a vaga era a única coisa a que ele havia se apegado.

Então, em um domingo à noite, Geun-bae recebeu uma ligação da gerente da loja. Ela lhe informou que seria difícil pagar o descanso semanal remunerado e perguntou se ainda assim ele gostaria de trabalhar lá, e Geun-bae ficou tão feliz a ponto de quase dizer que trabalharia de graça.

— Tudo bem. É complicado, mas a gente precisa se entender para poder trabalhar bem.

Com uma mistura de remorso e alívio, a gerente aceitou contratar Geun-bae. Era exatamente a vaga que ele queria, no lugar que queria. Geun-bae não sabia por quanto tempo poderia trabalhar lá, mas estava determinado a manter aquele emprego pelo máximo de tempo possível. Seu custo de vida diminuiu, e ele temia passar o verão na casa do terraço, sem ar-condicionado. Então assim ele iria ganhar dinheiro, se livrar do calor no verão e atingir seus objetivos.

Naquela noite, Geun-bae não conseguiu pregar o olho. Foi só depois de encarar a luz do sol da manhã, no pátio da casa no terraço, que ele se deitou no colchão e adormeceu, orgulhoso de si mesmo por estar ajustando seu relógio biológico ao novo estilo de vida.

◉◉◉

Quando Geun-bae fosse para a universidade, sua família — que consistia nele e na sua mãe — se separaria. Assim que ele foi aceito no *campus* do interior de uma universidade de Seul e mal havia se tornado universitário, sua mãe disse:

— Vou pagar sua mensalidade até você se formar. Mas agora você é adulto, então vai ter que cuidar da própria vida.

Enquanto guardava os acompanhamentos embalados na geladeira do dormitório dele, a mãe falava sobre independência. Era a independência de Geun-bae, mas a dela também. Ainda era jovem e bonita — havia dado à luz aos vinte e cinco anos e tinha criado Geun-bae sozinha. Ela havia decidido fechar a locadora de livros por não estar dando lucro e falou que iria se mudar com o namorado para a cidade natal dele para cultivar figos, e Geun-bae disse à mãe que não se preocupasse. Naquela época, ele não se importava em ter que fazer as tarefas domésticas, pois estava ansioso para aproveitar os vinte anos. Foi uma época em que ele apoiava as escolhas de vida da mãe e sonhava com a própria vida.

Sendo filho da dona de uma locadora de livros, Geun-bae se matriculou em língua e literatura coreana, e passava o tempo todo lendo. Não foi fácil encontrar um emprego de meio período. A "reserva de independência" da mãe não o sustentaria por muito tempo, então ele precisou elaborar um plano, mas não conseguia ver uma saída.

Desanimado, Geun-bae se sentava no canto do dormitório e lia livros aleatórios que pegava das estantes para passar o tempo. Às vezes os veteranos que passavam por ali compravam uma refeição para ele. Para sobreviver, Geun-bae se tornou um calouro que sempre cumprimentava os outros sem cerimônia, e um dia um veterano o levou para comer.

O local aonde foram era a sala de um clube universitário. Até que era espaçosa, tinha uma pia e panelas no canto e uma cama dobrável perto da janela, onde um homem de cabelo comprido dormia ao sol da tarde, com um cobertor sobre a cabeça.

O veterano começou a cozinhar ramyeon na sala do clube e, enquanto Geun-bae se perguntava se aquilo era permitido, já que ali não era um dormitório, outras pessoas entraram na sala. Assim que chegaram, foram direto cozinhar ramyeon, como se fosse um compromisso marcado. Mesmo que tivessem acabado de ver Geun-bae pela primeira vez, elas o trataram como se ele fosse um velho conhecido.

Depois de um tempo, o homem deitado na cama acordou e reclamou por não ter sido chamado para comer, mas ninguém deu atenção a ele, pois todos estavam concentrados no ramyeon.

De modo abrupto, o homem de cabelo comprido ameaçou pedir jjajangmyeon só para si, então as pessoas começaram a dividir o ramyeon com ele e chamá-lo para cozinhar. Hein? Que gente bacana... mas será que Geun-bae poderia comer jjajangmyeon também? Ele observou o desenrolar da situação.

Na velocidade da luz, a carne agridoce tangsuyuk, o jjajangmyeon e o mandu frito foram colocados em cima de um jornal no centro da sala. Alguém tirou garrafas de soju da geladeira como se fossem balas de bazuca e encheu todos os copos de papel. Àquela altura, Geun-bae estava mais do que satisfeito.

Depois que os copos de papel cheios de soju rodaram o grupo algumas vezes, o veterano apresentou Geun-bae como um calouro da turma que adorava teatro. Todos prestaram atenção em Geun-bae, que parecia perplexo. Ele, então, fez um joinha e emitiu um grunhido para tentar se apresentar.

— Eu só vim porque... você disse que compraria comida para mim.

O veterano que o havia levado até lá lhe deu um tapa nas costas, dizendo que já tinha comprado ramyeon e comida chinesa. Outra pessoa perguntou se Geun-bae já havia subido no palco de um teatro, e outra perguntou se ele queria bebida. Outra, ainda, perguntou se ele morava sozinho ou no dormitório. Enquanto Geun-bae se ocupava em responder às perguntas, o homem de cabelo comprido bateu com a mão na mesa e olhou diretamente para ele.

— Você quer atuar? Digo, quer ser ator?

— Ainda não tenho certeza.

— Você disse que mora sozinho, né? Se entrar para o nosso clube, não vai passar fome. E você estuda literatura coreana, é isso? Não é fácil conseguir um emprego nessa área. Vai se arrepender. Se você aprender a atuar, não vai passar fome. Temos um tipo de especialidade: usar o corpo. Os mais velhos não estão errados; somos especialistas em atuação.

Ele percebeu que Geun-bae era uma pessoa verdadeira e tentou persuadi-lo. E funcionou.

Então Geun-bae se tornou membro do clube de teatro e passou a jantar na sala do clube todas as noites. Embora não passasse fome, costumava se sentir faminto na mesma proporção que comia, devido aos ensaios exaustivos do teatro. Os veteranos eram de diferentes cursos. Economia, gestão da informação, sociologia urbana, literatura alemã, engenharia ambiental, filosofia, arqueologia, história da arte etc.

Embora nenhum deles fosse estudante de teatro, cinema ou arte, todos eram fascinados por teatro, preparavam o palco com paixão e subiam nele com orgulho. Até o veterano de cabelo comprido, que já era formado, continuou na universidade após a formatura e foi trabalhar na sala do clube. Ele era chamado de "Do-si Kim", apelido derivado de *do*shi *s*ahoe, sociologia urbana em coreano, sua formação. Em outras palavras, não havia boas perspectivas após a formatura nem para literatura coreana, nem para sociologia urbana.

Geun-bae ficou intrigado e com inveja do entusiasmo incompreensível daquelas pessoas e, embora tenha se juntado ao clube com a intenção de ganhar uma refeição, aos poucos ele foi contagiado.

Dos oito calouros que entraram no grupo de teatro junto com Geun-bae, três desistiram antes do final do primeiro semestre. Dois dos cinco restantes também desistiram após a apresentação de outono. Os veteranos do clube lamentavam pelo declínio das atividades extracurriculares, dizendo que os alunos novos só se preocupavam em conseguir emprego. Ué, mas essa não deveria ser a prioridade? Geun-bae às vezes se frustrava pelo fato de os veteranos realizarem as atividades do clube enquanto recebiam advertências acadêmicas. Porém, no ano seguinte Geun-bae também levou calouros famintos e que aparentavam estar desempregados para a sala do clube, cozinhou ramyeon para eles e os aconselhou dizendo que a vida universitária não se resumia a conseguir um emprego.

◉◉◉

Por que era tão difícil trabalhar em uma loja de conveniência?

Desde que assumiu o controle, Geun-bae não conseguia pensar direito. O caixa parecia a cabine de um avião; a tela do sistema POS era como um painel de controle, à direita havia um monitor cheio de informações sobre as operações da loja e, abaixo dele, um tablet do sistema de gerenciamento da loja, uma registradora, uma unidade principal do circuito de segurança, um modem de internet, um roteador Wi-Fi, um equipamento de áudio e uma impressora.

À esquerda, a máquina de café e a fritadeira estavam prontas para uso. O caixa era preenchido por um mosaico de avisos e, abaixo dele, havia um monte de lixo.

Verificar a data de validade.

Registrar os tempos de fritura.

Esvaziar o filtro de café.

Verificar o cartão de pontuação da semana.

Familiarizar-se com o Manual de Emergências.

Entrar em contato com o gerente de entregas da FF.

Entrar em contato com o entregador da CK.

Verificar sua aparência/vestimenta.

Praticar os 10 mandamentos do atendimento ao cliente.

Verificar o documento de identidade ao vender álcool/cigarro.

Usar máscara.

Não comer ou beber dentro da loja após dez da noite.

Verificar os descontos/créditos da operadora antes do pagamento.

Verificar o reabastecimento da geladeira/freezer.

Manter o rosto para cima ao exibir/reabastecer produtos.

Tomar conta dos cartões perdidos.

Cobrar pelas sacolas plásticas.

Por que uma loja de conveniência era tão complicada e inconveniente? Sendo funcionário, era compreensível, mas havia mais palavras desconhecidas do que Geun-bae imaginava e ele precisou aprender a operar muitas daquelas máquinas. As verificações do estoque e de logística frequentemente estavam erradas, e ele teve que treinar com o sistema POS muitas vezes enquanto assistia a tutoriais no YouTube.

O senhor Kwak, que estava deixando a vaga na loja de conveniência, explicou o funcionamento da loja como se fosse um instrutor do exército o treinando para combate. No início, Geun-bae manteve a calma e confiou em toda a sua experiência com empregos de meio período, mas não teve outra opção além de ficar cada vez mais confuso à medida que as informações de que precisava se lembrar se acumulavam, e Kwak logo percebeu isso.

Depois de informá-lo sobre os afazeres do dia, Kwak sugeriu que fizessem uma pausa e entregou uma xícara de café a Geun-bae.

— Acho que você vai se dar bem com o atendimento, só não se esqueça de se familiarizar com o manual básico.

— Lógico, mas há muito a aprender.

— Geun-bae, você já foi a uma loja de departamentos?

— Já. Moro em Namchang-dong, e do outro lado da rua tem uma loja de departamentos Shinsegae. Atravessando mais uma rua tem uma loja da Lotte, e antigamente, entre as duas, tinha uma loja chamada Midopa, que não existe mais, e eu adorava.

Por um momento, Kwak olhou incrédulo para ele. Opa, estava tagarelando de novo.

— Resumo da ópera, já fui a muitas lojas de departamentos. Lógico que só comprei com os olhos. Ha-ha-ha!

— Uma loja de departamentos é um lugar que vende centenas de produtos. A título de comparação, uma loja de conveniência é como um manhwabang, onde se pode alugar quadrinhos. Em vez das centenas de produtos de alta qualidade que são vendidos em uma loja de departamentos, há milhares de produtos diversos, mas essenciais no dia a dia.

— Alugar quadrinhos... que interessante. Aposto que um lugar desses está cheio de revistas em quadrinhos. Ha-ha!

Kwak não esboçou reação. Ele já tinha entendido o jeito de Geun-bae.

— E lojas de departamentos têm esse nome por um motivo — continuou Kwak. — Apesar dos inúmeros produtos, são divididas em partes, de modo que os funcionários só precisam cuidar da sua própria parte. Só que uma loja de conveniência não tem essa divisão, então não é fácil, né? Enquanto eu trabalhava meio período aqui na loja, senti que nenhum produto do mundo é desnecessário, por menor que seja. Aprendi muito aqui.

"Eu falo demais, então esse homem deve estar tagarelando para sair por cima", pensou Geun-bae, assentindo. Porém, tinha sido uma ótima analogia. Geun-bae refletiu sobre a própria atitude em relação ao trabalho na loja de conveniência.

◉◉◉

Geun-bae voltou ao *campus* como se voltasse à cidade natal depois de ser dispensado do exército, e se mantinha enfurnado na sala do clube como se estivesse em casa, dizendo as mesmas coisas que Do-si Kim costumava dizer. Tinha pegado a cama para si e comprava comida chinesa para os calouros com o dinheiro que ganhava com o trabalho, além de ensiná-los a atuar.

Mas tudo já havia mudado. Antes de Geun-bae ir para o exército, existia uma atmosfera de desaprovação a respeito dos estudantes universitários que se concentravam em conseguir um emprego, mas a universidade passou a focar na preparação para o mercado de trabalho, e a paixão e as atividades da vida estudantil se tornaram literalmente "perda de tempo". Os clubes de estudo voltados a conseguir um emprego e os clubes de voluntariado para rechear o currículo sobreviveram, mas os que exigiam tempo e esforço, como o clube de teatro, começaram a desaparecer. De repente os clubes de teatro se tornaram uma espécie em extinção na universidade.

Geun-bae se formou sem estar preparado para o mercado de trabalho e não conseguiu nenhum emprego em sua área, então decidiu tentar ganhar a vida com as habilidades de atuação que tinha aprendido no clube. Assim deixou a cidade rural onde ficava o *campus* da universidade e voltou para Seul. Sem conseguir encontrar um lugar decente em Hoehyeon-dong, onde havia morado com a mãe, Geun-bae conseguiu uma casa no terraço em Namchang-dong, o bairro vizinho.

Ele se cadastrou em uma empresa de *casting* de apoio e começou a trabalhar como figurante, com a esperança de ter a oportunidade de se tornar um grande ator. Por sorte, ele sempre conseguia papéis pequenos, bons para servir de pano de fundo. Uma vez, em um drama histórico, ele até teve uma fala, uma exclamação de "Ahhh!" quando outro figurante foi morto pela espada de um samurai, e precisou fazer três vezes para chamar a atenção da equipe.

Então participou de audições para trabalhos como ator coadjuvante e foi escalado para papéis pequenos em filmes independentes e papéis coadjuvantes em comunicações municipais. Ele era capaz de se desdobrar em vários personagens e profissões, incluindo caixa de supermercado, cachorreiro, motorista de ônibus, chefe de departamento, engenheiro 1, trabalhador do setor de produção, tio do protagonista, capanga 3 do chefão da máfia, vendedor, apostador 2, entre vários outros. Porém, sendo um ator que não era atraente nem tinha um talento ímpar, não foi fácil ser notado. Mesmo assim, Geun-bae ganhava a vida com decência e nunca desistiu de seu sonho de atuar.

Um dia, uma empresa de *casting* de apoio com que ele vinha trabalhando havia anos pediu que ele fizesse lobby para um papel secundário na nova peça de um famoso dramaturgo. A quantia em dinheiro exigida era equivalente às economias de toda a sua vida e só poderia ser paga após a dedução do depósito para a casa no terraço. Após refletir muito, Geun-bae foi falar com Do-si Kim.

Ele havia cortado o cabelo e estava sempre pela rua Daehak-ro, famosa pelos espetáculos artísticos ao ar livre. Ele já havia pedido a Geun-bae que fosse até lá várias vezes, mas Geun-bae não confiava muito nele, por ser um ator tão desconhecido quanto ele próprio. Porém, Do-si Kim se tornou produtor de teatro e estava no caminho certo para construir uma carreira.

Assim que ouviu a história, ele disse para Geun-bae comprar uma bebida para si mesmo em vez de gastar dinheiro com um esquema fraudulento. Além disso, falou que conseguiria um papel para Geun-bae se ele lhe pagasse uma bebida e, já que esse trato era muito mais barato, Geun-bae aceitou.

No bar, Geun-bae reclamou, amargurado:

— Pensei que você tinha dito que eu nunca passaria fome se fosse ator!

— Tsc. Na época, eu era mais novo do que você agora. Não sabia do que estava falando — resmungou Do-si Kim, enquanto esvaziava o copo.

Geun-bae o achava irritante, mas não conseguia odiá-lo quando se lembrava de como lutaram juntos pelo clube. Entre os membros do clube de teatro, que provavelmente aprenderam a dançar no clube mesmo, mas que davam tudo de si no palco, ele e Geun-bae foram os únicos a não desistirem de atuar.

Um tempo depois, Do-si Kim cumpriu sua promessa e apresentou Geun-bae ao diretor de uma companhia de teatro infantil. O senhor Park era um homem mais velho, de uns quarenta anos, mais parecido com um funcionário do governo que poderia ser encontrado em um centro comunitário do que com um profissional do teatro. Ele passou os olhos por Geun-bae, um completo estranho, e disse:

— Tem como você engordar mais?

Geun-bae, que havia perdido peso devido à má alimentação na época, pensou por um instante e assentiu. Ele imaginou que pudesse ganhar peso se recebesse um salário enquanto trabalhasse ali e se alimentasse direito. Park perguntou a Geun-bae outra vez se ele conseguiria trabalhar como funcionário e ator. "O salário é de oitocentos mil wons por mês e não há férias", disse ele, e acrescentou que Geun-bae teria que se preparar para as apresentações e fazer tudo o que lhe fosse pedido. Insistente, Geun-bae perguntou se iria mesmo subir ao palco como ator, e Park respondeu que sim, mas somente se engordasse vinte quilos. Geun-bae informou que não conseguiria engordar por não ter o que comer em casa, e que só conseguiria se lhe dessem um adiantamento.

Park estalou a língua diante da semelhança de comportamento daquele novato com Kim Dio-ta, então abriu a carteira e entregou um cheque de cem mil wons a Geun-bae. Eita, Do-si Kim estava sendo chamado de Kim Dio-ta em Daehak-ro... ele havia sido apresentado naquele lugar por alguém que era chamado de Kim Dio-ta... Geun-bae pensou nisso por cinco segundos antes de decidir confiar em Do-si Kim. E assim Geun-bae se tornou o ator principal da companhia de teatro infantil Pureun Baram.

◉◉◉

Após três dias de treinamento espartano com o senhor Kwak na loja de conveniência, Geun-bae sentiu como se tivesse acabado de concluir o serviço militar. Na manhã do último dia de trabalho de Kwak, Geun-bae se ofereceu para lhe pagar uma refeição como forma de agradecimento. Em um primeiro momento, Kwak recusou, mas Geun-bae insistiu tanto que ele acabou o acompanhando até a rua Wonhyo-ro.

Kwak levou Geun-bae a um restaurante de sopa haejangguk, dentro do Mercado de Yongmun. Era um lugar famoso e estava lotado desde cedo. Sentado a um canto, Kwak parecia uma peça de mobília que estava ali havia décadas. Geun-bae brincou que havia ido a um restaurante chique graças a Kwak, que respondeu ter seu próprio escritório nas redondezas.

Os dois tomaram uma garrafa de soju para acompanhar o haejangguk, e Geun-bae esperou o momento certo para perguntar o que realmente queria saber, o que não havia conseguido fazer naqueles três dias. Ele não deixou que a sopa saborosa o distraísse. Para a sorte dele, aquele senhor Kwak que se recusou a aceitar que ele pagasse sua refeição não estava mais ali. Ele havia relaxado e saboreava o haejangguk com gosto. Geun-bae esvaziou sua tigela depressa e ergueu o copo para Kwak.

— Obrigado por todo o seu esforço, por todo o seu trabalho na loja de conveniência e por ter me treinado.

Depois de brindar e esvaziar o copo, Kwak franziu o cenho. À primeira vista, podia parecer nervoso, mas as rugas combinavam com ele.

— Obrigado. Achei que hoje seria um dia triste, mas você o deixou leve.

Desde o dia anterior e as primeiras horas daquele mesmo dia, Kwak estava em silêncio, mas Geun-bae não se importou

— A propósito, senhor Kwak, como era o seu antecessor? Pela forma como o senhor me treinou, acho que ele fez um bom trabalho ao passar o bastão — comentou Geun-bae, enquanto enchia o copo de Kwak com soju.

Kwak observou o copo por um momento, depois franziu a testa outra vez.

— Aquele cara não bebia álcool. E... não só passou o bastão, mas me entregou todo o trabalho. Foi uma experiência sem igual.

— Uma experiência sem igual? Uau, agora estou curioso!

— Só posso dizer isso: ele tinha suas questões, e eu não estou em posição de falar sobre elas.

— Ah, não, lógico que não. Desculpa se eu o pressionei, sendo que o senhor é um homem de poucas palavras. Não consegui resistir e precisei perguntar, mas eu falo demais e sempre canso as pessoas. Ha-ha-ha!

— Imagina, você é um cara falante, mas não diz nada para magoar os outros. Muitas vezes machuco as pessoas com as minhas palavras, e descobri que ficar quieto evita que isso aconteça.

Kwak esvaziou o copo de soju como se tivesse acabado de se lembrar de que ele estava em sua mão.

— Mas isso é algo que precisei aprender. A coisa que conecta as pessoas é a comunicação. Suas falas longas podem parecer irritantes, mas, na verdade, são uma forma de cuidado. Dá para ver que sua tagarelice não contém maldade; só não encontrei as palavras ou a coragem de dizer isso antes.

Kwak desviou o olhar, como se estivesse arrependido. Geun-bae encheu o copo dele novamente.

— Bem, o senhor diz a coisa certa na hora certa.

— Ainda assim, aprendi muito desde que comecei na loja e enquanto servia e conhecia os jovens. E, de muitas formas, valeu a pena trabalhar lá.

A voz de Kwak tremeu um pouco. Geun-bae se lembrou da noite anterior, quando a filha de Kwak tinha ido até a loja e os dois haviam conversado. O encontro entre eles foi tão emocionante que Geun-bae se sentiu mal por ter escutado enquanto organizava as prateleiras. Apesar de todas as perguntas que desejava fazer, ele disse apenas:

— Obrigado pelo trabalho duro. Espero que eu consiga fazer o mesmo.

Kwak encheu o copo de Geun-bae e os dois brindaram.

◉◉◉

A companhia de teatro Pureun Baram tinha um repertório sazonal de peças infantis. Após uma apresentação, o elenco começava a se preparar incansavelmente para a próxima, e sempre havia muita desistência entre os atores e diretores, devido às péssimas condições e à teimosia do produtor.

A Pureun Baram era como uma parada de ônibus para os talentos que iam e vinham, e somente Park, Geun-bae e um gerente-geral — que era sobrinho de Park — permaneciam.

Geun-bae precisava fazer todo tipo de tarefa, desde fixar panfletos e embalar figurinos e adereços até fazer faxina e organizar as refeições. Também era responsável por ir comprar cigarros para o produtor, um abuso que o deixava morrendo de raiva. Porém, a tarefa logo se tornou natural para ele, e a ideia de comprar os próprios cigarros tornava tudo mais suportável.

Park era um homem antiquado e teimoso que nunca se afastava do trabalho, uma espécie de servidor público de

Daehak-ro. Originalmente, ele era um promotor de teatro local que apresentava e montava peças de sucesso nas cidades do interior, mas depois se juntou com um produtor de teatro infantil para formar uma companhia de teatro. Todas as peças infantis da companhia eram produzidas por esse outro produtor, mas, por algum motivo, os dois se desentenderam e Park passou a dirigir a companhia sozinho.

Para ele, o teatro não era nem arte, nem qualquer outra coisa. Ele havia dito a Geun-bae que o teatro era o seu trabalho e que o palco era o seu carma, só que isso não era suficiente para Geun-bae; ele queria ser ator e desempenhar seu papel no palco. Felizmente, ele havia engordado os vinte quilos requisitados seis meses após entrar para a companhia, de modo que o produtor não podia mais adiar sua estreia no palco.

A partir de então, Geun-bae passou a usar uma máscara. Ele mudava de traje de tempos em tempos; não sua "persona", mas seus trajes de verdade. Em um mês, ele teve que usar um traje de tigre covarde; no mês seguinte, de um robô que se assemelhava a um micro-ondas; e, na temporada seguinte, um traje de dinossauro que lhe cobria todo o corpo. Ele se apresentava com todo tipo de fantasia no teatro infantil.

Geun-bae não se arrependia dessa época. Embora sempre atuasse de máscara ou com uma maquiagem que o deixava irreconhecível, ele se sentia realizado por estar em cima do palco. Somente Geun-bae conseguia lidar com o temperamento difícil de Park, e sentia uma estranha satisfação em saber que era indispensável para a companhia de teatro. Ele também adorava o público, que aplaudia sua entrada com mais sinceridade do que qualquer outra plateia. As crianças ainda o cumprimentavam como um personagem quando ele saía do palco e ficavam tão entusiasmadas quanto um grupo de fãs ao encontrar o ídolo.

Em Daehak-ro, no entanto, Geun-bae era chamado de serviçal do Park, e algumas pessoas diziam que ele estava sendo enganado pelo produtor. Mas, pensando bem, Geun-bae só precisava de alguém em quem se apoiar. Tinha se sentido sozinho por tanto tempo que gostaria de permanecer com o elenco que o havia aceitado e com a companhia que lhe tinha permitido atuar.

Quando começou a se apresentar com seriedade, Geun-bae raramente ia à casa onde a mãe morava com o namorado. Depois de passar alguns feriados longe, a mãe dele pegou a estrada e foi vê-lo, e nesse dia Geun-bae subiu ao palco vestido de duende.

Depois da apresentação, Geun-bae levou a mãe a um restaurante que servia vinho de arroz makgeolli, em Daehak-ro. Enquanto comiam a panqueca com cebolinha pajeon e bebiam makgeolli, ele reparou que a mãe estava com cabelos brancos, a um ano de completar sessenta anos. Quando pediu a ela que pintasse o cabelo, ela o importunou para que tomasse remédio e usasse xampu para queda de cabelo para não ficar com entradas. Geun-bae já estava perdendo muito cabelo por sempre usar máscaras ao atuar, então as críticas dela o deixaram com dor de cabeça. Mãe e filho se preocupando com o cabelo um do outro... Geun-bae ficou pensando se aquilo era o que chamavam de envelhecer juntos.

Aquele dia foi inesquecível. Em meio à chuva, ele aproximou o guarda-chuva da mãe e caminharam até a Estação Hyehwa, desceram na Estação Sinyongsan e seguiram até a Estação Yongsan, onde se despediram na plataforma do trem expresso. Ele vivia reproduzindo aquele percurso em sua mente.

Quando se separaram, a mãe lhe disse para não usar máscara na próxima apresentação, e sim subir ao palco com uma expressão orgulhosa. Ela pediu que ele ligasse para ela na hora, caso decidisse fazer mesmo aquilo, e Geun-bae assentiu vigorosamente, sendo o bom filho que era.

Porém, era raro surgir uma oportunidade daquelas. Park também planejava peças infantojuvenis, mas nunca recebia nenhum investimento ou apoio. Geun-bae desejava que Park demonstrasse mais determinação e começou a pressioná--lo para organizar uma companhia de teatro decente. Todo ano os dois tinham conflitos por causa dessa questão, e Geun-bae ameaçava sair da companhia e ir para onde houvesse mais positividade, e então Park lhe mandava esperar, perguntando se ele achava que conseguiria chegar a algum lugar se saísse dali.

Talvez o lance de ser serviçal fosse verdade, Geun-bae costumava pensar.

◉◉◉

Depois de uma semana de trabalho na loja de conveniência, a cabeça de Geun-bae começou a girar. De pé no caixa, ele se sentia como um piloto no controle de tudo, com uma visão panorâmica da loja. Havia clientes na mesa ao ar livre, esperando o ramyeon ficar pronto, enquanto uma mulher e uma criança pegavam salgadinhos na promoção "Compre dois, leve três" e duas jovens, que aparentavam ser universitárias, se aproximavam da porta.

Tlim!

— Bem-vindas! — cumprimentou Geun-bae, animado.

Em seguida, se virou para cumprimentar a mãe e a criança com os salgadinhos e efetuar a compra delas. Depois que elas saíram, atendeu as jovens universitárias, que se aproximaram com bebidas em mãos. Em pouco tempo, os clientes de dentro da loja foram embora e os clientes das mesas ao ar livre começaram a devorar os ramyeons. Era hora de reabastecer a geladeira de bebidas.

Pouco depois de ele começar a trabalhar na loja, a gerente perguntou se ele poderia chegar duas horas mais cedo por um tempo. Geun-bae ficou feliz em aceitar, pois assim ele trabalharia doze horas por dia, das oito da noite às oito da manhã, podendo ganhar mais dinheiro e, mais importante ainda, passar mais tempo na loja de conveniência.

Quando Geun-bae aceitou, a gerente lhe deu um tapinha no ombro, como se quisesse tranquilizá-lo. Então viu o nome "Geum-bo Hong" no crachá dele e arregalou os olhos.

— Geun-bae, o que é isso? É seu apelido?

— É. Já que meu nome é Geun-bae Hwang, sou chamado de Geum-bo Hong.

A gerente deu outra olhada na aparência dele e soltou uma risada.

— Não é só por causa do nome… você é a cara dele! Eu assisti a muitos filmes com Jackie Chan e Geum-bo Hong quando era mais jovem.

— Assisti a eles quando era muito, muito novo.

— De agora em diante, vou te chamar de Geum-bo. Parece uma referência a "geum", ouro, então quero que você trabalhe duro para se tornar o tesouro da nossa loja de conveniência.

— Ah, está bem. Vou trabalhar melhor se a senhora não me incomodar tanto. Ha-ha-ha!

— Hein?! Você tem muita sorte, Geun-bae! Antigamente, havia um funcionário problemático que vivia me dando trabalho. Apesar da minha idade, eu não tenho medo de revidar. Comparado a ele, acho que estou sendo bem educada com você.

— Um funcionário problemático? Ele também trabalhava no turno da noite?

— Isso mesmo. Ele ficava enrolando para ir embora após o fim do turno, e depois ficava zanzando pelo bairro conversando com as idosas. Argh.

— Que estranho... porque estou sempre com pressa de chegar em casa após o trabalho.

— Ele não tinha... hum... casa. Bem, tem certeza de que reabasteceu a geladeira de bebidas?

— Tenho, sim.

Ele poderia ter insistido no assunto, mas infelizmente precisou esperar por outra oportunidade.

Na verdade, Geun-bae não se importava que a gerente o incomodasse, pois o lembrava um pouco da mãe. Ele não conseguia pensar em mais ninguém que tivesse implicado com ele daquela forma além da mãe... só por conta disso, Geun-bae ficou feliz com a implicância da gerente e o fato de tê-la respondido com um comentário atrevido.

Em uma loja de conveniência, não havia somente pessoas como a gerente. Era um lugar onde várias pessoas cheias de histórias entravam e saíam, e, à medida que os dias de trabalho iam passando, Geun-bae conhecia cada uma delas, todas aparentando algum desconforto, mas, ao ouvirem as palavras de Geun-bae, elas pareciam se esvaziar como um balão.

Era o caso do dono da casa de carnes ao lado, que aparecia por volta das nove da noite, segurando um copo de cerveja e se sentando a uma das mesas ao ar livre. Toda noite ele bebia somaek. E ficava amuado. Era evidente que ele estava frustrado com a falta de clientes por causa do distanciamento social causado pela Covid-19. Geun-bae logo foi se sentar com ele e puxar conversa. Assim como Dok-go havia suportado as noites na loja de conveniência conversando com um bêbado, Geun-bae queria compartilhar do que ele devia ter sentido, já que ele mesmo estava passando por uma experiência semelhante. Afinal, era por isso que Geun-bae tinha ido trabalhar na loja de conveniência.

O dono da casa de carnes não era uma pessoa fácil de lidar. Ele não se importava com nada e vivia reclamando. Mas Geun-bae já tinha lidado com o tipo dele antes: desde clientes reclamões, passando por jinsangs que se achavam reis, até chegar a chefes abusivos, e havia conseguido tirar de letra. Demorou um pouco, mas Geun-bae finalmente descobriu a história de Choi.

Choi era um homem que havia perdido sua clientela e sua autoconfiança, um pai de família comum que se estressava pensando no que aconteceria caso ele desmoronasse. Mas era um velho rabugento e admitia isso. Geun-bae tentou lhe dizer algumas coisas para ajudá-lo, mas Choi gritou com ele. No fim, não tinha sido tão ruim assim, pois ao menos lhe falara sobre o veneno do estresse. Geun-bae não queria que ele sofresse sem necessidade com aquilo em sua vida já tão difícil.

"Meu filho, a comparação é como um câncer e o estresse é um veneno. O mundo lá fora já é tão difícil, então pense em você mesmo em primeiro lugar", era o que a mãe costumava lhe dizer.

Tais palavras eram como um mantra naquela família de dois membros, mas, quando Geun-bae era criança, elas lhe entravam por um ouvido e saíam pelo outro. Ele tinha sido um garoto gordo, lerdo e impopular, além de não ter sido bom aluno, mas também era uma pessoa sensível, e todas as comparações o magoavam profundamente. O estresse dele com o futuro era do tamanho de uma cadeia de montanhas. *O que vou ser quando crescer? Se minha mãe morrer, vou conseguir me virar sozinho? Por que alguém como eu nasceu sem futuro? Se eu não entrar na universidade, vou conseguir ter uma vida decente?*

A resposta era sim, ele conseguiria. Quando deixou o estresse de lado e parou de se comparar com os outros, Geun-bae não deixou que esse câncer o adoecesse nem permitiu que esse veneno se espalhasse pelo seu corpo. Lógico que ele se estressaria e o julgamento das pessoas seria inevitável, devido à sua pouca idade, mas, sempre que isso acontecia, Geun-bae se lembrava das palavras da mãe. As críticas eram comparações do ponto de vista de outras pessoas e, quando ele as rejeitasse, elas perderiam a importância. As pessoas não poderiam mais tratar Geun-bae com desrespeito quando ele as respondesse com calma, e o estresse também se tornaria nada além de uma ilusão quando ele decidisse se concentrar no momento presente.

◉◉◉

Geun-bae pensava muito na mãe durante suas noites na loja de conveniência. Não conseguia parar de pensar nos erros que tinha cometido com ela. Kwak havia dito que a loja era como um manhwabang, e todos os itens da loja faziam Geun-bae se lembrar da mãe. Até mesmo o cortador de unhas que um cliente havia comprado. Ele se lembrou do cortador de unhas preferido dela, que mantinha as unhas sempre cortadas e limpinhas. Lembrou-se também do ditado que dizia que, se você cortasse as unhas à noite, elas iriam queimar. E também havia uma história assustadora que a mãe lhe contava: "Se jogar suas unhas fora, um rato irá comê-las e ficará parecido com você." Ela era boa em tudo; tinha criado Geun-bae sozinha e o transformado em um adulto saudável. Ele queria subir ao palco com o rosto descoberto, do jeito que a mãe havia lhe pedido que fizesse, para mostrar a ela que estava indo bem.

Mas não tinha sido para ver a peça de Geun-bae que ela havia voltado a Seul. Ela estava doente. Era uma doença que só podia ser tratada em um grande hospital de Seul, e precisava fazer um tratamento de longo prazo. Naquele momento, a vida de Geun-bae parou. Sentiu-se em meio àquela brincadeira de criança, a corrida de três pernas, mas foi como se ele tivesse tropeçado e levado um tombo, ficando caído no chão, comendo poeira.

A quimioterapia não foi fácil. Geun-bae deixou tudo de lado e passou a cuidar da mãe em um quarto de hospital, que ela dividia com cinco pessoas. Eles passavam a noite juntos, ele encolhido como uma grande bola, deitado em uma segunda cama.

Após o tratamento, a mãe ficou feliz de se hospedar na casa de Geun-bae, em Namchang-dong, e chegou a dizer que quando os dois moravam juntos ali perto era ela quem cuidava dele, mas agora era ele quem cuidava dela. Sempre que Geun-bae olhava para a mãe, cuja aparência havia mudado com a quimioterapia, se sentia sobre um palco, usando uma máscara. Ele implorava que aquilo fosse mentira e que o verdadeiro rosto da mãe fosse revelado novamente.

Foi quando Park foi visitá-lo, levando um romance infantojuvenil que ele não conhecia. Park disse que um romancista havia vendido os direitos do romance a ele, após ele ter feito alguns contatos, e que iria produzir uma peça infantojuvenil com base nele. Aparentemente a preparação às pressas se devia às circunstâncias de Geun-bae, mas Park permaneceu indiferente e disse que, por ele ser o ator principal, eles fariam um bom trabalho. Será que a sorte havia chegado na hora certa? Ou era tarde demais? Geun-bae não soube dizer.

O roteiro adaptado era tão bom quanto a história original. Na primeira leitura, Geun-bae ficou surpreso ao perceber que conhecia a autora da adaptação. Era uma atriz que havia interpretado o papel principal em uma peça produzida por Do-si Kim, uma jovem com quem ele às vezes trocava cumprimentos nos bares da Daehak-ro. Ela lhe disse que havia acabado de estrear como dramaturga e pediu que ele passasse a chamá-la de escritora Jeong. Ela era uma atriz muito boa, mas será que tinha largado os palcos? Ou ser dramaturga era o que ela sempre havia sonhado? Geun-bae ficou intrigado, pois sempre gostou dela.

Mas deu tudo errado na leitura, e ele foi duramente criticado pelo teor infantil de seu tom de voz. O rosto de Geun-bae ficou tão vermelho que ele teve vontade de recolocar a máscara de dinossauro, e o carinho que sentia por Jeong deu lugar ao constrangimento.

Após os ensaios, ele voltou para casa e cuidou da mãe. Quando ele se vangloriou de finalmente ter sido escalado para uma peça sem que precisasse usar máscara, para a surpresa da mãe, ela conhecia a autora da peça e se lembrava de ter visto alguns livros do romancista em uma locadora de livros, mas não se lembrava do romance em questão. Então Geun-bae lhe entregou o livro.

Quando terminou de ler, ela achou interessante que Geun-bae interpretasse um cientista. Além disso, disse que desejava que o filho tivesse se tornado cientista, mas perdeu as esperanças quando viu que ele não tinha aprendido a tabuada até a quinta série. Geun-bae desistiu de matemática, mas ficou grato por não ter desistido dos palcos. Ele também era grato ao senhor Park por ter surgido com aquela peça e pediu à mãe que fosse ver seu belo filho cientista de jaleco branco. Ela disse que sim, e acrescentou que seria bom se ele emagrecesse um pouco.

Com o apoio de Park, o incentivo do diretor e as críticas de Jeong, Geun-bae deu tudo de si para interpretar o papel do pai, o cientista da peça. O entusiasmo de subir ao palco que ele sentia na época da universidade estava de volta. Quando Do-si Kim chegou à sala de ensaio trazendo frango frito, ficou surpreso ao ver que Geun-bae parecia com sua versão caloura, cheio de entusiasmo, e também por estar levando sua dieta tão a sério e bebendo apenas água, sem tocar no frango e na cerveja.

Do-si Kim lhe garantiu que a peça seria um sucesso porque era a estreia de Geun-bae como protagonista, que ele havia descoberto, e a estreia de In-gyeong como roteirista, que ele havia descoberto como atriz. Era uma peça importante para todos, e todo mundo sabia o que ela significava para Geun-bae.

"Ajuste de órbita"

Original: Woo-hyun Gong

Adaptação: In-gyeong Jeong

Diretor: Soo-cheol Lee

Elenco: Geun-bae Hwang, Ji-sun Ha, Seok-jung Kwon, Chi-hwan Ahn, Soo-yeon Jeon

Produção: Geun-seong Park, Companhia de Teatro Pureun Baram

Durante as cinco semanas de exibição da peça, a mãe de Geun-bae assistiu a seis apresentações. Ela se alegrou de vê-lo no palco, embora estivesse debilitada pelo tratamento contra o câncer. Não disse nada sobre o desempenho do filho ou sobre a qualidade da peça, nem se importou de a peça ter sido um fracasso de bilheteria, com um público médio de menos de dez pessoas, apenas repetiu que estava feliz por ter assistido a ela. Geun-bae sentiu que aquele momento era o clímax de sua vida. Qual era o sentido de estar em um palco outra vez, com uma atuação brilhante e fazer o próprio nome, se a mãe não estaria ali para presenciar aquilo?

◉◉◉

Ultimamente um aluno do ensino médio estava indo até a loja à noite para fugir do calor, e Geun-bae se lembrava de si mesmo naquela idade toda vez que olhava para ele. Era um garoto gordo e assustado, e seu ambiente familiar era ruim, mas conseguia se divertir sozinho. Será que um dia ele leria um livro em vez de ficar só assistindo a vídeos no YouTube? Geun-bae foi generoso o suficiente para dar alimentos de descarte a ele, assim como para lhe emprestar um livro. Ele esperava que aquele livro, que tinha sido tão importante em sua vida, fosse útil para o garoto, e percebeu que aquilo incentivou o menino. Era um jovem sensível e perspicaz.

Geun-bae sentiu pena por ele não querer voltar para casa, então lhe falou sobre bibliotecas e recomendou a de Namsan, que ele próprio tinha frequentado. Assim o garoto parou de ir à loja de conveniência, o que era uma coisa boa. Apesar de ter lamentado não poder mais dar um sanduíche de tonkatsu para ele, Geun-bae torcia para que ele não precisasse passar mais tempo debaixo do ar-condicionado da loja de conveniência, e sim que se refrescasse à sombra de um livro.

A colega de Geun-bae que trabalhava meio período aos finais de semana estava procurando emprego. Era uma moça muito econômica, mas havia certa tensão entre ela e Geun-bae por conta dos produtos de descarte. Com o tempo, ele passou a ficar com a comida coreana e ela, com a ocidental.

Na verdade, a jovem começou a trabalhar na loja de conveniência depois de Geun-bae, mas já tinha experiência com trabalhos de meio período e era muito boa no que fazia. Por isso Geun-bae recebia muitas dicas dela e conseguia trabalhar com eficiência graças a ela. Sentindo-se grato, perguntava o que poderia fazer para recompensá-la, mas não havia muito o que pudesse fazer, até que um dia ela foi à loja de conveniência à noite para desabafar sobre suas frustrações.

E Geun-bae a escutou. E lhe ofereceu palavras de conforto. Ela havia lhe contado sobre o pai e sobre como gostava do salgadinho Jagalchi, em formato de polvo, então Geun-bae contou a ela uma história sobre polvos que ele tinha lido em uma matéria, e isso a ajudou a ser aprovada em uma entrevista de emprego. Que reviravolta... bem, foi Geun-bae quem a entrevistou para a vaga de meio período, e mesmo naquela época ela já era nota dez aos olhos dele. Isso pareceu ter aumentado sua confiança desde então, mas foi um pouco decepcionante ela não ter comprado atum de verdade, apenas o soju Chamisul e o salgadinho Jagalchi.

◉◉◉

Dois meses e dez dias após a apresentação final de *Ajuste de órbita*, a vida da mãe de Geun-bae chegou ao fim. Preso em uma escuridão invisível, ele se recolheu na quietude. Após o funeral, também deixou o elenco e se trancou em casa. Isolado do mundo, se encolheu e adormeceu. Quando enfim acordou, passou a comer muito e ganhou peso outra vez.

Quanto tempo havia se passado? Quando sua saúde ficou extremamente debilitada, Do-si Kim foi até sua casa com a notícia chocante de que Park tinha morrido em um acidente de carro na semana anterior e que a companhia havia se dissolvido. Geun-bae tinha perdido um colega e empregador que esteve com ele durante tanto tempo, sem receber nenhuma orientação final. Em Daehak-ro, as pessoas diziam que ele era ingrato, embora soubessem de sua situação. Geun-bae não tinha o que fazer ou falar, e passava seu tempo imerso na dor.

Para ele, fazer um ajuste de órbita parecia tarefa impossível. Faltavam coragem de voltar aos palcos e as habilidades necessárias para fazer algo novo.

Então, o homem que havia sido namorado de sua mãe foi visitá-lo. Geun-bae tinha se esquecido dele desde que o havia visto de relance no funeral. Ele cuidou de tudo, começando pelos preparativos da cerimônia, e Geun-bae mal tinha feito o papel de anfitrião em meio ao luto.

Quando Geun-bae perguntou sobre isso de maneira desajeitada, o homem explicou que não tinha tido notícias dele e lhe contou sobre os vários procedimentos administrativos que se seguiram ao funeral. Apesar de não ter acontecido uma cerimônia, ele e a mãe de Geun-bae haviam se casado. Mas Geun-bae não se importava com isso.

— Você tem que seguir em frente. Pelo bem da sua mãe — disse o homem a Geun-bae, antes de lhe entregar uma caderneta bancária.

Dentro da caderneta havia uma carta escrita à mão pela mãe de Geun-bae, tratando de suas poucas economias e do dinheiro do seguro. O homem havia cumprido os desejos da mãe e entregado a Geun-bae a parte que lhe era de direito.

Ao olhar a carta e a caderneta, Geun-bae se deu conta de que aquilo podia ser uma espécie de combustível para ele. Precisava alçar voo outra vez com o novo combustível que sua mãe havia lhe deixado. Precisava ajustar sua órbita e continuar voando.

Após isso, não houve um único dia em que ele não tenha trabalhado. Em uma costelaria, foi limpador de chapa e depois encarregado do carvão. Após se queimar com o carvão, trabalhou como zelador em uma construção. Depois de discutir com o encarregado de obras, Geun-bae foi para o Mercado Garak. Lá, trabalhou em um frigorífico de frutos do mar, transportando caixas de peixes congelados. Após escorregar dentro do frigorífico e fraturar a pélvis, tirou um mês de licença e conseguiu um emprego para lavar pratos em um restaurante de self-service. Quando se cansou de lavar pratos, descobriu o serviço de entrega de encomendas. Porém, precisou fazer outra pausa ao sofrer um problema ósseo após um mês de trabalho extremo. Dessa vez, ele comprou uma motocicleta e começou a trabalhar fazendo entregas. Ele se saiu bem durante seis meses, mas, depois de quase sofrer um acidente por descuido no trânsito, ficou apavorado e desistiu. Livrou-se da motocicleta e decidiu que trabalhar com alimentação era a carreira ideal, então conseguiu um emprego em um fast-food, montando hambúrgueres. Após um tempo, percebeu que a comida ocidental não era sua praia, então passou a ser assistente de cozinha em um restaurante de ssambap.

Depois que a sua mãe faleceu e ele se viu forçado a sair de um emprego para outro, Geun-bae percebeu que a vida se tratava apenas de viver, sem que tivesse um significado especial. O estresse era um veneno, a comparação era um câncer, o passado já havia ficado para trás e o futuro não existia, então tudo que tinha era o presente. Se morresse naquele momento, ele não se arrependeria de nada.

Foi então que a Covid-19 chegou. Geun-bae ficou feliz pela mãe, que não suportava nenhum desconforto, ter ido para o céu antes que aquele desastre sufocante ocorresse. "Mãe, se você estivesse viva, teria que usar máscara todos os dias, passar álcool em gel nas mãos como se fosse hidratante e registrar aonde quer que fosse, escaneando um QR code, como se estivesse sendo revistada. O paraíso não é uma delícia? Deve ser bom demais, né?", pensava ele.

No final daquele ano, Geun-bae recebeu uma ligação de Do-si Kim. Ao ser perguntado sobre como estava, ele respondeu que estava apenas vivendo. Ele soube que a Covid-19 tinha devastado Daehak-ro, então perguntou como Do-si Kim estava. Depois de dizer que podia sentir a morte no ar, Do-si Kim lhe disse que um trabalho seu havia sido selecionado para um projeto de apoio ao setor artístico, afetado pela Covid-19. Geun-bae precisou reconhecer o ímpeto dele.

— Que tal se juntar a mim?

— Por quê?

— Quando você entrou para o clube, eu te disse que nunca iria passar fome se aprendesse a atuar.

— Não passo fome, mesmo não atuando.

— O que você está fazendo da vida?

— Já falei, estou só vivendo.

— É um escândalo, um bom papel para você, e a diretora Jeong concordou em te escalar.

— Qual Jeong?

— In-gyeong Jeong. Ela escreveu o roteiro original e está dirigindo a peça.

— Ela está dirigindo? E me escolheu?

— Lógico que eu recomendei você. Vamos trazer um homem morto de volta à vida, que tal?

— Ha-ha-ha! Eu sou o quê, uma assombração?

— Sim. Todo mundo quer saber onde está Geum-bo Hong, que vagava pela Daehak-ro à noite feito um fantasma.

— In-gyeong está bem?

— Se quer saber, junte-se a nós. Você é bom no que faz. Ou acha que conseguiu o papel a troco de nada?

Depois que a ligação terminou, a mente de Geun-bae ficou a mil. Assombrações, o senhor Park, seus cigarros favoritos sabor menta, o Geum-bo Hong de Daehak-ro, Do-si Kim com seu cabelo comprido e a durona In-gyeong Jeong martelavam na mente e no peito dele em um ritmo musical.

De repente, Geun-bae se sentiu vivo.

A sensação de estar vivo, e não apenas vivendo, veio do âmago de seu ser, como um enjoo, e ele perdeu o fôlego.

No dia seguinte, Geun-bae abandonou todos os empregos de meio período e foi para Daehak-ro. Ele foi recebido com um olhar astuto por Do-si Kim, ou melhor, pelo *produtor* Kim, e recebeu um roteiro de In-gyeong, que havia se tornado diretora.

O título da peça, no topo da página, era bastante irônico, e Geun-bae o achou bem inconveniente.

◉◉◉

Por volta da meia-noite, um homem corpulento abriu a porta de vidro da loja de conveniência e entrou. Ele parecia ter mais ou menos a idade de Geun-bae, usava uma camiseta com estampa florida e bermuda larga, aparentando ter acabado de acordar. Seria ele o vagabundo da vizinhança? Geun-bae observou o comportamento dele com interesse para ver até onde aquilo iria.

O homem pegou uma cesta, foi direto para a geladeira e escolheu uma cerveja barata. Com oito latas, o homem arrastou os chinelos pelo chão e largou a cesta no caixa. Por um momento, Geun-bae conseguiu sentir o cheiro de suor de dias por trás da máscara.

Sabendo que precisava se livrar do homem, Geun-bae se apressou em passar as cervejas no leitor de códigos de barras.

— O que você está fazendo? — O homem arqueou uma sobrancelha para Geun-bae.

— Estou finalizando a compra.

— Ah, não nos vimos antes, estive ocupado. Eu sou o chefe, então pode colocar isso na sacola.

Geun-bae arregalou os olhos para aquele indivíduo rude. O homem fez uma careta e gritou com ele:

— Eu sou o chefe daqui! Você é o funcionário novo? O que aprendeu até agora?

Geun-bae apontou para um dos avisos que enchiam o caixa como se fosse uma proteção.

— Aprendi a trabalhar direito. Quer ver? Manual de Emergências número 3: "Quando um estranho ostenta uma amizade com a gerência e adia o pagamento de um item, nunca lhe entregue o item e verifique com a gerência." Você está agindo de acordo com o manual, então como posso acreditar que é o chefe? — explicou ele, sério.

— Cacete, outro idiota que não sabe do que está falando. Então faça o que diz o manual e chame a gerente agora mesmo!

— Não vai dar. Já passou da meia-noite e não posso acordar a gerente. Prove que você é mesmo o chefe ou pague pelos produtos. Você se diz chefe, mas não tem dinheiro para pagar por isso? Hum, acho que não é, não.

O homem soltou uma gargalhada de arrepiar e, em seguida, se inclinou em direção a Geun-bae, como se o ameaçasse.

— Você acha mesmo que eu não sou o chefe desta loja? Olhe bem para mim. Quem você acha que eu sou? Hein?

Geun-bae encarou o homem friamente e disse:

— Quem você é? Pois eu digo. Você é um yangachi. E sabe por quê? Durante a ocupação japonesa, as pessoas que pediam esmola nas ruas eram chamadas de dongnyangachi. *Dong. Nyang. Ah. Chi.* Mas depois resolveram encurtar para yangachi. *Yang. Ah. Chi.* Você está querendo coisas sem pagar por elas, não é, seu yangachi?

O homem levantou a mão como se fosse dar um tapa em Geun-bae, que permaneceu imóvel, mas logo o homem começou a rir e ergueu as duas mãos.

— Você é bom de lábia. Está tentando ganhar dinheiro rápido. Você acha que eu não sei disso? Acha que é tão fácil assim me enganar?

Com isso o homem agarrou a cesta. Geun-bae esticou o braço com urgência, mas o homem já tinha dado um passo para trás, rindo.

— Eu sou o chefe Kang! Depois, diga à tia Seon-suk que eu mandei ela te demitir.

O homem saiu sem a menor pressa, levando a cesta com as cervejas. Geun-bae, que havia saído de trás do caixa, começou a gritar por ele, mas parou ao se lembrar de ele ter dito "tia Seon-suk".

— Tia Seon-suk? Seon-suk Oh? A gerente!

Geun-bae estalou a língua ao olhar pela janela de vidro e ver o homem se afastando.

— Aquele era mesmo o chefe...

Ele balançou a cabeça e voltou para o caixa. Então falou para si mesmo:

— É o homem escroto a respeito de quem a gerente comentou. É isso.

◉◉◉

Geun-bae sentiu como se estivesse assistindo a uma fábula urbana. O roteiro de In-gyeong, bem experimental e muito detalhado, mostrava diferentes grupos de pessoas na época atual. Embora fosse cinco anos mais nova que Geun-bae, In-gyeong utilizou suas memórias de infância sobre lojas de conveniência e criou a história ambientada em uma delas. O próprio Geun-bae não frequentava lojas de conveniência, mas, se houvesse uma loja como aquela, ele adoraria frequentá-la.

Acima de tudo, o personagem principal era o papel de sua vida: Dok-go tinha uma personalidade convincente, que qualquer ator em Daehak-ro cobiçaria. Então, apesar de o produtor Kim estar disposto a ajudar Geun-bae a conseguir o papel, por que In-gyeong aceitaria? Ele se perguntava por que ela o tinha escolhido quando havia diversos atores que poderiam interpretar aquele papel.

— Quando visualizei Dok-go pela primeira vez, ele me fez lembrar de você, só isso.

Embora In-gyeong estivesse desanimada com o elenco fraco, Geun-bae decidiu acreditar que, se ela o havia escolhido, devia existir algo nele que pudesse dar conta do recado.

Ele estudou o roteiro, fez leituras e se preparou para a apresentação. A estreia foi marcada para o início de dezembro, para combinar com o cenário de um homem em situação de rua que se instala em uma loja de conveniência aquecida durante os frios meses de inverno. Aproveitando o fato de vários teatros estarem funcionando durante a pandemia, o produtor Kim se gabou de seu poder de negociação para pedir um desconto no aluguel. Ele não mudava mesmo.

In-gyeong estava sendo excepcionalmente severa com os atores. Talvez porque o roteiro fosse de sua autoria e dramatizasse eventos que ela tinha vivenciado, sua atenção aos detalhes era imensa. Geun-bae também teve que fazer a lição de casa para se transformar em Dok-go; precisou incorporar a gagueira e o comportamento assustador do personagem, além de ter que observar as pessoas em situação de rua na Estação Seul. Mesmo assim, a diretora não ficou satisfeita.

Em um determinado momento, um ensaio foi interrompido em uma cena em que Dok-go colocava um produto na prateleira.

— Geun-bae, Dok-go é um idiota. Ele perdeu a memória e se comporta de um jeito estranho! Vamos de novo.

Então Geun-bae se atrapalhou e errou o ângulo, o que fez a cena ser interrompida outra vez.

— Geun-bae, Dok-go não é estúpido, cssa ação não faz sentido.

— Você não acabou de dizer que Dok-go é estúpido? — perguntou Geun-bae, olhando para In-gyeong com uma expressão vazia.

In-gyeong suspirou, como se as cortinas do palco estivessem prestes a ser fechadas.

— É o seguinte: Dok-go é um idiota, mas não é estúpido, entende o que quero dizer? Há uma lógica na idiotice dele. Uma lógica!

— Que lógica é essa?

— Existe uma razão! Quantas vezes tenho que repetir que você precisa dar razão e padrões para as ações dele?

O clima ficou tenso. Geun-bae assentiu, olhando para um ponto distante no canto escuro da sala.

— Bem, não tenho certeza se Dok-go é estúpido, mas... eu sou. Ha-ha-ha!

— Tsc, pare de rir desse jeito. Controle-se!

— Ah, está bem.

In-gyeong pressionou Geun-bae, dizendo que Dok-go era o Alfa e o Ômega daquela peça, mas, ao mesmo tempo, foi ela quem o incentivou a seguir com a produção, o que o deixou em dúvida. O Alfa e o Ômega no palco era Geun-bae, que interpretava Dok-go, mas o Alfa e o Ômega da peça era In-gyeong.

E, uma semana antes da estreia, In-gyeong pegou Covid-19.

Entre os membros da equipe de apoio e os atores, cinco pessoas, incluindo In-gyeong, testaram positivo para o vírus, e a peça foi adiada por tempo indeterminado. A origem da infecção era desconhecida, e o lançamento da produção foi cancelado.

Ninguém sabia ao certo se eles se apresentariam.

Mais tarde naquele ano, Geun-bae se reuniu com o produtor Kim e com In-gyeong. Ela esvaziou um copo de bebida, dizendo que era mais difícil perder o trabalho do que sofrer com as sequelas da Covid-19. Ao vê-la angustiada, Geun-bae se sentiu culpado por ter testado negativo. Se tivesse testado positivo, pensou ele, teria compartilhado sua dor com ela, que teria se sentido menos culpada. Foi então que ele percebeu que tinha um apego com In-gyeong, um sentimento que algumas pessoas chamariam de amizade; outras, de amor.

Kim disse para eles não se desanimarem, que de alguma forma lançariam a peça no ano seguinte. Ele nunca pareceu tão legal aos olhos de Geun-bae quanto naquele momento, mas duvidava que aquilo fosse acontecer. Mesmo que a vacinação começasse no ano seguinte, não dava para saber se a pandemia terminaria. O financiamento havia sido cortado devido à pandemia e não havia pessoas suficientes para compensar o custo da produção. Até mesmo Geun-bae, que não se preocupava com nada, ficou ansioso. Ele disse que não tinha nada a perder, mas o impacto sobre In-gyeong e Kim seria enorme.

— Vou revisar o roteiro, confie em mim — declarou In-gyeong.

A determinação dela era palpável, mesmo em meio à embriaguez. Geun-bae disse que acreditava nela, e Kim fez um brinde.

Geun-bae levou In-gyeong de volta à quitinete dela em Ihwa-dong. No caminho, In-gyeong o abraçou. Na verdade ele não sabia dizer se ela o estava abraçando ou se apoiando nele. Na entrada de casa, In-gyeong se virou e abraçou Geun-bae de leve antes de entrar. Eles permaneceram daquela forma por um tempo, compartilhando o calor um do outro.

— Geun-bae, é melhor você ir logo — disse In-gyeong, encerrando o abraço.

— Já vim até aqui. Deixe eu ver você entrar — respondeu Geun-bae.

— Vá, está frio.

Irritada, In-gyeong fez um gesto para que ele fosse embora.

— Está bem. Se cuida. Te vejo no ano que vem.

Quando Geun-bae se virou e começou a se afastar, In-gyeong gritou:

— Se cuida! Vou te matar se você pegar Covid-19!

Geun-bae fez um joinha.

◉◉◉

O ano de 2021 chegou. A sensação era a de que o sol estava surgindo através da máscara. Era o Ano do Boi* no horóscopo chinês e, como a palavra "vacina" tinha origem na palavra latina *vaccinus*, ou seja, "derivado da vaca", a mídia falava sobre uma perspectiva de esperança, mas Geun-bae não tinha lá muitas expectativas.

No início da pandemia, ele havia começado a trabalhar meio período, pulando de emprego em emprego e conhecendo um grande número de pessoas, todas sofrendo como se a máscara as estivesse sufocando. Os empregos estavam escassos ou incertos, difíceis ou perigosos. Para os ricos, as máscaras eram boas e o distanciamento permitia que se concentrassem no trabalho em seu próprio tempo e espaço, mas, para pessoas pobres como Geun-bae, a época da Covid-19 era como um regime de guerra. As pessoas precisavam se preocupar com a sobrevivência e, quando eram infectadas, eram mandadas embora como soldados feridos, incapazes de se recuperar.

Após o Ano-Novo Lunar, In-gyeong enviou o roteiro da peça revisado a Geun-bae. A Covid-19 estava presente ali também. Geun-bae leu o roteiro e mordeu o lábio. A segunda

---

* Referência ao horóscopo chinês, seguindo o calendário lunar, que geralmente se inicia em fevereiro. (N.T.)

metade da peça se passava durante a pandemia, o que não existia na versão anterior.

As pessoas andavam pelas ruas de máscara, e Dok-go também trabalhava de máscara e luvas. E havia uma cena em que Dok-go jogava algumas verdades na cara de um cliente JS quando ele era instruído a usar máscara. Mais tarde, alguém infectado ia à loja de conveniência e Dok-go pegava o vírus. A loja era temporariamente fechada, e Dok-go descobria sua identidade enquanto se submetia ao tratamento. Ele, então, era atormentado pelas sequelas da Covid-19 e pelas lembranças do passado. Na cena final, a loja era reaberta e Dok-go estava de volta, trabalhando em silêncio no caixa. Usando máscara, havia um ar misterioso em seu olhar.

A última cena do roteiro anterior era a de Dok-go, depois de uma noite inteira de trabalho, sentado a uma mesa ao ar livre, comendo uma marmita de iguarias de terra e mar sob o sol da manhã, parecendo não saber se chorava ou sorria. Geun-bae tinha adorado aquela cena, pois transmitia a emoção que Dok-go sentiu ao comer a marmita que deu início ao seu relacionamento com a chefe e com a loja de conveniência. Viver o presente e comer a comida que lhe foi dada pareciam o final perfeito para a fábula.

Mas o roteiro revisado acabou sendo menos uma fábula urbana e mais a dura realidade da época. Nesse meio-tempo, a identidade de Dok-go também havia mudado. Geun-bae não ficou feliz com essa mudança. Embora a história terminasse com o retorno de Dok-go à loja de conveniência e à sua rotina, Geun-bae não concordou com a mudança do personagem.

— A arte deve refletir os tempos atuais.

— Mas não esta peça. O tom mudou.

— Ele não mudou, e sim evoluiu!

— Diretora, não preparei minha atuação com esse personagem em mente, e acho que é demais para o público, que está procurando uma fábula para aquecer o coração durante a pandemia.

— O público vai estar de máscara de qualquer maneira, então e daí? Não é engraçado quando você assiste a novelas na TV? Ninguém usa máscara. Nós podemos fazer dessa forma, para que reflita a realidade.

— Mas será que precisamos fazer isso? Sei que você tem sofrido desde que foi diagnosticada, mas...

— Do que você está falando? Acha que escrevi um reflexo da realidade da Covid-19 por ter pegado a doença? Agora eu sou um experimento? Quando escrevi o primeiro rascunho, a pandemia não estava tão ruim e achei que acabaria logo. Mas agora estamos convivendo com ela! É por isso que o trabalho evoluiu! Não diga que eu me corrompi só porque fiquei doente!

Os dois tiveram uma briga feia. Naturalmente, com a diretora e o ator principal se desentendendo, os ensaios foram uma bagunça. Kim, que assistia ao embate entre os dois, ficou do lado de In-gyeong. Era uma regra implícita que um ator que discutisse com um diretor não poderia subir ao palco.

Mesmo assim Geun-bae bateu o pé. De repente, em um belo dia, In-gyeong se dirigiu a ele com uma expressão amarga.

— Você gosta de fábulas para aquecer o coração porque só faz teatro infantil, né? Você não está disposto a mudar?

As palavras "porque só faz teatro infantil" despertaram uma raiva em Geun-bae que ele nem sabia existir. Ele não suportava que as pessoas menosprezassem o teatro infantil. Elas mesmas também eram crianças, mas não sabiam como abraçar o teatro com toda a alma do jeito que as crianças faziam, por isso ele achava que estavam dizendo bobagem. Mas, quando In-gyeong falou isso na cara dele, aquilo o incomodou. Ele só conseguiu ficar imóvel, sem reação.

Enquanto Geun-bae ainda continha sua raiva, In-gyeong sentiu que havia exagerado e segurou o fôlego. Kim decidiu intervir, e Geun-bae deixou a sala de ensaio. O melhor personagem de sua vida tinha sido destruído e sua carreira inteira havia sido insultada. E por uma pessoa por quem ele tinha imenso carinho. Tinha como ficar pior?

Ao sair da sala subterrânea, Geun-bae subiu as escadas e pôs a máscara. A brisa fria de inverno resfriou o suor em sua testa, e ele caminhou pela rua, sem saber para onde ir.

◉◉◉

Um mês depois, ele recebeu uma ligação do produtor Kim, lhe dizendo que a peça entraria em cartaz no segundo semestre do ano, com a maioria dos sul-coreanos já tendo sido vacinada. Quando Geun-bae perguntou se a peça havia sido adiada porque o novo ator principal não tinha sido escolhido ainda, In-gyeong respondeu que continuava o querendo na peça e ainda estava revisando o roteiro, e que ele precisaria ter paciência.

Geun-bae ficou triste por In-gyeong não ter entrado em contato diretamente com ele, mas não foi ruim receber a ordem de esperar. Esperar era o que ele fazia de melhor.

Na primavera, ele ficou sem dinheiro e precisou encontrar um novo emprego, e a primeira coisa que lhe veio à cabeça foi uma loja de conveniência Always. Ele se perguntou por que nunca tinha pensado em trabalhar em um lugar desses. "Assim eu poderia ganhar dinheiro, fazer laboratório para o personagem e me conectar com In-gyeong!", pensou ele. Havia chegado a hora de ir até lá.

Geun-bae imediatamente se dirigiu a Cheongpa-dong. Era uma caminhada curta o suficiente de sua casa em Namchang-dong, e ele poderia até passar pela Estação Seul e se familiarizar com a vida das pessoas em situação de rua. Geun-bae decidiu procurar pela loja de conveniência onde Dok-go trabalhava, um lugar que In-gyeong tinha visitado em Cheongpa-dong e no qual havia se inspirado.

A loja de conveniência All the Way, presente no roteiro, era evidentemente inspirada na loja de conveniência Always. Quando ele pesquisou, descobriu que havia duas Always em Cheongpa-dong; se fosse uma CU ou uma GS25, teria que procurar de rua em rua, mas tinha dado a sorte de ser uma franquia impopular.

Dok-go não estava mais na loja onde In-gyeong teve a ideia da peça. O turno da noite era ocupado por um homem na casa dos sessenta anos, e o turno do final de semana, por alguém jovem. Durante o dia, não havia nenhum homem de meia-idade parecido com Dok-go. A única coisa que o salvou foi ter encontrado a inspiração para a mulher de meia-idade que repreendia Dok-go com linguagem e atitude agressivas, mas que depois se reconciliava com ele. Era óbvio que ela já tinha trabalhado com o Dok-go real.

Acima de tudo, Geun-bae queria conhecer a proprietária da loja de conveniência que havia feito o favor de oferecer uma marmita a Dok-go e deixá-lo trabalhar lá. Ela devia ser uma senhora de setenta e poucos anos, e havia muitas perguntas que ele gostaria de fazer a ela. Porém, depois de passar dias sentado na lanchonete do outro lado da rua, espiando, ele não conseguiu identificar a proprietária da loja. Pelo visto teria que conseguir um emprego lá para poder saber mais.

E, assim, lá estava Geun-bae, cuidando da loja de conveniência em uma noite de verão, encarnando Dok-go. Ali ele estava trabalhando, estudando o personagem e conhecendo o cenário de uma loja de conveniência, e faria mais perguntas à gerente sobre o Dok-go, a proprietária e o relacionamento entre eles. Ele já tinha confirmado com a gerente que o "autoproclamado chefe" — o cara que roubou as cervejas na noite anterior — era, na verdade, o filho da chefe. Geun-bae poderia descobrir mais coisas através daquele cara também — que talvez fosse melhor para isso do que a gerente, pois Geun-bae estava mais acostumado com jinsangs, babacas, velhacos rabugentos e chefes escrotos.

O turno da noite na loja de conveniência. Era a única coisa que importava para Geun-bae.

Naquele momento, seu celular vibrou com uma mensagem de In-gyeong. Ela tinha enviado um arquivo sem nenhuma explicação. Era o roteiro atualizado. Ele abriu o arquivo, que devia ter sido mexido várias e várias vezes. O turno da noite na loja, quando não havia clientes, também era uma ótima oportunidade para se jogar de cabeça em uma leitura.

A máscara ainda estava lá. Era uma ótima preparação para a época da Covid-19. Porém, Dok-go não contraiu o vírus. A ideia de descobrir sobre seu passado durante o tratamento também havia ido embora. Estava de volta a cena final, em que Dok-go comia a marmita de iguarias de terra e mar sob o sol da manhã, ao fim de seu turno. Embora a peça acabasse com ele terminando a marmita e colocando a máscara, ainda passava a sensação do final de que Geun-bae havia gostado.

Era um roteiro que In-gyeong, cuja teimosia tinha sido aprimorada desde que havia assumido a direção, tinha mudado muito. Geun-bae podia sentir que ela se importava com ele e quis compartilhar os próprios sentimentos com ela naquele exato momento, mas uma mistura de arrependimento e gratidão dificultou que ele fizesse contato. Agora que o roteiro estava finalizado, mais cedo ou mais tarde Kim marcaria uma reunião, e então ele diria tudo a ela.

Agradeceria a In-gyeong por todo o empenho em reescrever a peça e por insistir em escalar um ator estúpido.

◉◉◉

Foi na noite seguinte. Por volta da meia-noite, Geun-bae reabastecia a geladeira de bebidas quando o sininho da porta tocou e uma cliente entrou. Ele estava prestes a colocar a última cerveja e se afastar, quando fez contato visual com a cliente, que abriu a porta da geladeira.

Ele ficou espantado. Não por ter visto uma cliente abrir a geladeira, mas por se dar conta de que era In-gyeong. Com seu rímel escuro e olhos arregalados, In-gyeong não pareceu notar a presença de Geun-bae enquanto analisava as cervejas.

Ao se afastar depressa da geladeira, Geun-bae ficou cara a cara com In-gyeong, que carregava uma cesta com várias latas de cerveja. Com um olhar de "Olha só quem está aqui!", ela pôs a cesta no caixa e gritou:

— Suco de cevada!

— O quê? Do nada uma piada dessas?

— Você gosta desse tipo de coisa, né?

Geun-bae não confirmou nem negou, mas se apressou em realizar a compra. In-gyeong abriu uma lata e tomou um gole.

— Só pode beber após pagar, e não pode comer nem beber na loja depois das nove da noite!

— Estou com sede.

— Você... é uma JS.

— Sou.

— Por que veio até aqui de repente, a essa hora?

— Eu costumava vir aqui nesse horário. Está vendo aquela casa ali? No terceiro andar, com a janela apagada. Eu me hospedei lá enquanto escrevia meu primeiro rascunho.

Geun-bae olhou para onde In-gyeong apontava. Viu as mesas ao ar livre onde os bêbados e Dok-go costumavam ficar.

— Já que você leu o roteiro... o que achou dele?

— Hum, ficou bom.

Frustrada, ela tomou outro gole de cerveja.

— Você vai participar, né?

— Lógico. É por isso que estou aqui, fazendo trabalho de campo.

Ela sorriu, depois olhou para ele com uma expressão divertida.

— Fiquei um pouco surpresa quando Kim me disse que você estava trabalhando nesta loja. E me senti lisonjeada. Pensando bem, você realmente se parece com Dok-go, só o físico que é um pouco diferente... mas ainda é parecido.

— Obrigado por ter reescrito o personagem.

— Também vou reescrever o ator Geun-bae Hwang, então não deixe de acompanhar.

— Está bem.

— Certo. Os ensaios espartanos começam na próxima semana! Você vai ter que deixar a loja de conveniência.

— Isso vai ser complicado.

— Qual o problema?

— É difícil encontrar pessoas para o turno da noite. E ainda tem coisas que eu preciso pesquisar. Conheci o chefe e tenho mais algumas perguntas para fazer a ele...

Ao ver In-gyeong fechar a cara, Geun-bae parou de falar. In-gyeong baixou a cabeça e respirou fundo por um momento antes de abrir a segunda cerveja. Ela a bebeu em uma demonstração de força e olhou para o homem.

— Geun-bae, a vida é cheia de problemas. Escrevi o trabalho da minha vida, a Covid-19 apareceu, consegui receber o auxílio emergencial, aí peguei o vírus, reescrevi o roteiro, o ator principal ficou choramingando... juro, você é um grande problema em meio a tantos outros.

— Só mais este mês. Afinal, se não arranjarem ninguém para me substituir aqui, o próprio Kim vem atrás de mim.

— De fato.

In-gyeong fitou Geun-bae e voltou a beber a cerveja. Com isso, Geun-bae disse com firmeza:

— Agora, por favor, pare de beber e saia da loja, dona JS.

Após a saída da inusitada dona JS, a loja de conveniência voltou ao silêncio de antes, como se nada tivesse acontecido. Geun-bae não pôde deixar de sorrir. Para ele, não era nada mau ser um grande problema em meio a tantos outros. Na verdade, ele até achava bom. Assim que Geun-bae sorriu furtivamente, a geladeira começou a zumbir.

O turno da noite na loja de conveniência havia ganhado vida com ela.

Proprietário de meio período

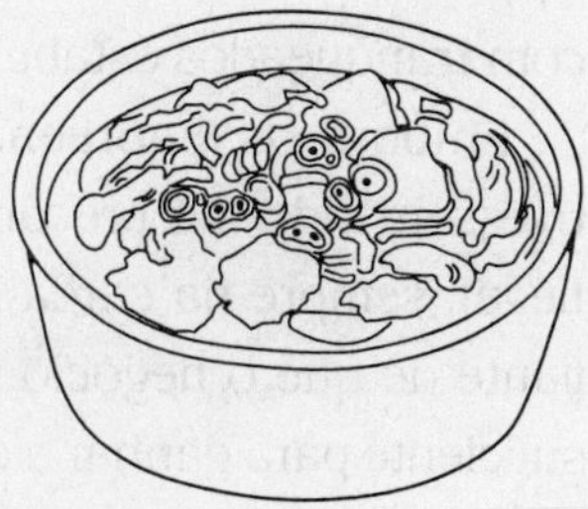

Minha vida acabou.

Durante o ano anterior, Min-shik proferiu a frase "minha vida acabou" como uma exclamação, em especial quando acompanhada de palavrões; um flagelo para seu corpo e sua mente cansados. Seu único consolo era saber que não era só a vida dele que havia acabado, mas a de todo o planeta, arruinado por ela...

A Covid-19.

A praga que jogou Min-shik — um empresário tentando se reerguer — no fundo do poço e garantiu que ele estivesse acabado era, de fato, uma companheira inseparável. Depois de ser apunhalado pelas costas por Ki-yong, o último esforço de Min-shik foi abrir uma cozinha especializada em comida para entrega. A ideia era abrir uma rede em todo o país, já que os serviços de entrega estavam cada vez mais comuns. Min-shik estava confiante de que esse sistema prosperaria na recessão causada pela Covid-19.

A empresa nasceu como uma ideia ousada diante da pandemia e foi batizada de "Cozinha de Distribuição", sob o lema "uma cozinha de distribuição na qual as entregas alcancem 100% de satisfação do cliente", que rapidamente se tornou uma franquia. Ele participou de reuniões com empresas de aplicativos de entrega e buscou fazer parcerias com franqueados estabelecidos.

Embora os empreendimentos anteriores de Min-shik tivessem sido tão precários e oscilassem entre o legal e o ilegal, sempre na corda bamba, dessa vez ele estava confiante de que o negócio seria um sucesso. Se fosse bom o suficiente para ganhar a confiança da mãe, ele esperava que a venda da loja de conveniência financiasse tudo. Até então, Min-shik acreditava que a Covid-19 era uma palavra de sorte que lhe traria sucesso.

Até o próprio Min-shik ser diagnosticado com o vírus.

Um ano antes, depois de uma reunião em algum lugar de Gangnam, ele tinha descoberto que estava doente. Foi uma semana após o surto de Covid-19 em Itaewon, em maio, e ele imediatamente entrou em quarentena. Com uma febre de mais de quarenta graus, parecia que todo o seu corpo estava pegando fogo e, por vários dias, ele sentiu dor. Mesmo após ter sido liberado da quarentena, Min-shik teve que lidar com as sequelas durante um mês inteiro. Depois de alguns meses no limbo, o negócio foi para as cucuias.

A boa notícia era que a mãe dele não estava em casa. Se ela estivesse no apartamento na época, Min-shik a teria infectado. Era uma coisa horrível de se pensar — que ele pudesse transmitir à mãe um vírus mortal, em vez de mostrar devoção filial —, e a irmã mais velha teria surtado com ele, como se estivesse esperando por aquilo. A mãe era o porto seguro de Min-shik, sua única aliada para manter a irmã na dela e garantir que ele herdasse a loja.

Foi uma dádiva divina que a mãe, com seu problema de saúde, tivesse ido para a casa da tia dele, na cidade de Yangsan, em março. Mais uma vez, Min-shik precisou reconhecer o bom senso dela. Mas era solitário, doloroso e triste ficar doente sem a mãe por perto. Devia ter sido por volta daquela época que Min-shik perdeu toda a motivação, e o pensamento de que sua vida tinha acabado tomou conta dele.

De repente, era verão.

Descansando sob o vento do velho ar-condicionado, Min-shik vivia uma vida de abandono. Não tinha amigos para confortá-lo ou que pudessem ligar para ele, sempre pulava refeições e sua única saída era ir à loja de conveniência de vez em quando para pegar cerveja.

Mas toda vez a tia Seon-suk o incomodava, o que só o deixava ainda mais estressado. Quando ela se tornou gerente, assumiu o controle de tudo na loja de conveniência, como se estivesse tentando compensar o fato de nunca ter sido representante de turma na escola ou algo assim. Ela até ignorava o que Min-shik, que era o chefe, dizia.

— Senhor Kang, você precisa beber menos, olhe essa barriga de chope! Você deveria se animar pelo bem da sua mãe. Até quando vai ficar assim? — Ela despejou as palavras em cima dele uns dias antes, quando ele foi à loja de conveniência pegar bebida.

No passado, ele não teria admitido ouvir aquilo da tia Seon-suk, de uma amiga da mãe ou de qualquer outra pessoa, mas ele já não tinha mais energia para ficar com raiva. Além disso, fazia um calor sufocante e ele estava de máscara, então tudo o que queria era pegar uma cerveja e voltar para casa. Enquanto dizia que Min-shik estava bebendo demais, tia Seon-suk colocou uma embalagem de marmita em cima das latas de cerveja.

Era uma marmita de iguarias de terra e mar.

Min-shik fez uma careta. Antigamente, quando os negócios iam bem, ele comia somente iguarias de terra e mar. Frequentava restaurantes famosos entre figuras políticas, sempre ia a restaurantes sazonais e costumava desfrutar de refeições em hotéis, mas nesse momento recebia uma versão pobre das iguarias, com alguns acompanhamentos e arroz. Até mesmo o nome na embalagem da marmita parecia zombar dele.

Sentindo-se derrotado, Min-shik abriu uma lata de cerveja ao voltar para casa. Ele não costumava beber cerveja, mas Ki-yong o tinha viciado na bebida, e ele passou a só beber aquilo. Nem se deu ao trabalho de colocar o líquido em um copo, só o tomou em goladas direto da lata até esvaziá-la. Ele imediatamente abriu mais uma.

Depois de esvaziar várias latas seguidas, ele arrotou e percebeu que estava o dia inteiro sem comer. Relutante, Min-shik abriu a marmita que a tia havia entregado a ele. Segurando-a com uma das mãos, ele começou a pegar o arroz e os acompanhamentos com os hashis. Para sua surpresa, a comida estava deliciosa. Será que era por ele estar faminto? Como se fosse uma pessoa em situação de rua desfrutando de uma refeição de graça, Min-shik não deixou um único pedaço de kimchi nem uma única lasca de vegetal para trás.

Mas a última porção de legumes estava um pouco pegajosa. Lembrando-se de que havia sentido um cheiro estranho enquanto mastigava, Min-shik olhou depressa a embalagem para verificar a data de validade... O quê? Já estava vencida havia duas horas?!

Ele tinha comido um produto de descarte!

De saco cheio, Min-shik pegou o celular. Um tempo depois, a voz ríspida de Seon-suk soou do outro lado da linha.

— O que foi, chefe Kang? Estou meio ocupada.

— Tia, a senhora não acha que isso é demais?

— É "gerente Oh"! Nós concordamos que você me chamaria de "gerente", não foi? Que história é essa de "tia"? Aqui é algum boteco, por acaso?

— "Gerente da cabeça quente", tanto faz! Como é que a senhora me dá uma marmita descartada? Agora estou com dor de barriga e vomitando. Não acha que isso é demais?

— Ora essa, mas só se passaram duas horas, então você deve estar bem. Eu comi a mesma coisa e não aconteceu nada.

— Ahá! Então só eu estou cagando aqui, é? Sério, qual é o problema da senhora?

— Mas é óbvio, você está sempre cagando e andando pra tudo. Ha-ha-ha!

— O quê? Tá de brincadeira? Sei que minha mãe confia na senhora de olhos fechados, mas eu posso, sim, mandar uma gerente embora!

— O quê? Seu insolente... fale a verdade, Min-shik, parece que foi ontem que eu estava limpando as melecas do seu nariz, então não acha que está sendo malcriado? Chefe, você não faz nada enquanto eu tenho que lidar com tudo. Você acha que não lido com clientes abusados que reclamam que nem você? Quando sinto dor de estômago no meio do verão, não tenho essa energia toda que você tem para falar desse jeito.

Pare de ser um bebê chorão. Aliás, você pensa em assumir o comando da loja, mas prefere jogar uma marmita no lixo a comê-la? Agora nós estamos no mesmo barco. Até os funcionários de meio período comem os produtos de descarte voluntariamente devido à situação da loja, mas o chefe dá piti quando é com ele?

— Não, mas a senhora é teimosa! É assim que gerencia a loja? Eu deveria te demitir, de verdade. Tia, a partir de hoje a senhora está demitida! *Demitida!*

— Não seja ridículo. O que você vai fazer com a loja de conveniência sem mim?

— Ah, eu dou um jeito.

— Min-shik, eu não vou ser demitida por você. Você não tem esse direito, então diga à sua mãe que se quer me demitir, ela mesma faça isso!

— Ahhh, a senhora tinha que botar minha mãe na conversa... Acha que não posso te demitir?

— Lógico que não. Você não fala com sua mãe há mais de dois meses. Ela até reclamou comigo ontem que o filho nem sequer liga para ela. Acho que sua mãe nem te daria ouvidos. Além do mais, meu filho conseguiu um emprego, então posso sair da loja a qualquer momento. Só continuo aqui por causa da sua mãe, sabia? Então agradeça a ela, e, se quiser me demitir, faça isso quando estiver pronto para assumir o comando, ouviu? Até lá, quem te demite sou eu.

Tu-tu-tu-tu-tu.

Ela encerrou a ligação antes que Min-shik pudesse responder. Na verdade ele até ficou feliz por isso, pois o contra-ataque dela havia sido implacável. Enquanto ele pensou que Seon-suk só berraria, ela retrucou ponto a ponto, colocando-o no chinelo. Seon-suk havia utilizado uma combinação de cinco ataques: falar sobre o hábito dele de cagar e andar para as coisas; trazer à tona de repente sua época de infância ao ficar furiosa; jogar a verdade na cara dele; diminuir sua importância como chefe; e apontar que ele era um filho desnaturado. O poder de fogo de Seon-suk foi tão arrebatador que deixou Min-shik tonto.

Ele bebeu o restante da cerveja para aliviar a raiva e a frustração e, então, foi se deitar.

◉◉◉

Eram duas horas da tarde do dia seguinte quando Min-shik recebeu uma mensagem de texto da irmã. Comer um ramyeon o curou da ressaca, mas ele ainda estava um pouco bêbado. Apesar de estar irritado, Min-shik olhou a mensagem, já que era da irmã toda certinha: *Não se esqueça do nosso compromisso.*

Como se quisesse dizer algo importante, ela o chamou para ir a um restaurante tradicional, que servia refeições completas, na encosta da Estação Sinyongsan, um dos locais preferidos dos funcionários do governo. Ele já podia imaginar o que ela estava tramando ao enviar uma mensagem confirmando que o jantar seria naquela noite.

O restaurante era muito luxuoso, desde o interior até a equipe, e, o mais importante, estava repleto de iguarias de terra e mar de verdade. Min-shik notou que a pele da irmã parecia sedosa enquanto ela lhe dava sermão, que estava ocupado comendo. Quem quer que fosse o dermatologista dela, tinha cuidado daquela pele como se fosse porcelana.

Quando Min-shik reagiu mal ao sermão da irmã, o cunhado começou a persuadi-lo com uma voz trêmula. Min-shik fez uma careta para o rosto grande e oleoso do cunhado, que poderia muito bem servir de frigideira para preparar comida.

A irmã disse que a mãe deles pensava em vender a loja de conveniência, que estava no vermelho, então eles deveriam convencê-la a fazer isso. Quando Min-shik disse que não poderia, pois a loja era o seu ganha-pão, a irmã então sugeriu que eles vendessem o apartamento da mãe. Segundo ela, como a pandemia não estava melhorando e a mãe teria que ficar na casa da tia deles em Yangsan, por que ele deveria continuar morando no apartamento dela, sozinho? A irmã até ofereceu um espaço no prédio do hospital para ele morar.

Então eles iriam abrir um hospital.

A irmã e o cunhado tinham comprado um prédio de quatro andares em Bangbae-dong, no distrito de Seocho, onde planejavam administrar sua própria clínica dermatológica. Disseram que venderiam a casa a leste de Ichon-dong, onde moravam, retirariam todos os bens e fariam um empréstimo. Mas os dois estavam tentando cobrir alguns dos custos com a loja de conveniência e o apartamento da mãe.

Quando Min-shik continuou a alternar longos suspiros e bufadas, a irmã suspirou e olhou feio para ele, que revidou o olhar e a xingou mentalmente. Tentando mudar de assunto para deixar o clima mais leve, o cunhado perguntou a Min-shik se ele estava se sentindo bem após as sequelas da Covid-19.

— Está perguntando cedo demais, cunhado. Estou com bastante sequela; ainda não sinto gosto de nada. É por isso que não posso abrir mão da loja nem do apartamento.

— Acho que você ainda está muito abatido. O seu negócio, bem… vai ser difícil agora com a Covid-19. É por isso que estou dizendo… quando construirmos o hospital, vamos te oferecer não só um lugar para ficar, mas…

— Deixa pra lá, querido. A ficha dele ainda não caiu. Não adianta — disse a irmã com severidade.

Min-shik sentiu um aperto no peito.

— Você acha que sua irmã não deveria abrir um hospital? Por quê?

— Não fale nada a menos que esteja disposto a ajudar.

— Se ele vai ajudar ou não, é o que vamos ver. E então, Min-shik?

Min-shik retribuiu o olhar do cunhado.

O homem continuou:

— Olha, de qualquer forma, se expandirmos o hospital, vamos ter mais trabalho. E estão prestes a demitir o gerente de escritório. Não estou gostando dessa história, então queria que você assumisse o cargo dele…

Por um segundo, Min-shik ficou tentado a aceitar. Porém, sentiu uma vibe de "policial bom" e "policial mau" no comportamento frio da irmã e na conversa mole do cunhado. O velho Kwak, ex-detetive, o tinha ensinado a técnica clássica, em que o "policial mau" interrogava com severidade e o "policial bom" persuadia com delicadeza. Mesmo Min-shik, que estava sem energia nenhuma, não poderia se deixar levar por aquele tipo de chantagem.

— Um cargo de gerente de escritório, hein? E o que mais? Vai me demitir depois de seis meses?

— De jeito nenhum! Cunhado, nós somos uma família. Sei que sua autoestima está baixa no momento, mas não conheço ninguém que seja tão empreendedor e tenha tantos recursos quanto você. Sua irmã e eu achamos que está na hora de unirmos forças.

— Ah, lógico, traz o contrato de trabalho.

— Nossa, você é um escroto. Por acaso sua família é cheia de vigaristas, Min-shik? Só porque você é, acha que também somos?

— Não, não acho. Só exagerei para ver como você reagiria. Talvez seja melhor não trabalharmos juntos, afinal. Não sei como eu iria aguentar esse seu temperamento todos os dias.

— Cunhado, sua irmã tem estado muito estressada ultimamente. Eu entendo. Nós concordamos em te nomear nosso gerente de escritório. Quer um contrato? Então podemos fazer um.

— Mas um vigarista não pode ser gerente, né? Obrigado pela refeição.

Min-shik estava prestes a se levantar e ir embora quando a irmã ergueu as mãos depressa. Relutante, ele voltou a se sentar diante de seu olhar suplicante. O cunhado sussurrou algo no ouvido dela, que o interrompeu com um olhar compreensivo e olhou de volta para o irmão.

— Min-shik, vou ser sincera com você.

Ué, já não tinha sido sincera o suficiente? Ele segurou o riso, e a irmã o encarou com seriedade. Ela pigarreou e o olhou nos olhos.

— Mamãe foi diagnosticada com comprometimento cognitivo leve. É uma pré-demência que pode evoluir para demência a qualquer momento, então precisamos nos preparar.

⊛⊛⊛

Min-shik não conseguia se lembrar de um único item do cardápio que sua irmã havia pagado para ele naquele dia. Ele não conseguia se lembrar do que tinha comido. Será que o choque havia sido mais memorável do que a comida? De qual tipo de transtorno a mãe estava sofrendo? Uma pré-demência? Se evoluísse para demência, ela não poderia ser curada e só iria piorar? Era isso?

A irmã havia explicado que eles teriam que trabalhar na prevenção da demência a partir de então, além de precisarem fazer um acordo com a mãe para dividirem os bens da família adequadamente. Eles tinham um bom prédio e poderiam abrir uma clínica dermatológica de sucesso, assim a família teria como se sustentar por algumas gerações, enfatizou ela. Além disso, ele e a mãe eram seus parentes de sangue, então por que ela compraria um imóvel para sustentar apenas a si mesma? E pediu que ele a ajudasse a construir o hospital para o futuro de todos.

Dessa vez a irmã tinha sido a policial boa. Ela o olhou com carinho e mencionou tudo o que permitiu a Min-shik ter sucesso nos negócios. E também enfatizou o amor de sua sobrinha, Jun-hee, pelo tio. No papel de policial mau, o cunhado disse que, se ele não cooperasse, eles ficariam presos ao pagamento de empréstimos pelo resto da vida e não haveria comida na mesa no futuro. Acima de tudo, ele perguntou, caso um dia a mãe dele precisasse ser levada a um hospital para tratar a demência, se não seria necessário uma fonte de sustento estável para deixá-la em um bom lugar, ou se o filho seria responsável por tudo.

Min-shik não conseguia pensar direito. Em vez de ter uma mãe para cuidar dele, seria ele quem precisaria cuidar da mãe? Isso queria dizer que ele não poderia mais comer os rolinhos de ovo perfeitamente temperados que a mãe fazia para ele? Embora eles tivessem suas desavenças, ela ainda era a mãe dele. Era como se esse fosse o único lar para onde Min-shik pudesse voltar, mas, ao chegar lá, ninguém o reconhecesse. No século dos centenários, a mãe dele tinha pouco mais de setenta anos; faltavam trinta anos para ela ainda. Na verdade, ela estava no auge da vida, então por que os céus estavam dando aquela provação a ele e à mãe? E por que a mãe tinha contado só para a irmã, e não para ele? E como ele poderia ser responsável por ela?

As interrogações em sua cabeça se transformaram em anzóis de pesca, fisgando com força o cérebro de Min-shik. Sua cabeça parecia prestes a explodir, e não havia ninguém que pudesse tirá-lo daquele suplício. Nem a irmã, nem o cunhado podiam fazer nada além de observar, com a testa apoiada na mão, enquanto ele se afogava. Os dois pareciam fazer um protesto silencioso, dizendo a Min-shik que não havia outra maneira a não ser se render.

De alguma forma, ele se levantou e saiu do restaurante. A irmã lhe disse para pensar no assunto e ligar para ela, e o cunhado lhe entregou um envelope, dizendo para Min-shik comprar comida saudável e se animar. Depois que eles desapareceram no estacionamento, Min-shik ficou parado ali por um bom tempo, atordoado, antes de finalmente fazer sinal para um táxi que se aproximava.

Quando chegou em casa, ele abriu o envelope e encontrou dois milhões de wons lá dentro. Era muito dinheiro para se gastar só em comida saudável. E dinheiro sempre significava alguma coisa. Ninguém abria mão de grana sem segundas intenções. Como empresário, Min-shik sabia como era difícil pegar o dinheiro de outra pessoa. Pedir que se juntasse a eles por dois milhões de wons era como dar um tapa na cara dele, além de parecer que estavam dando esmola a ele. Como se atreviam a tentar comprar Min-shik Kang por dois milhões de wons? Não faria isso nem por duzentos milhões, e queriam oferecer a ele míseros dois milhões?

Mas nem por cima do cadáver dele!

Depois de passar dias reclamando, Min-shik ligou para a mãe. Ele se lembrou da advertência da irmã de não mencionar o problema de saúde até que a mãe falasse disso, então só a cumprimentou.

Ela contou que a vida em Yangsan estava tranquila e relaxante, e que a irmã dele havia lhe pedido para vender a loja de conveniência, mas que ela não poderia fazê-lo enquanto Min-shik estivesse cuidando do estabelecimento. Aquela história era diferente da que a tia Seon-suk e a irmã contaram; era a história de uma mãe que escondia os próprios sentimentos.

— Mãe, ouvi dizer que a senhora estava pensando em vender a loja de conveniência — choramingou Min-shik. — Mãe, a senhora disse que me odiava por não ter entrado em contato!

As palavras casuais da mãe haviam feito o coração dele murchar. Mesmo assim, ela continuou a expressar sua preocupação com Min-shik e com a loja de conveniência. Min-shik engoliu em seco e a mandou se cuidar. Depois de acrescentar que cuidaria da loja, ele encerrou a ligação dizendo que entraria em contato de novo.

Min-shik decidiu proteger a loja de conveniência. De sua irmã e de todas as outras ameaças.

Mas depois disso ele passou o resto da semana deitado, só assistindo a programas de televisão e à Netflix. O tempo estava muito quente, ele não tinha ânimo, e acabou gastando os dois milhões de wons pedindo iguarias de terra e mar. Talvez a irmã estivesse tentando arruiná-lo ao lhe dar o veneno do dinheiro. Por outro lado, pedir comida por delivery inevitavelmente o fez se lembrar da Cozinha de Distribuição, da época em que estava acabado por causa da Covid-19 e de quando ele perdeu a confiança da mãe por quase ter sido enganado por Ki-yong.

Min-shik voltou a beber para aliviar a amargura, mas isso não adiantou muita coisa. Durante uma semana, ele não se preocupou com a mãe nem ligou para ela. Também não atendeu as ligações da tia Seon-suk para tratar da loja de conveniência. A boa notícia foi que o próprio Min-shik percebeu que estava regredindo. Pelo menos ele ainda estava consciente... então recitou seu mantra mais uma vez.

Minha vida acabou.

◉◉◉

Certa noite, a irmã ligou para ele. Ele havia adormecido de tão bêbado, sem saber quanto tempo tinha se passado. Já desperto, atendeu o telefone, irritado com o toque.

A irmã começou a aumentar o tom de voz, exigindo saber como diabos ele estava gerenciando a loja de conveniência.

Min-shik logo se recompôs e tentou descobrir o que a irmã estava fazendo. Com certeza, ela tentava convencer a mãe a vender a loja, acusando-o de negligenciar a gestão.

Min-shik parou de tentar discutir e pediu que ela esperasse um pouco; precisava de tempo para que o poder de fogo da irmã diminuísse e para preparar um contra-ataque. Enquanto escovava os dentes e lavava o rosto, ele pensou em maneiras de responder a ela, mas não conseguiu se livrar do medo.

Esse sentimento acompanhava Min-shik desde sua infância. Não poderia derrotar a irmã com palavras. Seria sorte dele que fossem apenas palavras? Era sempre ela quem tirava as melhores notas e era elogiada pelos mais velhos. No ensino fundamental I, ele não conseguia nem acompanhar o ritmo da irmã, dois anos mais velha. Quando chegou ao fundamental II, ela já era mais alta e tinha braços e pernas mais robustos, o que tornou mais difícil para ele superá-la fisicamente. Pelo contrário, a inteligência e a eloquência da irmã mais velha a tornavam invencível.

Ele não tinha como vencê-la. Quando os negócios iam bem, ele quase ganhava vantagem com o dinheiro, mas, agora que estava arruinado, não havia o que fazer além de resistir timidamente ou reclamar.

Min-shik afugentou o medo e, com uma sensação de urgência, se dirigiu à loja de conveniência, determinado a vencer aquela batalha.

Mas, quando chegou lá, percebeu que sua oponente já estava pronta para a luta. Como se fosse um assaltante, ele abriu a porta de vidro furtivamente e entrou na loja. Então se escondeu atrás de uma prateleira e observou a situação.

— Isso está malfeito. Qual é o objetivo?

A irmã balançava alguma coisa diante do funcionário do período noturno. Após uma inspeção mais minuciosa, Min-shik identificou um folheto de produto, onde se lia:

Combine dois tipos de mel para um desconto explosivo!

Compre em lote para uma pechincha bombástica!

— É a promoção do produto. Explosivo e bomba... é por isso que vai ser um estouro, ha-ha-ha.

O funcionário da noite falava sem pensar.

— Você mesmo fez isso, né? Pois não faça mais! Achei idiotice. Não pense que você tem bom senso.

— Os outros clientes não falam nada, só acham engraçado e tiram fotos. Ha-ha.

— O que tem de tão engraçado assim no que eu disse?

— Não, não. A promoção que é engraçada. Tudo bem se você achou idiota, mas não tenho motivo nenhum para te dar ouvidos.

Min-shik imaginou o olhar cortante que a irmã lançava ao homem.

— Sou irmã do chefe Kang. Você me ouviu ao telefone mais cedo! Vai continuar falando besteira?

— Já falei, tem muita gente que se passa por chefe.

Min-shik pôde ver a fumaça de raiva subindo da cabeça dela como em uma história em quadrinhos.

— Eu pareço ser uma dessas pessoas, hein? Me diz!

— Bem, tenho clientes para atender, ha-ha. Acho melhor você se mandar agora...

Ha-ha! Foi hilário ver o funcionário atrás do caixa dar uma patada na irmã.

— Você acha que estou me passando por irmã do chefe? Aliás, por que está escrito "Geum-bo Hong" no seu crachá? Está achando que aqui é um parque de diversões?

— Você não conhece o Geum-bo Hong? É o melhor ator de filmes de ação de Hong Kong. Ora essa, você já tem idade suficiente para saber...

— O quê? Seu babaca! Só me diga seu verdadeiro nome!

— Babaca.

— Quê?

— Você me chamou de "babaca", então é esse o meu nome.

— Pare de falar besteira e me diga seu verdadeiro nome!

— Você não precisa saber. Mas vou te dizer o seu nome: JS. Jinsang. Se eu chamar a polícia, rapidinho uma viatura vai aparecer, então vá embora.

Ela bateu o pé com impaciência, mas ele era um homem grande, e havia certa intimidação que não dava para ignorar no fato de o sorriso amigável ter desaparecido e as palavras dele terem se tornado ríspidas.

Aquele era o jeito da irmã. E Min-shik era obrigado a lidar com aquilo. Ele também deveria ter perdido a calma e jogado algumas verdades na cara da irmã!

Após o segundo aviso do homem de que chamaria a polícia, a irmã se virou e saiu da loja de conveniência. Ao olhar pela janela, Min-shik a viu fazer uma ligação para matar o tempo. Depressa, Min-shik se aproximou da porta, e os olhos do funcionário se arregalaram quando o viram. Min-shik piscou para ele, depois abriu a porta e chamou a irmã.

— O que você está fazendo aí?

Min-shik fingiu ter acabado de chegar e avistado a irmã ao abrir a porta da loja de conveniência. Quando ela o viu, fechou a cara e se aproximou. Ela contou que o funcionário a tinha expulsado da loja e exigiu saber como alguém que nem ele havia sido contratado. Min-shik deu de ombros, como se não fosse nada de mais, e entrou na loja.

— Ei, o que está acontecendo? — perguntou Min-shik, dando uma piscadela para o funcionário.

— Ah, chefe! Essa moça fica dizendo que é sua irmã, mas eu não tinha como confirmar. É sua irmã mesmo?

— É, sim. Está de brincadeira?

— Ai, minha nossa! Então foi um grande erro da minha parte. Bem, me perdoe. Infelizmente eu tinha que seguir o manual.

O homem fez uma reverência profunda e se desculpou mais uma vez. Por um instante, a irmã ficou pensando no que responder, mas se voltou para Min-shik, dirigindo seu olhar cortante a ele.

— Como é que se gerencia uma loja desse jeito? Com gente infantil que faz piada no próprio crachá de identificação? Você vai deixar um funcionário de meio período arruinar a loja? É o melhor que você consegue fazer?

— Minha irmã, ele é uma pessoa autêntica. Além disso, as lojas de conveniência do seu bairro são de alto padrão, então pode ser que lá esse tipo de atendimento não funcione, mas vários alunos de ensino médio e idosos frequentam esta loja aqui. Precisamos desse tipo de humor.

— Não é humor quando se está rebaixando a loja! Que horas você trabalha? A tia Seon-suk fica durante o dia, e, quando eu venho à noite, me deparo com isso! Vou ter que contar isso à nossa mãe, pois você sequer dá as caras e deixa a loja nas mãos de um patético funcionário de meio período!

— Hum, e você acha que a nossa mãe vai te dar ouvidos?

— E em quem ela vai acreditar? *Em você?* A mamãe sabe que você deixou a loja nas mãos da tia Seon-suk!

— Ah, deixa de ser ridícula. A tia Seon-suk está apenas ajudando como gerente da loja, mas o chefe sou eu! Eu tomo todas as decisões!

— Ah, é mesmo? Então prove.

— Que tipo de prova você quer? Hein?

Em um piscar de olhos, a irmã apontou para o funcionário do turno da noite.

— Mande ele embora, aí eu acredito em você.

Min-shik pestanejou. Ele sempre falava em demitir as pessoas, mas nunca tinha feito isso de fato. Enquanto ele hesitava, a irmã abriu um sorriso satisfeito.

— Olha só! Mais uma vez, você não tem poder algum.

Ele precisava reagir. Tinha que se manifestar.

— Mas que merda é essa? Eu só estava refletindo, já que é difícil encontrar gente para o turno da noite — protestou Min-shik. E então, dirigindo-se ao homem: — Desculpa, mas você só vai poder ficar mais esta semana.

O funcionário, com seu crachá escrito "Geum-bo Hong", balançou a cabeça, baixou o olhar e sorriu.

— Bem, estou muito confuso com essa demissão repentina. O motivo foi uma sugestão, certo? Como há menos de cinco pessoas na empresa, fica difícil solicitar indenização por demissão sem justa causa.

— Demissão sem justa causa? Não posso pagar, não na atual situação da loja!

— Só que mesmo se um local empregar menos de cinco pessoas, ainda é possível solicitar o pagamento da indenização por tempo de serviço. Estou trabalhando aqui há três meses, então tenho como receber.

— Indenização por tempo de serviço? Como assim?

— Você precisa dar trinta dias de aviso prévio ou pagar um mês de salário como indenização ao demitir um funcionário. Você não me deu aviso prévio, então tem que me pagar a indenização. Você está disposto a fazer isso?

— Por que isso é tão complicado? Ah, tenha dó...

— Olha só, você não sabe nem demitir uma pessoa.

Min-shik tentou pensar em uma resposta, mas nada lhe veio à mente. O suor começou a brotar de sua testa, pois ele já sentia a irmã zombando dele por trás da máscara.

— Chefe!

— Hum?

— Você é o chefe, então não deve demitir ninguém.

As palavras do funcionário de meio período fizeram Min-shik e a irmã o encararem ao mesmo tempo.

— Por acaso alguém é chefe por poder demitir as pessoas? Um chefe é aquele que pode contratar pessoas e ganhar dinheiro. Chefe, você me ajudou muito, não foi? Você deu incentivo para que eu me esforçasse. Ontem, o senhor disse que logo estaremos no azul. Por ter cuidado bem de seus funcionários, agora estamos ganhando dinheiro. Acho que esse é o seu talento, chefe Kang!

— É isso mesmo, foi o que eu disse. Afinal de contas, você e eu nos demos tão bem... que não posso demiti-lo. Desculpa, senhor Geum-bo. Estou cancelando sua demissão.

— Obrigado.

Min-shik assentiu, satisfeito, e voltou o olhar para a irmã. Ela encarou os dois homens como se questionasse o que estavam tramando.

— Ouviu? É isso o que eu sou... um chefe apreciado pelos funcionários. Você quase me fez demitir um homem inocente. Não é função de um chefe demitir as pessoas desse jeito, sabe?

A irmã balançou a cabeça diante da expressão presunçosa de Min-shik.

— Você é tão patético que fico sem palavras. Vou relatar tudo à mamãe, você sabe disso.

— Pois relate. Eu sou respeitado como chefe, tá? Ha-ha.

Ela fez uma cara feia e saiu da loja. Min-shik estremeceu, sentindo um imenso alívio. Ele então voltou o olhar para Geum-bo e fez um joinha para agradecê-lo pela ajuda, e o homem fez o mesmo gesto em resposta.

◉◉◉

Naquele dia, Min-shik voltou para casa feliz e dormiu um sono profundo. Ele sofria de insônia, então costumava ficar bêbado e mal dormia; a qualidade de seu sono era ruim, e ele sempre se sentia pesado... ao acordar de manhã, não tinha tido um único sonho e estava sempre sem o cobertor. Mas o estado de espírito também era importante! Min-shik havia ganhado a briga com a irmã, então dessa vez conseguiu dormir em paz.

Min-shik olhou o relógio e viu que eram oito da manhã. Foi até a loja de conveniência para encontrar seu colega do turno da noite, pois queria lhe dar um tapinha nas costas digno de um chefe. Pela maneira como Geum-bo enfrentou a irmã de Min-shik no dia anterior, ele teve a impressão de que havia alguém lutando por ele.

Geum-bo estava do lado dele! Min-shik percebeu que esteve lutando sem aliados, o que era solitário e difícil.

Quando entrou pela porta de vidro, tia Seon-suk, que estava ocupada no caixa, congelou como se tivesse visto uma assombração. "Tia do céu, sou eu, o chefe! Por que parece que a senhora vai cair pra trás?", pensou ele. Min-shik riu consigo mesmo e perguntou à tia quando as vendas ficariam no azul. Ela o olhou como se ele estivesse falando bobagem àquela hora da manhã e suspirou, então respondeu que ainda estava longe disso. Hum. Geum-bo tinha dito uma bela mentira.

Nesse momento, Geum-bo saiu do depósito usando uma camiseta de manga curta e calça cargo. Havia uma ecobag pesada pendurada em seu ombro e, ao ver Min-shik, ele baixou ainda mais os olhos caídos e sorriu.

— Hyung, está na hora do café da manhã!

Min-shik se ofereceu para pagar uma refeição a Geum-bo como agradecimento pelo dia anterior. Geum-bo abriu a ecobag e recusou, pois tinha muitos produtos de descarte para comer. Hum, Seon-suk tinha razão... quanto mais Min-shik pensava naquilo, mais queria sentar-se com ele, então o levou sem muita convicção até o restaurante de haejangguk, no Mercado de Yongmun.

— O haejangguk daqui é gostoso.

— Eu sei. Já vim aqui uma vez.

— Mas quantos anos você tem? Pensei que fosse mais velho do que eu.

— Sou do Ano da Cabra.

— Ah, eu sou do Ano do Galo, então você é dois anos mais velho que eu. Você bebe? Quer um pouco de soju?

Os dois comeram haejangguk e, de acompanhamento, tomaram soju. Quando Min-shik lhe agradeceu pelo dia anterior, Geum-bo, cujo nome verdadeiro era Geun-bae, respondeu que ambos deveriam se manter unidos, sendo uma família da loja de conveniência. Min-shik estava acostumado a ser intimidado por sua própria família, então ouvir aquilo foi revigorante. Seu humor melhorou, e ele logo começou a contar sobre a situação atual da loja. Ainda lhe disse que a mãe, Yeong-sook Yeom, a proprietária, estava fora da cidade devido a um problema de saúde e, por isso, ele havia assumido a loja como forma de reconstruir seu negócio. Além disso, a irmã mais velha, que já ganhava um bom dinheiro, estava de olho na loja.

— Tem alguma coisa errada com a sua irmã.

— Ela é bem tóxica, na verdade.

Min-shik voltou a falar de sua briga de longa data com a irmã, e Geum-bo o escutou de olhos arregalados, mesmo enquanto comia. Ele parecia ter um talento especial para ouvir as pessoas. Ou talvez fosse um robô humanoide programado para agir com gentileza. Min-shik costumava achar que pessoas assim eram feitas de capacho, mas não estava achando ruim conviver com aquele capacho. Min-shik confessou que a irmã mais velha, formada em uma faculdade de medicina de prestígio e que seguia carreira de dermatologista, e o cunhado, que não perdia para a irmã em nada, eram maldosos e arrogantes demais.

— Deve ter sido difícil crescer sendo comparado à irmã.

— É isso que eu digo. Tentei entrar na mesma universidade que ela, mas não sou tão inteligente, então acabei entrando no *campus* do interior. A discrepância entre o *campus* de Seul e o do interior só enfatizou essa diferença entre nós. Eu deveria ter entrado em uma universidade diferente, porque sinto que sofro ainda mais com as comparações. Que merda...

— A propósito, você estudou no *campus* do interior da Universidade K?

— Sim. Estudei administração de empresas na Universidade K.

— Eu sou da turma de 1998...

— Hã?

— Mesma universidade, mas cursei língua e literatura coreana.

— Quê?

Min-shik arregalou os olhos. Geum-bo pousou os hashis e abriu um enorme sorriso.

— Sou da turma de 1998. É um prazer te conhecer, calouro.

Min-shik não se importou nem um pouco com a mudança abrupta no rumo da conversa. O fato de terem frequentado a mesma universidade na mesma época fez surgir um intenso senso de camaradagem entre eles.

— Quem diria, hein... prazer em te conhecer.

— Pensando bem, este lugar parece um restaurante de haejangguk que tinha na cidade. Ha-ha-ha.

— Caramba, é verdade! Tinha um restaurante de haejangguk lá. Você deve ser meu veterano mesmo!

Min-shik esticou o braço para um aperto de mão, mas Geum-bo balançou a mão no ar.

— Não, eu só me empolguei um pouco com as velhas lembranças. Um chefe não deveria tratar um funcionário como veterano.

— Não, não. Você é mais velho do que eu e se formou antes de mim na Universidade K, então deve ser tratado com mais respeito. O ano de formatura prevalece ao número de série do serviço militar!

— Ai, isso é meio desconfortável... pode me chamar só de Geum-bo.

— Não, vou te chamar de hyung. Se eu tivesse um irmão mais velho que nem você, minha irmã não me trataria da forma que tratou. Hyung, você pode me ajudar muito com a loja de conveniência daqui para a frente, e eu estou com várias ideias de negócios. Preciso que você me escute e me dê conselhos, está bem?

De repente, Geum-bo tocou o canto da boca, parecendo intrigado.

— Hyung?

— O-o quê?

— Você vai me ajudar, né?

Ele abriu um sorriso sem jeito.

— Bem, se tiver alguma coisa que eu possa fazer... ha-ha.

O mais novo ergueu o copo e eles brindaram.

Min-shik estava desesperado. E solitário. Sentia que o mundo inteiro estava contra ele e que precisava blefar para conseguir sobreviver. Para evitar a dor de ser comparado, ele mesmo se comparava aos outros o tempo todo. Apesar de todo o esforço que havia feito, tudo o que conseguiu foi fracassar.

Acima de tudo, não havia ninguém ao seu lado. A esposa o havia largado, Ki-yong tinha lhe dado as costas e desaparecido, o velho Kwak o havia decepcionado. A irmã era sua rival de longa data; a mãe foi a única que sempre esteve ao lado dele, mas, naquele momento, estava longe.

Porém, agora ele tinha um hyung, um irmão mais velho que havia sido seu veterano na universidade e o ajudava na loja de conveniência. As empresas começavam com as pessoas, e Min-shik jurou manter aquele homem ao seu lado.

◉◉◉

Na manhã seguinte, Min-shik foi trabalhar na loja de conveniência e perguntou a Geum-bo, que estava de saída, se ele queria sair para comer. Quando Geum-bo lhe perguntou se ele estava de ressaca, Min-shik contou que tinha dormido sem botar uma gota de álcool sequer na boca. Geum-bo, então, fez um joinha. Depois, Min-shik o levou ao seu restaurante favorito.

Os dois comeram e conversaram durante um bom tempo sobre todo tipo de assunto, desde a discussão sobre a venda da loja de conveniência na noite anterior, suas lembranças da universidade e da cidade onde moravam, até demonstração de empatia por ambos serem homens solteiros com mais de quarenta anos. Cansado de falar só de si mesmo, Min-shik também queria ouvir a história de Geum-bo. Com um pouco de incentivo, ele desatou a falar, começando com suas experiências de trabalho de meio período e as pessoas que conheceu. Ele contava como se fosse um conto de fadas, e Min-shik perdeu o fôlego enquanto escutava de tão fascinante que era.

Ele tentou discutir sobre empreendedorismo com Geum-bo, mas era bom só jogar conversa fora. Min-shik percebeu que sempre havia se aproximado das pessoas com algum propósito, mas, só de bater papo com Geum-bo, ele já se sentia relaxado e motivado a viver! Talvez precisasse de um amigo com quem compartilhar esse tipo de tranquilidade.

Min-shik gostou da gentileza e da facilidade de Geum-bo para conversar, e sentiu como se estivesse na companhia de um irmão mais velho que o apoiava, algo que sempre desejou. Com Geum-bo, ele achou que conseguiria reconstruir sua saúde mental arruinada, gerenciar bem a loja de conveniência e trazer seu negócio de volta à vida.

Além disso, Geum-bo Hong era o ator favorito de Min-shik e estava ótimo no filme *O Grande Mestre 2*. A cena em que Ip Man, interpretado pelo ator Donnie Yen, enfrenta o personagem de Geum-bo Hong, o Mestre Chen-nam Hong, foi o ponto alto do filme e, após a luta, Geum-bo Hong se tornou o alicerce de Donnie Yen. Pensando bem, no início Min-shik e Geum-bo travaram uma batalha ferrenha, tal como Donnie Yen e Geum-bo Hong, mas passaram a ajudar um ao outro. Min-shik via todas aquelas coincidências como novas oportunidades. Afinal, estava tudo bem fracassar, e a moral da história era não se deixar abater!

No dia seguinte e no outro, os dois continuaram se encontrando para o café da manhã. Conforme foram se aproximando mais, Geum-bo passou a falar menos. Ele também dava conselhos sem pestanejar, o que às vezes era um pouco irritante, mas não era algo ruim.

Talvez Min-shik só quisesse ouvir alguns conselhos. Os homens mais velhos do que ele não passavam de valentões, trapaceiros e vigaristas, e lhe davam conselhos com a intenção de roubá-lo ou enganá-lo. Mas os de Geum-bo eram tudo menos isso.

— A comparação é um câncer.

— Hã?

— Isso mesmo, a comparação é um câncer, e você tem que parar de se comparar aos outros e ser você mesmo. Chefe Kang, você ainda é jovem.

— A comparação é um câncer... Ah, sinto como se tivesse um tumor na minha cabeça, sabe?

— Chefe Kang, não pense que tomar conta de uma loja de conveniência é coisa pouca. Gerenciar uma loja é a base dos negócios. Além disso, não seria uma pena perder a loja para a sua irmã? Eu poderia estar fazendo outra coisa, mas a gerente e os outros funcionários que trabalham meio período valorizam demais aquele lugar.

— Um local de trabalho valioso... é o que minha mãe costumava dizer.

— Ouvi dizer que sua mãe é uma ótima pessoa.

— Ouviu pela tia Seon-suk?

— Hum... ouvi por aí. Não é sempre que alguém é tão elogiado assim. Enfim, ela é admirável. Ha-ha.

De repente, Min-shik sentiu um calor subir do estômago até a garganta. Ele admirava a mãe e se entristecia por ela estar doente. Min-shik se apressou em pegar os hashis para frear aquela emoção que lhe atingia. O conselho genuíno de Geum-bo o fez se lembrar da mãe, igualmente genuína, e ele quase começou a chorar, sentindo pena de si mesmo por ser tão idiota. Então, ficou envergonhado de nunca ter cuidado da loja que a mãe tanto valorizava.

Ele mal terminou de comer e assoou o nariz com um lenço de papel antes de conseguir acalmar o coração aflito. Geum-bo sorriu como se entendesse.

— Chefe Kang...

— Sim?

— Vou sair da loja.

— O quê? O que quer dizer com isso, hyung?

— Preciso liberar a vaga para você, chefe. Ha-ha.

— O quê? Você quer que eu trabalhe no turno da noite?

Geum-bo assentiu. Min-shik estava de olhos arregalados.

— Eu estive pensando nisso. É uma experiência e tanto trabalhar meio período! Escuta, se você trabalhar meio período à noite, sua irmã não vai poder te acusar de não se esforçar o suficiente para gerenciar a loja. E lojas de conveniência costumam precisar do trabalho gratuito do proprietário para continuar funcionando. Essa é a única forma de obter lucro. E você precisa obter lucro para manter a loja, certo?

— Ouvi dizer que lojas de conveniência deveriam ser automatizadas...

— Isso é para lojas de conveniência que já dão lucro. Nossa Always é pequena e não muito lucrativa. Então, me escute, o proprietário precisa conhecer o sistema para manter a equipe na linha. Já trabalhei em muitos restaurantes. Sabe por que o proprietário é o chef de cozinha? Pois assim o restaurante sobrevive! Dá para economizar nos salários e ninguém vai sabotar o chef. Sabe como é frustrante quando o chef pede um aumento do nada e não aparece para trabalhar? É impossível fazer isso se o chef souber o que está acontecendo na empresa. Portanto, chefe Kang, você deve fazer o que um chef proprietário faz. É assim que se toca um negócio.

— Chef proprietário...

— Mas você não tem um restaurante, e sim uma loja de conveniência, então... é isso, você precisa se tornar um proprietário de meio período! Ha-ha.

Geum-bo bateu palmas para mostrar que estava satisfeito com o próprio raciocínio.

Uma lâmpada se acendeu na mente de Min-shik. Será que ele conseguiria assumir o cargo de proprietário de meio período? Ele não tinha certeza disso, mas, de certa forma, as palavras daquele hyung faziam sentido, e Min-shik não pôde deixar de se imaginar usando o colete do uniforme da loja de conveniência. Mas Geum-bo não parou por ali.

— Além disso, chefe Kang, você está muito letárgico, tanto física quanto mentalmente. Você precisa parar de beber, começar a trabalhar e voltar à ativa. Então o turno da noite é perfeito! Mesmo que não esteja ocupado no trabalho, você vai ser tratado como se estivesse dando tudo de si, e, quando estiver sozinho de madrugada, pode pensar na vida sem ninguém perceber... além do mais, eu aprendi muito enquanto trabalhava na loja. Então, chefe Kang, por que não experimenta durante um ano? Em um ano você vai salvar a loja de conveniência, voltar à ativa, analisar sua vida e depois...

— Chega! Já me convenceu! — exclamou Min-shik, tapando os ouvidos. — Mas você acha mesmo que eu posso fazer isso? Eu, sendo o chefe, conseguiria fazer isso por conta própria?

— Mas você não vai ser o chefe! Eu te disse, o cargo é de proprietário de meio período. Mesmo sendo o chefe, seu trabalho vai ser de meio período.

— Eu nasci e cresci neste bairro, então conheço muita gente daqui. Se algum conhecido vier e rir de mim por estar no turno da noite, eu morro...

— Você não vai poder fazer nada se olharem para você.

— Mas se meus amigos ficarem sabendo e me compararem a eles... Tsc, você me disse que a comparação é um câncer, e é mesmo. Ela é uma doença.

— Não ligue para as comparações.

Min-shik assentiu.

— Hyung, o que você vai fazer?

— Também preciso cuidar da minha vida.

— Como? Quais são seus planos?

— Conto quando você virar proprietário de meio período.

— Você vai me dar as costas?

— Sou um cara leal que nem o ator Geum-bo Hong. Chefe Kang, você é o Donnie Yen, né? A palavra "traição" não existe entre a gente.

— Estou muito magoado com você, hyung. Por favor, me ajude!

— Lógico que ajudo! Você assumirá o cargo de meu assistente especial por uma semana. Quero que esteja na loja de conveniência às dez horas da noite de amanhã, entendido?

◉◉◉

Assim, durante uma semana, Min-shik passou seu tempo junto com Geum-bo no turno da noite da loja. Acostumado a dormir de dia em vez de à noite, seu corpo imediatamente se adaptou ao ritmo. Ele não achava nada ruim bater papo com Geum-bo durante o café da manhã. Aprendeu a atender os clientes quando entravam e a organizar as mercadorias quando chegavam. A repetição de tarefas simples o relaxava e o fazia se sentir orgulhoso de pensar que a loja era dele.

Mais que tudo, Min-shik notou que a atitude de Seon-suk e da irmã tinha mudado após ele ter começado a trabalhar na loja de conveniência. Como Geum-bo havia dito, elas não poderiam ignorar o fato de que o proprietário estava dando duro também.

O mesmo servia para os clientes. Quando um bêbado enxergou Min-shik como um funcionário arrogante e agiu como um jinsang, ele rugiu, dizendo que era o dono e que não iria vender chiclete a ele. Após expulsar o bêbado, Min--shik virou-se para Geum-bo, que fez um joinha.

Na manhã de seu último dia de trabalho, enquanto os dois comiam no restaurante de haejangguk, no Mercado de Yongmun, Geum-bo contou que ali também foi onde se despediu de seu antecessor. Ele pegou o celular e mostrou a Min-shik uma foto que Kwak tinha enviado. Estava com o uniforme de segurança e máscara, mas continuava o mesmo Kwak que Min-shik conhecia. Estava recostado em uma cadeira dentro da guarita, com uma expressão serena.

Min-shik estava convencido de que Geum-bo deveria manter contato com ele, assim como mantinha com Kwak. Geum-bo deu sua risada característica e afirmou que entraria em contato com uma frequência suficiente para irritá-lo, e pediu que Min-shik não o bloqueasse. Ha-ha-ha.

Foi uma despedida agridoce. Min-shik já estava entediado só de pensar em ficar sozinho à noite na loja de conveniência, onde costumava se divertir tanto com seu hyung.

— O que você fazia quando ficava sozinho de madrugada? — perguntou ele.

— Eu pensava. Sobre tudo — respondeu Geum-bo.

— E sobre o que pensava?

— Sobre a minha mãe. Passar a madrugada na loja de conveniência é bom para pensar na mãe — disse o mais velho, e o mais novo assentiu sem dizer nada.

O verão tinha chegado ao fim. A mistura de ar quente com ar frio das noites de outono tornava mais agradável o trajeto até o trabalho à noite. Min-shik sempre se sentia estranho ao ir trabalhar na loja. O título de proprietário de meio período, tão peculiar, parecia fazê-lo se sentir especial.

Tlim!

Eram dez horas da noite. Ele pôs o colete do uniforme, fez uma inspeção visual, dispensou o funcionário que trabalhava no turno da tarde e organizou a logística do que havia inspecionado. Às onze, chegaram os produtos frescos que ele havia pedido e, ao vê-los, ficou orgulhoso de que as coisas estivessem funcionando bem. E, quando as vendas iam bem, sentia-se realizado e satisfeito com o seu trabalho.

Durante a madrugada, quando o silêncio tomou conta da loja de conveniência, a mente de Min-shik ficou mais nítida. Ele se perdeu em meio aos próprios pensamentos e refletiu sobre como sua vida tinha se tornado tão caótica. Enquanto arrumava os itens nas prateleiras e tentava entender suas lembranças confusas, de repente ele percebeu que não tinha sido por causa da Covid-19 que a mãe havia deixado o apartamento para morar com a tia dele em Yangsan.

A mãe portava uma condição preexistente. E tinha medo da Covid-19. Por isso ela foi para a casa da tia. Essa tinha sido a desculpa dela e a autojustificação de Min-shik.

Mas, na verdade, a mãe havia ido embora porque não suportava ficar com ele; estava muito evidente agora. Ele havia aparecido na porta dela dois invernos antes, montado uma cervejaria e a intimidado para que vendesse a loja de conveniência. Ele se lembrava de fazer três refeições por dia na casa dela e de reclamar de sua recusa em financiar o negócio.

Era doloroso. Sentia-se culpado e precisava fazer algo para se desculpar.

Certa manhã, depois do trabalho, Min-shik ligou para a mãe para contar que estava trabalhando no turno da noite havia um mês, no cargo de "proprietário de meio período". Ela disse que já estava sabendo e que tinha ficado feliz por ele estar indo bem. Min-shik perguntou se ela havia tomado a segunda dose da vacina, e ela respondeu que tinha doído um pouco, mas que estava bem agora. Também agradeceu por ele ter perguntado.

Min-shik tentou controlar a voz trêmula:

— Mãe… volte para casa.

Ela ficou sem palavras.

— Eu te levo para casa. Nem que seja amanhã. Eu durmo durante o dia e vou trabalhar à noite, então não vamos nos ver tanto. Mãe, estou gostando de almoçar as marmitas da loja de conveniência, então não preciso que a senhora cozinhe para mim nem que venda a loja. Então, por favor, volte. Eu vou te levar para casa, está bem?

Ela continuou em silêncio do outro lado da linha. Min--shik cerrou a mandíbula para evitar que os soluços saíssem, mas, então, ouviu a voz calma da mãe:

— Diz-se "vou te trazer para casa", não "vou te levar para casa".

— Aham, eu vou te trazer para casa. Mãe, vou trazer a senhora para casa!

Mais uma vez um breve silêncio se seguiu. Um momento depois, a voz da mãe soou novamente:

— Vou esperar por você.

Always

Depois de terminar a ligação com o meu filho, por um instante me senti tonta. Por sorte me apoiei na parede e fui andando devagar até a varanda. Então sentei em uma cadeira dobrável marrom, de onde tinha uma excelente vista do exuberante jardim. Eu me lembrava de ter visto aquele lindo jardim no verão anterior, naquele mesmo lugar, enquanto esperava por uma ligação do meu filho. Mas ele nunca ligou; nem quando o caquizeiro no lado oposto do jardim exibiu seus frutos no outono, nem quando as folhas se empilharam, nem quando a neve branca começou a cair. Será que ele havia desistido da vida? Ou ainda se sentia mal devido às sequelas da Covid-19? Estava frustrado por não ter com quem compartilhar seus sentimentos? Ou será que ele só estava aliviado de não ter a chata da mãe por perto?

Havia tantas perguntas e tanta coisa que eu gostaria de dizer a ele, mas permaneci em silêncio, não sabia se pelo bem do meu filho ou pelo meu próprio bem. O que eu sabia era que nós estávamos passando por uma fase difícil. Durante um ano e três meses, eu não estive sozinha, mas me senti cada vez mais solitária. E não apenas pelo tempo que passava sem ter contato físico. Foi quando precisei prestar atenção a cada instante que um certo componente me fez muita falta. E foram os momentos em que eu mais precisei dele.

Quatro anos antes, após o funeral do meu marido, precisei lutar para voltar à rotina. Mas era uma batalha para manter uma vida normal ou para lidar com o cotidiano? Abri a loja de conveniência pela necessidade de me manter ocupada, e queria que fosse 24 horas, como um posto de segurança para proteger minha vida. Eu desejava que a loja de conveniência Always *sempre* preenchesse o vazio da ausência do meu marido, como o próprio nome sugeria.

Foi só quando a pandemia parou o mundo que eu consegui diminuir o ritmo imprudente de trabalho. Além disso, a coragem de um homem chamado Dok-go, que tomou conta da loja durante a noite, acabou me influenciando. Ele me agradeceu pela ajuda, mas eu também me senti inspirada por ele ter me ajudado a desestagnar. Os dias passavam de qualquer maneira e, se eu estava viva, tinha mais era que aproveitar. Queria prestar atenção em cada respiração, não apenas inspirar e expirar sem nem perceber.

Dois anos antes, meu filho tinha aparecido no meu apartamento de menos de setenta metros quadrados. A aparência dele me lembrou a de um soldado derrotado, mas o recebi de braços abertos, pois era o que uma mãe fazia em um momento como aquele. Quando percebi que ele ainda precisava de mim mesmo aos quarenta anos, senti vontade de lhe oferecer todo amor e apoio, mas, ao mesmo tempo, estava farta daquela atitude queixosa e de seu trabalho frívolo e sem sentido. Estava cansada de ver a mesma decepção do meu marido em meu filho e estava irritada comigo mesma por enxergar isso.

Com a chegada da primavera e a disseminação gradual da Covid-19, minha paciência começou a se esgotar. Não conseguia me acostumar com a ausência do meu marido e com o cargo que meu filho tinha assumido na loja, e precisei voltar a atenção para meu próprio coração partido. Então decidi reunir coragem para tomar uma atitude. Por sorte minha irmã e minha sobrinha me apoiaram e me receberam em sua casa de campo, em Yangsan, durante um ano e três meses.

Ali eu podia respirar um pouco, dar atenção à minha mente exausta e dissecar meus pensamentos ao sol. Aprendi a conviver com meus problemas em vez de fugir deles. Assim como não se pode exterminar todos os insctos de uma casa de campo, aprendi a conviver com o que me incomodava e causava desconfortos, mas que era parte de ser humana.

Paz. A paz veio não por eu ter resolvido o problema, mas por ter enxergado que existia um problema. Olhei para o que eu havia enterrado lá no fundo para me fazer sentir que sempre tinha dado o melhor de mim e lutei para enxergar minhas falhas. Como um pato em uma lagoa, nadando vagarosamente com as patas se movendo abaixo da superfície, precisei cuidar de minhas feridas com diligência e acalmar a mente para encontrar a paz.

— Achei que você estivesse ao telefone.

Eu me virei para ver minha irmã parada diante da porta aberta, me observando. Sua cintura fina fazia com que ela parecesse ainda mais baixa, mas os olhos expressivos e o cabelo grisalho e volumoso a deixavam parecida com uma fada milenar de filme de fantasia. Olhei para o relógio de pulso: dez da manhã. Hora do chá. Minha irmã me deu uma piscadela, como se dissesse que eu estava certa, e entrou em casa. Levantei-me da cadeira.

A sala de estar não era muito grande nem muito pequena; uma lareira dominava uma parede inteira e a janela tinha vista para o jardim. Do outro lado, havia um armário que tinha sido transformado em uma estante repleta de livros.

A lareira, nunca usada, me fazia lembrar do meu cunhado, falecido havia alguns anos. Segundo minha irmã, a lareira foi a parte da casa em que ele mais se empenhou. Logo que se mudaram, ele não via a hora de chegar o inverno para poder acendê-la, mas nunca chegou a usá-la, pois morreu em uma queda no mesmo outono. Às vezes a vida tinha dessas coisas. Se já havíamos vivido o suficiente, talvez o que estivesse à nossa espera fosse a morte, não algo a que aspirar.

No centro da sala de estar tinha uma mesa de madeira, feita a partir da moldura da janela de uma Hanok, casa tradicional coreana, cercada por almofadas com estampa quadriculada que minha irmã devia ter mandado reformar. Sentei de costas para a janela, no que se tornou meu assento de costume. Minha irmã estava na cozinha em frente, concentrada em preparar o chá do dia.

— Oi, tia.

Não devia ter escutado os passos da minha sobrinha enquanto ela descia do segundo andar por causa do som da água fervendo. Ela se sentou do meu lado direito, de costas para a lareira. Usava uma camiseta folgada e uma bermuda que supus ser parte de um pijama, e sua boca grande parecia ainda maior, além de seu novo corte de cabelo me lembrar de quando ela era mais nova. Parecia que tinha sido ontem que eu trançava seu cabelo e limpava a baba de sua boca; mal acreditava que ela já tinha mais de quarenta anos, e não podia deixar de refletir sobre como o tempo passava rápido.

Hae-in, com a mesma idade da minha filha e sempre sendo comparada a ela, era doutora em engenharia, solteira e morava com a mãe. Fazia menos de três anos que Hae-in tinha voltado a morar com a minha irmã mais velha. Em muitos aspectos ela podia ser comparada a Min-shik, por ter ido morar com a mãe quando ela ficou sozinha após o falecimento do meu cunhado. Min-shik desapareceu logo após o funeral do meu marido, alegando estar ocupado com os negócios, e voltou havia dois anos, quando sua empresa faliu. Ele não tinha para onde ir e estava em dívida com a mãe.

Por outro lado, Hae-in, preocupada com o fato de a mãe morar sozinha, reorganizou sua vida e voltou para a casa da minha irmã. Quando a elogiei por isso, ela me disse que só estava tentando deixar para trás a vida difícil em Seul e ajudar a mãe. A consideração dela e o humor em suas palavras me lembraram de como eu sentia orgulho da minha sobrinha e inveja da minha irmã.

Esta voltou com um jogo de chá e um bule. Assim que ela colocou a louça sobre a mesa, Hae-in começou a preparar o chá como se assumisse o controle da situação. Quando olhei, percebi que era chá Pu-erh. Minha irmã preparava um chá diferente todos os dias, e havia uma razão para cada um deles. Chá preto se estivesse nublado, chá verde se estivesse chovendo, chá de flores quando era primavera, chá de Rooibos quando se iniciava um novo mês. Para mim isso simbolizava a personalidade da minha irmã. Ao contrário de mim, que era meticulosa e precisava planejar tudo, ela agia de acordo com seu humor e era espontânea. Éramos diferentes em quase tudo. Ela era pequena e esguia, ao passo que eu era mais alta e forte; enquanto sempre me elogiavam por minha inteligência, ela não era boa aluna, mas sabia fazer as pessoas rirem. Se ela tivesse nascido na época certa, poderia ter se tornado artista. Além disso, ao contrário de mim, que era péssima em cozinhar e cuidar dos afazeres domésticos, minha irmã era uma boa dona de casa e tinha uma vida familiar sólida. Foi só por causa de suas incríveis habilidades domésticas que ela conseguiu manter a antiga casa da família longe das mãos do marido, que tinha entrado no ramo imobiliário e passado por inúmeros altos e baixos.

— Hóspedes primeiro.

Foi como se minha irmã me dissesse para acordar de meus devaneios. Peguei o chá que Hae-in serviu; o calor da xícara envolveu minhas mãos e o aroma denso invadiu minhas narinas. Segurei a xícara, esperando o chá esfriar, e deixei a mente vagar.

Hóspede.

Desde que cheguei minha irmã me chamava assim. Eu havia me oferecido para dividir as despesas desde o início, mas ela recusou várias vezes. Depois de muita insistência, ela enfim me disse para estudar muito, para compensar o tempo ali. De repente eu havia me tornado uma hóspede na zona rural de Yangsan sem ter ideia do que estudar em troca de sustento.

Uma vez a cada quinze dias, eu pedia emprestado o carro da minha sobrinha e ia até a biblioteca central de Yangsan pegar alguns livros. Ler era uma boa maneira de aparentar estar estudando, então descobri um assunto que me interessasse e comecei a ler. Eu estava estudando o que estudar, por assim dizer. Nesse meio-tempo, também voltei a estudar inglês. Essa era uma tarefa dupla: prevenir a demência e me preparar para os meus sonhos.

Era engraçado ser uma hóspede e ter que fazer as refeições sozinha. Antes que eu fosse para lá, havia uma regra entre minha irmã e minha sobrinha de que cada uma era responsável pelas próprias refeições. Já eu pensava que família era família e que deveríamos comer todas juntas pelo menos uma vez ao dia. Minha irmã achava essa ideia muito antiquada e dizia que todas deveriam fazer suas próprias refeições.

Ela também disse que Hae-in era vegetariana e estava fazendo jejum intermitente, então fazia pouquíssimas refeições ao dia. Eu, acostumada a fazer três refeições ao dia, tive dificuldade para me adaptar, mas logo aprendi a comer sozinha, com acompanhamentos pré-preparados e arroz. Depois de conviver com uma vegetariana que fazia jejum intermitente e comia no máximo duas vezes ao dia, acabei abandonando meu hábito de fazer três refeições e passei a fazer duas, uma por volta das nove da manhã e outra lá pelas quatro da tarde. No início, a fome que aparecia à noite me fazia tremer como se eu estivesse com anemia. Mas com o tempo acabei me acostumando, pois à noite, no campo, era perigoso andar por aí e não havia nada para fazer, então dava para ir dormir em torno das oito da noite, antes de sentir fome. Além disso, a fome aguda pela manhã logo foi substituída por uma sensação de leveza, e tomar café da manhã sozinha nunca tinha sido tão gostoso.

E depois tinha a hora do chá, às dez da manhã. Era uma regra entre mãe e filha sentarem juntas uma vez ao dia, e esse era o meu horário favorito. Minha irmã e minha sobrinha me disseram que nos primeiros dias morando juntas de novo, muitas vezes entraram em conflito. Quando resolviam a questão das refeições, brigavam por todo o resto: faxina e lavanderia, passeios com o cachorro e jardinagem, trabalho na cidade e compras de supermercado. Já até haviam passado o dia todo brigando por causa do volume do toque de celular... não importava quem tinha saído da barriga de quem, nessas horas o estresse falava mais alto.

Minha irmã relembrou aquela época.

— Cada um precisa estar ciente de si para ser si mesmo. Uma família só perdura quando cada um está ciente de si.

Era nesse sentido que ela me chamava de hóspede e me dizia para não perder o senso de individualidade. "Temos o mesmo sangue, mas não vamos nos esquecer das nossas diferenças", dizia ela. Eu ficava admirada com a capacidade da minha irmã e de Hae-in de criar tais regras e segui-las, e era por isso que a hora do chá às dez da manhã, um símbolo da relação entre elas, parecia tão especial.

Tomei o chá. E achei uma pena ter tomado chá de Pu-erh pela primeira vez só após ter ido para a casa delas. Em Seul eu sempre tomava café, chá verde ou chá de Donggulle em saquinho. Sabia que Pu-erh era um chá chinês, só não dava muita trela para isso, mas, depois de vir para cá e experimentar diferentes chás, meu paladar ficou mais apurado.

Pu-erh definitivamente era o meu favorito. Eu não gostava de Rooibos, pois tinha gosto de água de sauna; preferia chá de camomila pronto a chá de flores secas, embora tivessem a mesma base floral, e só gostava de chá preto quando adicionava leite. Minha irmã e minha sobrinha também tinham gostos diferentes para chá, mas a regra era que minha irmã escolhesse o chá do dia. Tínhamos um acordo tácito, um mínimo de respeito da filha e da hóspede para com a dona da casa.

— O calor é ideal para Rooibos, mas abri uma exceção.

Em vez de responder, apenas terminei o chá.

— A ditadora da hora do chá abriu uma exceção por algum motivo? — perguntou Hae-in, enchendo minha xícara de chá outra vez.

— Sua tia parece perturbada com alguma coisa desde cedo, então achei que Pu-erh iria acalmá-la.

Surpresa, encarei minha irmã. Com um gesto, ela me pediu que confiasse nela. Não a chamávamos de ditadora da hora do chá à toa. O chá das dez não era somente pelo ato de tomar chá, mas também para ter uma conversa matinal e para definir os afazeres de cada uma.

— Min-shik ligou.

Minha irmã assentiu, com um olhar de quem já havia entendido tudo. Hae-in arregalou ainda mais os olhos.

— Tia, ele deve ter criado juízo! Já ligou para a senhora, e ainda é manhã!

— Percebi.

Os cantos da minha boca se ergueram por um segundo enquanto eu respondia. A ligação foi feita pela manhã, quando Min-shik geralmente estava em um sono profundo. A gerente Oh me contou que ele estava trabalhando no turno da noite, mas presumi que seria por pouco tempo. Porém, fiquei empolgada quando ela informou que ele estava lá direto havia um mês, e meu coração disparou quando ele me ligou de manhã.

— Ele quer que você volte para casa agora? É por isso que você está tão chateada? Acha que se voltar vai precisar cozinhar para ele todo dia, né?

Consegui responder à pergunta boba da minha irmã com um sorriso. Não sabia dizer se era por causa do chá ou da voz sóbria do meu filho, que tinha acabado de me vir à mente.

— Não fique chateada, eu adorei me hospedar na sua casa. Ele vem me buscar amanhã.

— Hein? Então a senhora vai embora mesmo, tia? Que triste...

— É uma pena mesmo, mas estou tranquila. Só fiquei pensando qual era sua desculpa para continuar aqui depois de ter tomado a segunda dose da vacina.

— Queria esperar até tomar a dose de reforço, mas, já que você acha isso, vou logo mesmo.

— Tia, eu não brigo tanto com a minha mãe quando a senhora está aqui. Isso faz bem para a saúde mental dela — disse Hae-in com expressão brincalhona. Depois segurou minha mão e acrescentou: — Min-shik me falou que vem mais cedo para comermos juntos antes de vocês irem.

— Fiquei tão nervosa com ele da última vez, quando ele só te trouxe e foi embora. Diga a ele que, se estiver muito ocupado para buscá-la desta vez, eu mesma vou pregá-lo ao volante do carro — afirmou minha irmã.

— Ele elogiou muito a comida daqui. Na época, ele estava atordoado, mas sempre foi bom de boca.

— Aproveite a hora do chá e vá — disse ela com firmeza.

— Tá bom, já entendi... mas ele só vai poder vir amanhã. Minha ficha ainda não caiu.

— A minha também não, tia! Até que ele é espontâneo. Igual à minha mãe.

— Não precisava dizer isso, sua boca grande.

— Mãe, há quanto tempo não vemos o Min-shik? Vou comprar o makgeolli preferido da titia e fazer minha geleia dotori-muk. Que tal você cozinhar pajeon? Aí podemos fazer uma festa de despedida!

— Gostei da ideia.

— Está vendo? Espontânea! Mas achei que você ia capinar o jardim hoje.

— São só ervas daninhas, posso deixar para outro dia. Acho que o filho de Yeong-sook virá se fizermos uma festa de despedida, então é mais importante.

— É verdade.

Ri do embate entre mãe e filha. Ao mesmo tempo fiquei com água na boca ao me lembrar do pajeon da minha irmã e da geleia de bolota da minha sobrinha. Eu queria preparar os pratos o mais rápido possível, pois sabia que assim meu filho com certeza viria.

◉◉◉

Hae-in pegou o carro e fomos até o supermercado Nonghyup Hanaro Mart mais próximo. Por ter se expandido no interior, o Nonghyup Hanaro Mart era o centro do distrito comercial local. Havia pouquíssimas lojas de conveniência, e nenhuma ficava aberta a noite toda. Lojas de conveniência 24 horas... essa parecia ser a diferença entre a metrópole e o interior.

Ao volante, Hae-in ultrapassou um caminhão velho com destreza, enquanto recitava a lista de compras. Sem ela, minha irmã não poderia morar naquela casa de campo remota. E não era fácil para Hae-in se sustentar apenas lecionando nas universidades de Busan e da província de Gyeongsang do Sul, então ela precisava da ajuda da mãe. Eu sentia inveja da relação simbiótica construída entre as duas ao longo dos anos.

— Aff, se a senhora for embora, é capaz de a minha mãe começar a me encher o saco de novo...

— Nunca vi uma relação entre mãe e filha igual à de vocês. Parecem até colegas de quarto.

— Eu sei. Mas tivemos que nos esforçar muito para ficar em pé de igualdade. Basicamente, tia, só o que não muda é o fato de minha mãe ser do Ano do Cão e eu, da Cabra.

— Entendi. Minha irmã é um cão nascido em 1946 e você é uma cabra nascida no mesmo ano que Min-jeong.

— É por isso, tia, que minha mãe não consegue deixar de ser um cão pastor quando me vê, sempre no meu encalço. Está no sangue dela.

— Espera, você é uma doutora em engenharia que estudou no exterior. Que superstição toda é essa?

— Bem, quando fui fazer intercâmbio, disseram que sou a única que já pulou a cerca para escapar do cão pastor. E sabe o que é engraçado? A Austrália, onde fui estudar, é famosa pela confecção de lã, e uma vez assisti a uma apresentação de tosquia de cabras. Mas acabei voltando para o rancho da minha mãe e agora fico pastando por lá.

— Então você virou vegetariana por ser uma cabra?

— Na verdade, não. He-he-he! — Hae-in bufou, bem-humorada. — Mas como é sua relação com a Min-jeong? Pelo que percebi, as coisas entre vocês não são muito melhores do que as com Min-shik.

Fiz uma pausa, escolhendo minhas palavras com cuidado.

— Não temos uma relação muito próxima e não nos complementamos que nem você e sua mãe. Mas Min-jeong sabe se virar, e Min-shik... ainda precisa de mim.

— Tia, posso te dizer uma coisa?

— O quê?

— Não abra mão dos seus bens. Mesmo que a senhora passe tudo para os seus filhos com antecedência, eles não vão cuidar de você.

— Certo...

— Olha só para mim, mamãe tem uma casa e dinheiro, então posso vir ficar com ela.

— Não, você e sua mãe são parecidas, apesar de serem diferentes, e se dão bem.

— Bem, um cão pastor e uma cabra não podem ficar juntos, né? He-he.

No carro, não consegui parar de pensar nos meus filhos. Sempre amei Min-jeong, que se parecia comigo. Era boa aluna, bonita e, o mais importante, sua personalidade era firme, então eu tinha grandes expectativas em relação a ela.

Min-shik, por outro lado, não tinha como não ser comparado à irmã mais velha, e eu sentia uma espécie de amor e ódio por ele. Eu deveria ter feito diferente na época, mas minha rigidez me levou a ser intransigente com meu filho, e a diferença entre os dois se tornou cada vez mais gritante. Acima de tudo, eu detestava o fato de ele ser exibicionista igual ao pai. Meu marido, por outro lado, insistia que nosso filho fosse viril e convencido, e naturalmente a casa se tornou um ambiente dividido entre mãe e filha, e pai e filho.

Só entendi isso quando olhei para trás: como eu tinha sido teimosa na juventude, como havia enfatizado a perfeição e a disciplina, recompensando minha filha pela obediência e punindo meu filho por qualquer coisa. E se eu tivesse dado a ele metade do incentivo que dei a ela? E se eu tivesse me esforçado um pouco mais para compreendê-lo? Lógico que tais dúvidas ainda eram válidas. Continuava sendo difícil, mas era algo que eu teria que enfrentar outra vez em breve.

◉◉◉

Era meu último dia como hóspede da minha irmã. Pela primeira e última vez na vida, eu era uma eremita. Foi uma grande pausa na vida. E isso só foi possível por causa daquele lugar, de minha irmã e de minha sobrinha. As trilhas que eu costumava percorrer com minha irmã e o cachorro; o quintal com as árvores de damasco que eu escalava com minha sobrinha; o barranco na vila oposta onde costumávamos nadar e comer melancias no verão — nunca me esqueceria de nada disso. Sendo uma pessoa da cidade, eu não tinha me dado conta de como o tempo passado ao ar livre e com pessoas que gostavam disso podia curar a mente e o corpo. Talvez fosse por causa do comportamento do meu marido, que costumava fazer caminhadas e pescar nas montanhas e no mar em qualquer estação, que eu relutasse tanto em deixar a cidade. Mas agora que podia mergulhar na natureza, estava me adaptando a ela aos poucos.

O cheiro gostoso que pairava no ar assim que entrei em casa foi suficiente para fazer minhas bochechas estremecerem. O prazer de saborear a deliciosa comida da minha irmã iria acabar no dia seguinte. Fui até ela, peguei um pedaço de pajeon com os dedos e o coloquei na boca. O queixo de minha irmã caiu, como se estivesse emocionada ao me ver comer sem modos. Hae-in seguiu meu exemplo e pegou um pedaço com a mão.

Servi o makgeolli e Hae-in começou a fazer a geleia dotori-muk. Tomando um gole do makgeolli, minha irmã serviu pajeon e kimchi. Hae-in abriu a janela e colocou uma música coreana de fusão bem popular. A harmonia dos instrumentos musicais ocidentais e o ritmo tradicional taeryeong combinaram muito bem e realçaram o sabor da comida. A cozinha era o local da festa de despedida.

— Acho que gosto da natureza.

As duas riram baixinho.

— Tia, as taturanas não te assustam mais?

— Assustam, sim.

— He-he! Então a senhora ainda não chegou lá. Quando vir uma taturana, pense em pegá-la, secá-la e usá-la como remédio.

— Acho melhor não. Eu pensava que meu marido tinha instintos de caça que o levavam para as montanhas e para o mar o tempo todo, mas acontece que... ele só gostava da natureza.

— Talvez ele gostasse da natureza e de alguma amante...

— Ora essa! Ele até podia ser problemático, mas não a esse ponto. Ele definitivamente não fazia sucesso com as mulheres, e quem sempre o acompanhava era o irmão mais velho dele.

— Do que a senhora gostava nele, tia? Disse que ele era um linguarudo, nunca estava em casa e se metia em um monte de encrenca.

— Em primeiro lugar, ele gostava de mim, se aposentou como servidor público e... bem, não sei. Estou tão velha que nem lembro mais.

Hesitei por um momento. Estava prestes a acrescentar que era devido à demência, mas consegui segurar a língua. Houve um momento de silêncio, até que me apressei para dizer algo.

— Mana, do que você gostava no seu marido?

— De nada. Eu não gostava dele.

— Ah...

— Tia, nós não gostamos de falar sobre o papai.

— Entendo. Eu não devia ter dito nada.

Balancei as mãos no ar.

— Ele sempre ficava com raiva por nada e perdia a paciência — deixou escapar minha irmã.

— E dizia não se arrepender, enquanto nos falava o que fazer — acrescentou Hae-in, entrando na conversa.

— Se seu marido era machista, o meu era um tirano. Ele só ficava feliz quando era o centro das atenções, por isso não conseguia entender as outras pessoas.

— Ah, pare com isso. Qual é a necessidade de falar mal dos mortos? Hae-in, quando foi a última vez que você esteve em um relacionamento? Você não quer saber de homens? — perguntei, tentando mudar de assunto.

— Tia, não estou sem homem há mais tempo do que você ou a mamãe. A última vez que estive com um foi há cinco anos, e eu não teria voltado para cá se estivesse querendo saber de relacionamento.

— Olha, isso aqui não é um convento. Eu adoraria sair com um idoso bacana, mas não consigo encontrar nenhum no interior.

— Mana, em Seul também não tem idosos bacanas. Estão sempre em falta.

— Mãe, continue morando aqui comigo. Este lugar é perfeito.

— Você também não deveria desistir. Ouvi dizer que as pessoas estão arrumando namorado pela internet hoje em dia, e não tem nada de errado em tentar se casar uma vez na vida. Se você não gostar, separa.

— Nossa, mãe, mas agora é tarde demais. Eu já desisti!

— Pare com isso! Quando eu for para Seul, só vou me lembrar dos bate-bocas entre você e sua mãe.

Ergui meu copo de makgeolli e as duas fizeram o mesmo.

Naquela noite dormi com uma estranha sensação de satisfação. Eu estava feliz? Não fazia ideia. Nem mesmo desejava a felicidade. Só esperava que a vida fosse cheia de momentos de satisfação. Durante minha estadia ali, minha irmã disse que gostou do fato de eu ter deixado um pouco a teimosia de lado e me soltado mais. Eu me preocupei, pois já fazia décadas que nós duas não convivíamos, mas nós envelhecemos e amadurecemos, então conseguimos tolerar uma à outra. Fiquei um pouco ofendida quando ela me disse aquilo, pois pessoas de personalidade forte que nem eu podiam ser teimosas mesmo na velhice, mas ela também era teimosa!

Pensei nos desafios que eu iria enfrentar. Desenvolver uma relação simbiótica eficaz com meu filho, como eu havia aprendido com minha irmã e minha sobrinha. Tentar manter um diálogo empático com minha filha. Assumir a responsabilidade pela loja de conveniência por um tempo. E iniciar o tratamento adequado para a prevenção da demência.

Meu período de eremita estava acabando, e eu precisava voltar para uma cidade que se assemelhava a uma zona de guerra. Mas não era como se eu tivesse odiado aquilo. A vida na cidade era tudo para mim; sempre cheia de gente e locais iluminados durante a noite toda, como se estivessem esperando por mim.

Já era tarde da noite no interior. Eu deveria ir dormir. Quando acordasse, meu filho estaria chegando.

◉◉◉

— Por que a titia exagera tanto nos comes e bebes? Pensei que eu fosse explodir de tanto comer.

Min-shik colocou a língua para fora quando saímos do complexo de casas de campo e pegamos a estrada.

Eu duvidava que ele explodiria, ainda mais levando em consideração o quanto comia. Tinha me surpreendido ao ver sua compleição física, principalmente seu rosto, que havia envelhecido bastante, denunciando que ele estava mesmo na meia-idade. Não apenas eu fiquei surpresa, mas também minha irmã e Hae-in, e nenhuma das duas, que costumavam ser brincalhonas, fizeram piada sobre o físico de Min-shik.

— Mas estava delicioso, não estava? Achei que aprenderia a cozinhar aqui, mas nunca consegui acompanhar o ritmo da sua tia.

— Mãe, eu continuo amando os seus rolinhos de ovo.

Min-shik fez um joinha e sorriu. Meu coração se aqueceu e um sorriso se espalhou pelo meu rosto. Embora fosse filho homem, ele era o caçula, então era carinhoso e apegado. Senti pena dele outra vez, pois ele tinha muitas qualidades, mas eu o havia repreendido muito pelo que ele fazia de errado. Prometi a mim mesma que faria rolinhos de ovo para ele com mais frequência.

Quando entramos na via expressa de Gyeongbu, fiquei observando enquanto Min-shik acelerava e se concentrava na estrada. Mantive silêncio para não o incomodar, porém fiquei preocupada e irritada com a maneira como ele dirigia, sempre xingando e entrando e saindo das faixas contínuas e de ultrapassagem. Eu estava prestes a fazer uma observação, mas me contive. Ele tinha vindo de tão longe para me buscar e eu tinha certeza de que se sentiria mal se eu reclamasse, mas estava ficando enjoada por causa da direção perigosa. Então me lembrei do conselho da minha irmã: "Não pense em si mesma como mãe, adulta e cuidadora para sempre. É hora de aceitar que você precisa de ajuda e confiar nos seus filhos. Fale das suas preocupações, diga que está cansada, conte o que está sendo difícil para você."

— Filho, estou com medo.

— O quê? Ah, mãe, estou há vinte anos sem sofrer um acidente.

— Você é um bom motorista, meu filho, mas e se bater em outro carro?

— Estou desviando deles! Você se preocupa demais, mãe.

— Filho, gente de todo tipo vai à loja de conveniência, né?

— Pois é, ontem um sem-noção apareceu na loja de madrugada e achei que eu fosse perder a cabeça com ele.

— Há tantas pessoas na estrada que é impossível não ter um irresponsável ao volante, é por isso que estou com medo. Que tal dirigir com mais cuidado?

Olhei para ele com preocupação. Nossos olhares se cruzaram e Min-shik balançou a cabeça.

— Aff. Se a senhora ficar com medo, eu vou ficar também!

Min-shik diminuiu a velocidade e passou da faixa de ultrapassagem para a contínua. Soltei um suspiro de alívio. Não por ele estar diminuindo a velocidade, mas porque eu tinha conseguido me comunicar com ele. Min-shik perguntou se eu estava bem com o fato de que, já que íamos devagar, chegaríamos tarde a Seul. Respondi que não me importava.

Quando chegamos a Daejeon, Min-shik começou a bocejar bastante e, fosse por causa da fome ou por trocar o dia pela noite, ele disse que estava caindo de sono, então aumentou o volume da música. Quando não aguentou mais, parou em uma área de descanso.

Assim que paramos, meu filho estava tão sonolento que parecia ter tomado um tranquilizante. Tentei dormir um pouco, mas não consegui. Era outono, mas o sol quente da tarde ainda transformava o carro em uma estufa, e eu não conseguia nem dar partida no carro para ligar o ar-condicionado. Min-shik estava suando muito e roncando. Molhei um lenço em água mineral e limpei seu suor, depois limpei minha própria testa.

Pela janela, pude ver um fluxo constante de veículos passando pela via expressa. Na primeira área de descanso em que estive na vida, novamente me perdi em pensamentos. Talvez meu tempo em Yangsan tivesse sido uma parada para descanso na estrada da vida, uma pausa na correria constante. Descansei bastante lá, esvaziei bem a cabeça e, após ser diagnosticada com comprometimento cognitivo leve, um estágio anterior à demência, não pude mais ficar parada.

No início do verão, minha irmã e minha sobrinha tinham sugerido que eu procurasse um médico para avaliar minha situação. De primeira, fiquei hesitante. Mas não podia mais adiar, pois, entendendo em que pé a situação estava, as pessoas ao meu redor saberiam exatamente o que esperar. Chamei minha filha para discutir o assunto e ela sugeriu que fôssemos ao Dementia Reassurance Centre. Dependendo do diagnóstico, eu seria encaminhada a um hospital de base.

Após os exames e a avaliação médica, fui diagnosticada com comprometimento cognitivo leve, e me receitaram uma medicação para ajudar o cérebro a funcionar melhor. Decidi voltar para Seul. Se eu ficasse em Yangsan, me tornaria um grande incômodo para minha irmã e para Hae-in, mas elas temiam que o tratamento não fosse tão bom em Seul. E também disseram que Min-shik não poderia cuidar da mãe se não era capaz de cuidar nem de si mesmo.

Durante todo o verão, fiquei dividida entre tentar prevenir a demência e decidir onde faria o tratamento. Minha filha também insistiu que eu ficasse em Yangsan, alegando vários motivos. Ela queria comprar um prédio e vender a loja de conveniência. Eu não queria mais falar com ela; me sentia sozinha e triste, e não tinha coragem de deixar minha família em Yangsan, que me amava mais do que meus filhos. Mas eu não podia adiar o reencontro para sempre.

Eu tinha que voltar. Ao acordarmos para a vida, não podemos ficar parados. Precisamos seguir em frente. Essa era a minha segunda chance.

A noção de ter meu filho ao meu lado naquela jornada me tranquilizou e eu adormeci.

Quando acordei, já estava escuro. Min-shik ainda roncava baixinho. Verifiquei o relógio. Minha nossa! Estávamos dormindo havia mais de duas horas! Sacudi o ombro de Min-shik, e ele grunhiu, balançou a cabeça e acordou. Depois de verificar a hora, ele suspirou e deu partida no carro, apressado. O veículo saiu em disparada. Fiquei preocupada por ele estar dirigindo em um frenesi e, por um momento, tentei pensar em uma solução.

— Filho...

— Sim?

— Você disse que arrumou um substituto para esta noite, certo?

— Sim. Geum-bo concordou em me cobrir hoje. Ah, é tão difícil dirigir à noite...

— Então vamos descansar em algum lugar e continuar viagem amanhã.

— Hum? Para onde você quer ir?

— Na verdade, eu estava planejando conversar com você durante o jantar, se chegássemos cedo. Mas já que ainda estamos aqui, vamos parar em algum lugar para passar a noite.

Min-shik coçou o queixo e pareceu refletir.

— Você vai me contar sobre o seu diagnóstico de demência?

— Vou. Era isso mesmo.

— Mas para onde vamos? Daejeon?

— Pensei nisso. Fica só um pouco adiante na estrada, onde eu costumava te levar. Pensei que poderíamos ir para lá...

— Onde? Hum... ah, a universidade?

Min-shik sorriu e continuou a dirigir.

◉◉◉

Muito tempo atrás, havia mais de vinte anos, eu estava visitando Daejeon com meu filho. Min-shik, aos dezenove anos, era um estudante corpulento, cheio de espinhas e insatisfeito, e eu era uma professora de história que havia tirado um dia de folga para ajudá-lo nas provas de vestibular.

Embora a cidade fosse conhecida apenas administrativamente como um eup, ou uma vila, era importante centro de transporte, com as linhas de Gyeongbu e Chungcheong do Norte passando por lá, além de ter duas universidades. Min-shik havia se inscrito em uma das instituições, e tínhamos viajado para a cidade no dia anterior para uma entrevista na parte da manhã.

Assim que saímos da estação do trem Mugunghwa-ho, tivemos os primeiros vislumbres do eup. Vi placas de cafeterias e bares de karaokê, e a paisagem rural parecia um cenário de novela. Fiquei preocupada de meu filho não gostar da experiência universitária ali. Pegamos um táxi para visitar o *campus* antes e ficamos aliviados de ver que a atmosfera era menos agitada do que no centro da cidade.

Naquela noite, nós comemos frango e conversamos em uma hospedaria perto do *campus*. Uma especialidade local recomendada pelo motorista de táxi, o frango com cebolinha ralada era uma iguaria e tanto. Dei as coxas de frango para o meu filho como sinal de boa sorte para a entrevista, e Min-shik disse para eu não me preocupar, pois ele estava confiante de que era bom nos estudos, só não era bom em falar. Enfatizei que a atitude era mais importante do que as palavras e, como era professora, também disse a ele no que prestava atenção quando observava os alunos.

Conversei muito com Min-shik naquela noite, deitados lado a lado no futon do ondolbang, um quarto com sistema de aquecimento no chão. Se fosse aceito na universidade, ele queria morar em uma casa, não no dormitório, então sugeri que ficasse em casa para se alimentar direitinho. Também aconselhei-o a participar de atividades extracurriculares, e Min-shik me contou que queria entrar para um time de futebol ou beisebol, e jogar em um torneio universitário. E, durante as férias de verão, queria fazer um mochilão pela Europa, então insisti que ele arrumasse um emprego para pagar por essas despesas. Min-shik me garantiu que assim que fosse aceito conseguiria um emprego de meio período no supermercado do tio.

Quando eu estava caindo no sono, meu filho me perguntou com suavidade: "Mãe, e se eu for rejeitado?" Lembrava-me de ter dito a ele que não seria rejeitado, que não se preocupasse e que eu estava ali para segurar sua mão e ajudá-lo a se reerguer.

No dia seguinte, Min-shik saiu confiante da entrevista. Ele quis de novo aquele frango com cebolinha, então fomos comer no mesmo restaurante. Voltamos de trem para Seul e, pouco tempo após, ele recebeu a carta de admissão.

Depois disso, passei a visitar a cidade uma ou duas vezes por ano para ver como estava Min-shik, que havia resolvido morar sozinho. Em Seul, nós brigávamos e tínhamos conflitos, mas ali, em Daejeon, nos dávamos bem e nos divertíamos juntos. Era a nossa cidade da sorte e o nosso refúgio, por assim dizer.

Após mais de vinte anos, meu filho e eu chegamos à cidade outra vez.

A antiga hospedaria tinha sido reformada e transformada em um hotel. As instalações eram as mesmas, apenas o nome havia mudado, mas era incrível que não tivesse deixado de existir. Era como se a cidade se lembrasse de nós e nos recebesse de braços abertos.

Quando fizemos o check-in e entramos no ondolbang, senti a nostalgia da primeira vez que havia estado ali, com meu filho de cabelo raspado. Min-shik também estava ocupado olhando ao redor, interessado. Ele abriu a janela para olhar lá fora, entrou e saiu do banheiro e caminhou pelo quarto.

Eu ainda estava cansada do cochilo desconfortável no carro e não consegui me lembrar do que tinha comido. Mas eu precisava falar com Min-shik, nem que fosse por um breve momento. Depois dele, entrei no banheiro para lavar o rosto e me recompor.

Quando saí, vi Min-shik sentado no sofá, sorrindo ao pegar um panfleto sobre a mesa. Fui até ele e vi que era o panfleto de frango com cebolinha. Fiquei com água na boca e concordei em pedir. Min-shik ligou para fazer o pedido e saiu, dizendo que frango combinava com cerveja.

Quando o frango chegou, eu estava faminta, mas Min-shik ainda não tinha voltado. Preocupada, peguei o celular para falar com ele, mas na mesma hora a porta foi aberta e meu filho entrou. Entendi por que ele tinha demorado tanto quando vi a sacola plástica com as cervejas: era a mesma da rede da nossa loja de conveniência. Meu filho havia dirigido até a Always na beira da estrada que tínhamos visto a caminho da hospedaria.

Ainda assim, Min-shik tinha demorado muito, então observei em silêncio enquanto ele tirava as cervejas da sacola. Havia suor em sua testa e suas bochechas estavam vermelhas. Parecia que ele estava prestes a chorar.

— O que aconteceu?

— Ah, tem uma loja de conveniência Always neste bairro, e esta...

— O que é isso?

Min-shik pegou uma cerveja e a colocou diante de mim para que eu desse uma olhada. Era uma marca que eu nunca tinha visto, mas era bastante familiar. O nome era "Always

Beer", e a fonte e as cores eram as mesmas da placa da loja de conveniência Always.

— Essa é a cerveja da rede da nossa loja de conveniência?

— Sim, mas ainda nem fizemos o pedido. Perguntei à funcionária e ela disse que foi lançada há três meses, como um produto de verão.

Min-shik segurou a lata de Always Beer como se fosse amassá-la. Eu tentei esconder minha amargura.

— Ah, acho que a gerente não pediu porque ela não entende muito de álcool. Podemos fazer isso agora.

— Aham. Não culpo a tia por isso. Vou experimentar primeiro.

Min-shik pegou a lata de cerveja e a levou à boca com uma expressão séria, como se fosse um degustador. Ele segurou a lata de cabeça para baixo por tanto tempo que fiquei preocupada com a possibilidade de derrubá-la. Pouco depois, ele a colocou no chão e soltou um som baixo, que poderia ter sido um arroto ou um suspiro.

— O gosto é bom. É amargo e refrescante. Droga...

— É um alívio após todos os produtos estranhos que inventaram antes. Podemos começar a vendê-la.

— Mas, mãe, você sabe que...

— Experimente o frango primeiro.

— Acho que o frango não vai ajudar. Mãe, esta cerveja... eu ia criar uma cerveja assim e distribuir nas lojas de conveniência! Lembra? — perguntou Min-shik, dirigindo a mim um olhar desolado.

Fiz uma busca em minhas lembranças e finalmente encontrei. Não tinha esquecido por causa da demência, mas pelo erro do meu filho, do qual eu não queria lembrar.

— Filho, está tudo bem. Essas pessoas se prepararam durante muito tempo. E você teve problemas com a pessoa que ia fazer parceria, certo?

— Mãe, o que quero dizer, no fim das contas, é que alguém fez o que eu ia fazer. É por isso que está vendendo tão bem. Quase fui enganado, me fechei em um casulo e outra pessoa chegou na minha frente... e foi bem-sucedida. Argh.

Min-shik suspirou e balançou a cabeça. Incapaz de confortá-lo e sem saber o que dizer, esperei pacientemente.

Depois de um tempo, meu filho ergueu o olhar e desabafou:

— Antes da pandemia eu estava me preparando para abrir uma cozinha de distribuição, mas lançaram algo semelhante no final do ano passado. Mãe, eu sou um incompetente. Não sei administrar um negócio sequer, vivo cometendo erros, e todos os outros estão progredindo, enquanto eu estou ficando para trás, por fora de tudo. Que merda!

Em silêncio, coloquei minha mão sobre a dele. Senti sua mão quente e grande recuar. Ficamos daquela forma por um tempo, e pude ver que Min-shik tentava recuperar o fôlego. Quando ele pareceu se acalmar um pouco, entreguei-lhe os hashis.

— Vamos comer.

Dei uma mordida no frango primeiro, como se o incentivasse a fazer o mesmo. Min-shik hesitou e então começou a comer. Pedi uma cerveja e meu filho a serviu em um copo; quando tomei um gole, senti o gosto do frango em minha boca, e uma lembrança de vinte anos antes me veio à mente.

— Filho, você comeu este frango na época de vestibulando e foi aprovado. Coma e se anime.

Ele assentiu, pegou um pedaço de peito de frango e comeu. Eu me animei ao vê-lo desfrutar da comida e falei do diagnóstico de comprometimento cognitivo leve, do tratamento que eu receberia em Seul e do que as famílias de pessoas com demência deveriam saber. Meu filho ouviu em silêncio, com um olhar sério.

— Ainda bem que você veio me buscar. Obrigada.

— Mas por que você contou para minha irmã e não para mim?

— Bem, ela é médica. Eu queria te contar pessoalmente, só... não encontrei um momento adequado para isso.

Ele assentiu com a cabeça. Em seguida, esvaziou a lata de cerveja que estava segurando e fez uma reverência.

— Mãe, olhando essa cerveja finalmente me dei conta do meu papel nisso tudo... vou parar com as idiotices e me esforçar na loja de conveniência. Vou deixar a loja no azul e fazer tudo direitinho. Mãe, você pode ir passar tempo lá e conhecer as pessoas. Está bem? Eu vou cuidar de tudo.

— Que bom te ouvir dizer isso. A administração de lojas de conveniência não é fácil. Você deu sorte no início e não aprendeu o básico do negócio, então quero que aprenda da maneira correta, comigo.

— Pode deixar. E não deixe que minha irmã tire isso de mim!

— Tenho uma ideia do que fazer sempre que sua irmã pedir alguma coisa. Mas preciso que você cuide da loja de conveniência para que eu possa conversar direito com Min-jeong, pode ser?

Min-shik abriu mais uma cerveja.

— Vai, mãe, chuta essa demência de merda pra escanteio!

Os olhos dele ficaram marejados por um segundo quando ergueu o copo. Pisquei para afastar as lágrimas e brindei com meu filho.

◉◉◉

No dia seguinte, Min-shik e eu demos uma volta pelo *campus* da universidade. Ele reclamou que estava muito diferente, mas parou em todos os lugares que lhe trouxeram lembranças. Fiquei um pouco decepcionada por ter sido nos campos de esportes e nas salas dos clubes, em vez de na biblioteca e nas salas de estudo, mas ouvi suas histórias com alegria.

Depois contei uma de minhas histórias.

— Filho, eu circundei este prédio da Universidade K sete vezes.

— Hã? Quando?

— Quando você estava na fila da entrevista.

— O quê? Como assim? Estava orando?

— Bem, na Bíblia, em Josué 6, Deus disse a Josué que, se ele circundasse Jericó sete vezes, a cidade cairia. Então ele a circundou sete vezes e tocou a trombeta, e ela caiu. Por isso circundei sete vezes este prédio e toquei uma trombeta imaginária.

Min-shik olhou para mim com um misto de surpresa e descrença. Fingi tocar uma trombeta e ele balançou a cabeça. Então se aproximou e me abraçou.

— Que aconchegante. Está tudo bem?

— Vou dar o meu melhor, mãe. Eu costumava ficar ressentido por você só tratar bem os outros... Como sou estúpido, mãe.

— Nós dois agimos assim. Você foi para a universidade, e temos administrado uma loja de conveniência que não dá lucro há muito tempo. Agora você está ficando velho e cansado, e precisa cuidar mais de si mesmo.

— Hum, é verdade...

Abracei apertado o meu filho. Ele era o mesmo garotinho que eu abraçava quando criança.

Como se fosse um guia turístico, Min-shik me levou a um ótimo restaurante de haejangguk, e fiquei surpresa ao saber que o haejangguk de lá tinha uma fama ruim pois o proprietário tinha sido acusado de adicionar o branqueador de café Prima ao prato. Prima! Esse nome trazia muita nostalgia, e o fato de o meu filho conhecê-lo me fez perceber que estávamos envelhecendo juntos.

O haejangguk estava uma delícia e tinha mesmo ossos, então senti que era nutritivo, não só para curar a ressaca, isto é, o uso popular do prato. Senti-me envergonhada e satisfeita por meu apetite ter voltado do nada.

No trajeto de carro até Seul, adormeci bem depressa. Um rápido cochilo depois de comer. Quando acordei, vi a figura do meu filho de costas dirigindo em silêncio.

— É bom viajar com você, filho. Compartilhar lembranças e ir a restaurantes — falei com voz suave.

Min-shik se virou e deu uma risadinha.

— Haejangguk é a melhor sopa, não é? Geum-bo também acha. Todo mundo da nossa turma acha.

— Está falando do funcionário do turno da noite? Ele também estudou aqui?

— É por isso que nos tornamos amigos logo de cara. Caso contrário, ele teria arrancado meu couro facilmente.

— Entendi. Estou um pouco surpresa, porque geralmente os hyungs não costumam ser gente boa com os mais novos. Que tipo de pessoa ele é?

— Ele é parecido com o cara que trabalhava no turno da noite antes do velho Kwak, então eu tinha medo dele no começo, mas quando nos aproximamos vi que ele era mais gentil. A expressão do Dong-ko... Dok-go, sei lá... dava medo, e ele tinha uma personalidade difícil.

— Isso não é verdade... Enfim, como vocês se tornaram amigos?

Assim que Min-shik ouviu a pergunta, ele se transformou em uma criança se gabando do amigo que havia feito. Na verdade, eu já tinha ouvido falar de Geum-bo, o funcionário do turno da noite, por meio da gerente Oh. Ouvi dizer que ele era falante e extrovertido, vivia cometendo erros, mas era gente boa. Porém, fingi que não sabia e escutei a história do meu filho.

Fiquei grata por Geum-bo ter escutado e conversado com meu filho, que devia estar se sentindo só, e fiquei surpresa por ele ter sugerido que Min-shik começasse a trabalhar no turno da noite. Os velhos amigos do Min-shik só queriam se aproveitar dele, mas esse novo amigo tinha aberto os seus olhos. Quanto mais eu escutava, mais sentia que Min-shik tinha encontrado uma ótima amizade.

Logo o pedágio de Seul surgiu no horizonte. E eu me senti muito mais tranquila.

⦾⦾⦾

Assim que a gerente Oh me viu, me abraçou e começou a chorar. Eu também derramei algumas lágrimas e a agradeci por ter cuidado da loja por tanto tempo. Ela disse que estava tentando fazer com que minha ausência não fosse sentida e que estava muito preocupada. Duas mulheres de meia-idade soluçando na entrada de uma loja de conveniência à tarde chamavam atenção, eu até sentia os olhares das pessoas. Min-shik sorriu e nos disse para irmos a uma cafeteria conversar, que ele daria uma olhada na loja.

Na cafeteria, nos sentamos, cada uma com um café com leite. Fazia muito tempo que eu não ia a um estabelecimento daqueles e senti que estava apreciando mais os sabores da cidade do que o do café. Minha irmã e minha sobrinha que me perdoem, mas eu preferia o café com vista para a cidade à hora do chá na casa de campo.

A conversa fluiu. Quando Seon-suk me contou que as vendas haviam melhorado devido à pandemia, respondi que isso se devia ao seu trabalho árduo. Quando falei que estava feliz por Min-shik estar se sentindo melhor, ela disse que era ótimo que ele tivesse se decidido e que ele faria os pedidos em breve. Conversamos sobre a substituição dos funcionários dos finais de semana, a situação dos membros da igreja e a vizinhança e, antes que eu percebesse, era hora de ela ir para casa.

Quando voltei à loja, o funcionário da tarde estava trabalhando junto com Min-shik. A gerente Oh deu uma risadinha, dizendo que graças a mim aquele tinha sido um dia útil para ele.

— Gerente, por favor, peça a cerveja Always Beer à matriz — disse Min-shik. — Sabia que as outras unidades já estão vendendo?

— Ah... acho que o pessoal da matriz me explicou, mas... eu não bebo, sabe? É você quem tem barriga de chope aqui.

— Bem, estou sóbrio há algum tempo, além de estar malhando... Enfim, faça o pedido.

— Ora... você vai aprender a fazer os pedidos amanhã. Então vamos fazer juntos. Eu assumo o controle, chefe Kang.

— Aff, eu sou o chefe só nessas horas, né?

— Qual o problema? Como chefe, você está cuidando da loja sozinho, e nossa consultora diz que você é muito confiável!

— Consultora?

— Aqui está nossa consultora, a senhora Yeom, certo?

— Nossa, que infantilidade, viu...

Enquanto eu ouvia a discussão entre meu filho e a gerente Oh, parte da minha preocupação se dissipou.

A casa para onde voltei com Min-shik não era a mesma de antes. Os cobertores, as roupas, os pacotes de salgadinho e as latas de cerveja espalhados pelo chão eram repulsivos. Da varanda, vinha um fedor de lixo e materiais recicláveis. Min-shik disse que a bagunça se devia a ele estar muito ocupado cuidando da loja e começou a limpar tudo. Resolvi ajudá-lo; aquilo era algo que poderíamos fazer juntos. Foi uma grande mudança para meu filho, que nunca levantava um dedo antes, ter ficado envergonhado com a bagunça e tomar a iniciativa.

Mudança. Não porque alguém lhe disse para fazer, mas por vontade própria. Certa vez ouvi falar que as pessoas não odiavam mudanças, só odiavam que outras pessoas lhes pedissem que mudassem. Portanto precisei ter paciência e apoiá-lo em vez de exigir que ele mudasse.

A vida do meu filho foi arruinada durante a Covid-19. Sua empresa faliu, ele perdeu pessoas e adoeceu. Talvez ele fosse apenas um bebê agora, dando seus primeiros passos novamente, então eu também tive que mudar. Tive que parar de reagir com irritação, birra e às vezes até violência verbal. Em parte eu havia tentado acalmar a frustração do meu filho, mas isso não tinha funcionado, e eu o tratei feito criança. Agora, ao observá-lo trabalhar com afinco para limpar a bagunça, com a cueca para fora da bermuda, senti compaixão e decidi ajudá-lo com uma mudança de mentalidade.

Usei a cozinha pela primeira vez em muito tempo. Fiz os rolinhos de ovo preferidos do meu filho e cozinhei meu ensopado de tofu favorito.

Comemos juntos à mesa da cozinha enquanto assistíamos ao noticiário da noite, que falava desde a situação da Covid-19 e as vacinas de reforço até os candidatos à presidência e o conflito entre EUA e China. Min-shik fazia comentários sobre todas as notícias. Eu concordava com algumas coisas que ele dizia e acrescentava minha opinião a respeito de outras.

Foi divertido. Não me lembro de ter compartilhado um jantar em família com meu marido alcoólatra, que estava sempre ocupado. Mesmo com minha irmã e minha sobrinha em Yangsan, cada uma fazia sua própria refeição. Agora me sentava à mesa para jantar com meu filho. Senti uma satisfação enorme.

Min-shik saiu para o turno da noite e fiquei sozinha em casa. Foi uma sensação estranha e nostálgica estar naquele lugar de novo. Eu tinha passado quinze anos naquele lugar, me casei e tive meus filhos, enterrei meu marido e recebi Min-shik de volta como um filho pródigo. Mas na maior parte do tempo fiquei sozinha. Era um espaço que trazia a marca da segunda metade da minha vida, por assim dizer.

Agora eu tinha que cuidar dali. Assim como meu filho, eu precisava mudar. Sentia que era necessário um novo ambiente para lidar com os problemas que eu enfrentava, então não me pareceu ruim que aquele lugar parecesse diferente.

No dia seguinte, comecei a ser mais diligente. Cumprimentei as pessoas conhecidas que iam à loja e fui ao mercado comprar mantimentos. Reencontrei vizinhas e amigas do salão e participei de um culto virtual na igreja. Peguei um livro sobre demência na biblioteca, marquei uma consulta médica e fui a uma imobiliária para dar forma ao que me propus em Yangsan. Entrei em contato com minha filha e conversamos, substituí o funcionário dos finais de semana na loja de conveniência e estudei inglês no meu tempo livre. Eu acreditava que somente uma vida agitada evitaria a deterioração do meu cérebro, por isso mantinha a mente e o corpo ocupados; cantava músicas, batia palmas e copiava palavras em inglês com a mão esquerda.

Tempo. Foi um daqueles dias em que percebi que o tempo era a coisa mais valiosa. Era como se uma ampulheta estivesse sobre minha cabeça e a areia do tempo que caía estivesse enchendo meu cérebro. Eu esquecia o que tinha feito no dia anterior e as perguntas do meu filho se tornaram mais frequentes.

Eu estava lutando contra aquilo. Estava me esforçando para me defender daquela doença, aproveitando cada dia para proteger o tempo que me restava. Além disso, me preparava para o grande dia.

Em um dia de outubro, no auge do outono, caminhei com meu filho sobre um tapete amarelo de folhas de ginkgo caídas. O restaurante chinês em Huam-dong era o local das reuniões de família. Foi onde comemoramos a formatura de Min-jeong e de Min-shik. Um dos aniversários do meu marido também foi comemorado lá. Meu marido, que adorava comida chinesa, se alegrava em comer babaocai e beber o licor Yantai Kaoliang de lá. As crianças também se sentiam mais à vontade com comida chinesa do que com pizza ou tonkatsu; então, quando sugeri o lugar para comermos, meus filhos concordaram de imediato.

O restaurante continuava o mesmo. A única coisa que mudou foi a verificação da temperatura corporal na entrada e o QR code que tínhamos que escanear com o celular.

Minha filha e meu genro foram os primeiros a chegar. Quando meu filho e eu entramos, meu genro pediu a comida como se só estivesse esperando por nós. Fazia muito tempo que não comíamos juntos. Como de costume, Min-shik fez piadas sem sentido, que foram recebidas com críticas de Min-jeong, e meu genro me entregou uma torta de pato suculenta. Min-jeong recomendou um hospital com um especialista em demência conhecido dela, e eu disse que pensaria no assunto. Fiquei triste com a situação da minha neta, Jun-hee, que tinha chegado ao ensino fundamental sem ter pisado na escola, e precisei compensar o fato de não poder vê-la naquele momento fazendo uma videochamada. Min-shik e meu genro pediram uma segunda garrafa de Yantai Kaoliang, apesar da desaprovação de Min-jeong. O babaocai favorito do meu marido não estava tão bom, pois o chef tinha mudado, mas percebi que talvez fosse porque meus gostos haviam mudado. Com a demência, a maneira como nos lembrávamos dos sabores mudava.

Depois de pedir o prato de macarrão para fechar a refeição, Min-jeong tocou no temido assunto.

— Mãe, você pensou sobre aquilo, né?

— Pensei.

— Então vamos lá, não podemos ficar até tarde por causa das restrições. Aqui fecha cedo.

— Podemos conversar em casa quando fechar. Você pode tomar outro drinque comigo — disse Min-shik.

— Você realmente só se mete quando quer alguma coisa e depois tira o corpo fora, né? — rebateu Min-jeong.

— Que bobagem. Eu sou o responsável pela loja agora, então nem vem com essa.

— Pare de falar besteira.

— Ei, você parece bem chateada mesmo. Está com tanta pressa assim?

— Parem com isso — falei com firmeza, e meus filhos pararam de vociferar um para o outro.

Senti que era hora de fazer uma declaração. Era uma forma de resolver o conflito entre minha filha e meu filho e de me preparar para minha própria vida, que se deteriorava com o passar do tempo.

— Antes de mais nada, Min-jeong e Jeong-hoon, estou orgulhosa de vocês dois por tentarem montar um hospital. Tenho me preocupado com o fato de que não há muito o que eu possa fazer por vocês, e não posso fazer tudo o que pediram porque tem o Min-shik também. Mas quero que saibam que isso só é possível por causa do esforço do Min-shik na loja de conveniência.

Fiz uma pausa e peguei minha xícara de chá. Minha garganta ardia, como se eu não falasse para uma turma de alunos havia muito tempo. Tomei um gole do chá de jasmim e pigarreei, olhando para os três pares de olhos atentos.

— Estou passando o apartamento onde Min-shik e eu moramos para o seu nome e o do meu genro, filha. Perguntei ao corretor de imóveis e ele disse que vale um pouco mais de trezentos milhões e, se reduzir o valor para trezentos milhões, talvez ele seja vendido um pouco mais rápido.

Min-shik começou a rir. Lancei a ele um olhar de repreensão e continuei:

— Você decide se vende o apartamento e usa o dinheiro para comprar o prédio do hospital ou se o aluga. E Min-shik vai alugar uma quitinete próxima à Estação Sinyongsan.

— E onde a senhora vai ficar? — perguntou meu genro, parecendo cauteloso.

— Vou morar sozinha.

Minha filha e meu genro suspiraram.

— Há um pequeno estúdio perto da entrada principal da Universidade Feminina Sookmyung. Tenho economizado e posso pagar o aluguel. Vou trabalhar na loja de conveniência para pagar minhas despesas. Min-shik é o chefe agora, então decidi passar de vez a administração da loja para ele.

— Mãe! — protestou Min-jeong, arqueando as sobrancelhas.

Sem me deixar afetar, prossegui:

— Min-shik, como prometido você administrará a loja de conveniência por três anos para aprender o básico do negócio. Depois desse tempo, você poderá abrir outras filiais ou vendê-la e usar o dinheiro para financiar seu negócio.

— Obrigado, mãe! — agradeceu Min-shik, alegre.

Ele lançou à irmã um olhar cortante. Meu genro tentou disfarçar sua expressão carrancuda. Olhei para minha filha e meu genro e falei com firmeza:

— "Por que você está administrando uma loja de conveniência que não dá lucro?", você e Min-shik têm me perguntado com frequência. Eu a administro para garantir o sustento dos meus funcionários, mas agora ela também é importante para o sustento de Min-shik e do meu. Vamos fazê-la prosperar. Espero que vocês entendam isso e nos apoiem.

Meu genro me fitou e assentiu. Minha filha baixou os olhos e, devagar, levou o copo de água à boca. Reuni forças e continuei:

— Com isso, não tenho mais nenhum patrimônio. E, embora digam que apenas cerca de 15% dos casos de comprometimento cognitivo leve evoluam para demência, possuo um histórico familiar, então tenho certeza de que o meu vai evoluir. Por isso, estou dizendo desde já: vocês vão ter que me colocar em uma casa de repouso.

Minha filha me encarou com os olhos cheios de tristeza.

— Mãe, eu disse para não se preocupar com isso. Além do mais, o que Min-shik tem feito?

— Ele está cuidando de mim agora e vai ao hospital comigo. Mas quando minha demência piorar e eu não conseguir levar uma vida normal, Min-shik não poderá cuidar de mim sozinho, então preciso que vocês façam isso também. Estou errada?

— Não estou dizendo que você está errada... é óbvio que vou cuidar da minha mãe. Estou dizendo que Min-shik deve assumir a responsabilidade.

— Minha irmã, eu mudei, juro!

— É mesmo? Duvido!

— Argh. Não sei como te fazer acreditar em mim, mas vou pedir desculpa por ter feito tanta besteira nos últimos anos.

Depois de dizer isso, Min-shik se levantou e fez uma reverência profunda para Min-jeong e o marido dela. O constrangimento deles era palpável. Min-shik manteve a cabeça baixa por um tempo antes de voltar a falar.

— Sou muito grato e sinto muito pelo que você e meu cunhado passaram quando nosso pai adoeceu.

A voz de Min-shik soou mais alta, e percebi um leve tremor nela. Fiquei observando meu filho, impotente. Min-shik ergueu a cabeça e nos lançou um olhar sério.

— Não sou ganancioso — começou ele. — Vou administrar a loja de conveniência Always sem reclamar e fazer com que ela prospere. Vou pagar meu próprio aluguel e estudar para tocar o negócio. Estou falando sério.

Mesmo depois de terminar, Min-shik continuou de pé. Meu genro o aplaudiu despretensiosamente, mas minha filha o repreendeu e fez um sinal para que Min-shik se sentasse, e ele obedeceu.

Encarei todos e pigarreei.

— Em seu leito de morte, seu pai me fez um pedido. Sabem qual foi? Ele queria que eu me certificasse de que Min-jeong e Min-shik não brigassem. Vou presumir que tudo o que sugeri hoje foi acordado. Fico feliz que Min-shik tenha se desculpado e que vocês tenham aceitado as desculpas. Tenho certeza de que o seu pai está feliz lá no céu e satisfeito por vê-los assim.

Eles inclinaram a cabeça como se tivessem visto o fantasma do pai.

— E eu estou feliz também — acrescentei, a voz trêmula.

◉◉◉

À medida que fui envelhecendo, comecei a esperar ansiosamente por novembro. Quando eu era mais jovem, maio era meu mês favorito, mas, na velhice, novembro tomou o posto. Será que era porque os doze meses do ano refletiam o tempo da vida humana? Era por isso que eu adorava a primavera quando era mais jovem e, mais velha, passei a adorar um mês próximo ao fim do ano? Era uma combinação estranha, mas, para mim, novembro era um mês agridoce e nostálgico, com um toque de entusiasmo.

O estúdio para o qual me mudei tinha pouco mais de dez metros quadrados, mas era aconchegante e acolhedor. Tinha um bom aquecimento e isolamento acústico, e fiquei satisfeita com a eficiência com que os móveis embutidos otimizaram o espaço. Livrei-me de roupas que não usava e de coisas de que não precisava mais e doei livros para a biblioteca da igreja, então sobrou bastante espaço.

Era a primeira vez que eu tinha um lugar só para mim na vida. Eu havia crescido em uma família grande, dividido uma casa geminada com meu irmão mais novo na época da universidade e não tinha tido um lugar só meu desde que havia me casado. O apartamento em que morei até pouco tempo tinha o cheiro da minha família, então nunca me senti completamente sozinha.

Seria porque era um prédio de quitinetes perto da universidade e havia muitas alunas de Sookmyung morando ali? Eu me sentia como se tivesse voltado a ser uma universitária estudando em Seul. A mudança realmente fez com que eu sentisse como se o segundo ato da minha vida tivesse começado. Estudei e me preparei para meu objetivo havia muito sonhado. Me informei sobre como trabalhar na prevenção da demência, tomei minha medicação fielmente e entrei para um clube de badminton para melhorar meu condicionamento físico. A pandemia ainda estava assolando o mundo, mas eu tinha fé de que isso também passaria, igual minha história de vida, aprendizado e ensino haviam provado.

Todos os dias eu admirava o mapa-múndi que ocupava um dos lados do meu estúdio como se fosse uma pintura valiosa.

No dia em que o vírus, que parecia ter deixado até mesmo o mapa embaçado, desaparecesse, eu caminharia pelas vielas e florestas da Ásia e pelos jardins e edifícios da Europa. Viajaria pelo mundo e criaria muitas lembranças bonitas.

Encheria minha mente e meu coração de memórias das quais me recordaria até o fim dos tempos.

Memórias inesquecíveis não existiam apenas no futuro.

Em meados de novembro, recebi uma ligação. Olhei para o nome que tinha salvado e não conseguia me lembrar de quem era. Isso já havia acontecido comigo antes e tentei não levar muito a sério, então me acalmei e atendi a ligação. A mulher do outro lado da linha se identificou como a mesma pessoa que havia me procurado em Yangsan no ano anterior e me contou uma história incrível da qual eu tinha me esquecido. Eu me esforcei para dar sentido às palavras dela.

Conforme a conversa foi se alongando, uma lembrança despontava aos poucos, ainda muito distante. Combinei um dia e horário para encontrá-la, encerrei a ligação e fiquei olhando para o nome na tela.

In-gyeong Jeong (teatro)

Continuei a pensar na ligação e no nome da mulher e, enfim, consegui recordar.

No verão anterior, ela havia me ligado para falar que Dok-go havia entrado em contato com ela e que queria dizer olá. Jeong me disse que tinha morado na casa em frente à minha loja de conveniência por um tempo, que tinha ouvido a história de Dok-go e a transformado em um roteiro de peça teatral. Na época fiquei surpresa e intrigada, então perguntei qual era a intenção dela. Ela contou que a história seria sobre a minha loja de conveniência e sobre Dok-go, e que desejava me encontrar, já que eu era proprietária da loja. Ainda acrescentou que desejava pedir minha permissão.

Então respondi que, se fosse esse o caso, ela não deveria fazer uma viagem tão grande só para me encontrar, e desejei que a peça fosse um sucesso. Mesmo assim ela insistiu em me visitar. Após várias recusas, ela disse que, por morar em Busan, passaria por Yangsan a caminho de casa. Relutante, acabei cedendo.

Alguns dias depois, a mulher dirigiu até a casa de campo em Yangsan. Sua estatura alta e seu comportamento frio me surpreenderam mais do que um kit gigante de doces sul-coreanos. Quando comentei que ela parecia mais atriz do que dramaturga, ela tirou a máscara e abriu um sorriso amplo, dizendo que já havia atuado.

— Eu nunca tinha visto uma mulher tão bonita entrar em nossa loja de conveniência antes...

— Como sou uma coruja, eu só ia no meio da noite.

— Então é por isso que você fez amizade com Dok-go.

Jeong bateu palmas como se aquilo explicasse tudo. Perguntei outra vez qual era a intenção dela, que respondeu dizendo que o trabalho do artista era pegar materiais de vários lugares para criar uma nova obra, mas nesse caso ela precisava pedir permissão, pois havia pegado emprestado vários temas e personagens da loja de conveniência.

— Mas você disse que já terminou o roteiro. O que acontece se eu não der permissão a essa altura? — perguntei, intrigada.

— Achei que teria que te mostrar o roteiro para receber sua permissão. Fui imprudente, né? Eu não tinha certeza até terminar o roteiro, e a Covid-19 parou o mundo do teatro.

— De fato...

— Foi por isso que não te contei antes, mas acho que escrever é ter confiança em si mesmo. De qualquer forma, eu terminei, e há um projeto de apoio aos profissionais do teatro afetados pela Covid-19 que será lançado em breve. Vou me candidatar a ele.

— Que bom.

Jeong lambeu os lábios e tirou algo de sua bolsa. Era o roteiro.

— Se não se importar, gostaria que desse uma olhada nele agora e concedesse sua permissão.

Peguei o roteiro com um misto de sentimentos, como se eu fosse uma espécie de tomadora de decisões importante, mas também me sentindo estranha, com vontade de acabar logo com aquela situação.

Fiquei olhando para o título da peça na capa por um tempo. Isso foi o suficiente para mim. Entreguei o roteiro de volta a Jeong, fechado, enquanto ela se encontrava sentada à minha frente, parecendo estar sendo vigiada ao fazer o dever de casa. Ela ficou atônita, sem saber se deveria aceitar o roteiro de volta ou não.

— Toma. Eu gostei.

— Mas você nem abriu...

— Na verdade, você me convenceu quando disse que precisava escrever o roteiro para me convencer. Confio em você.

Jeong mexeu os lábios como uma criança balbuciando e repetiu várias vezes:

— Obrigada, senhora.

Lembrei-me de como aquela frase aquecia meu coração ao escutá-la depois de tanto tempo.

E, ao me lembrar de tudo isso, esperei ansiosamente pelo reencontro com Jeong. De repente fiquei curiosa para saber tudo, inclusive se ela havia conseguido o apoio devido à Covid-19 que tinha sido prometido no ano anterior; como devia ter sido difícil para ela colocar o espetáculo no palco mais de um ano depois; e se o roteiro estava pronto.

Dois dias depois, Jeong entrou na cafeteria perto da loja de conveniência junto com um homem enorme. Eu os cumprimentei, tentando conter minha empolgação.

O homem, que era parecido com Dok-go, me cumprimentou e se sentou. Ele estava com sede, então tirou a máscara e bebeu a água que tinha sido servida. Ao vê-lo sem máscara, tive uma impressão bem diferente. Seu rosto era arredondado e melancólico, ao contrário das feições angulares e pesadas de Dok-go. Mas, no papel de ator, eu não sabia como ele se sairia e estava animada para ver.

Jeong me tratou como se eu fosse uma parente idosa que ela estava feliz de reencontrar. Ela me entregou roteiros encadernados e rascunhos de panfletos, pegou o tablet e me mostrou um vídeo do ensaio da peça. Eu estava tão intrigada com tudo aquilo que me esqueci de pedir um café. Narrando cada detalhe, Jeong me contou como a peça havia sido cancelada duas vezes devido à pandemia de Covid-19 e como o diretor havia se demitido e ela precisou dirigir a peça sozinha.

Meu coração batia acelerado enquanto eu ouvia sua explicação e olhava o material. Uma emoção desconhecida me invadiu, como se eu mesma estivesse no palco. O fato de a paixão daqueles sonhadores ter começado na minha loja de conveniência e ter seguido uma longa jornada até chegar a mim... evocava uma emoção estranha, que eu nunca havia sentido na vida.

— O que vocês querem que eu faça agora?

Jeong e o homem se entreolharam e depois se viraram para mim ao mesmo tempo.

— Gostaríamos que você fosse à estreia. Reservaremos um bom lugar para você.

Quando terminou de falar, Jeong me estendeu um envelope com um ingresso. Fiquei imóvel por um momento, tomada pela emoção, e então peguei o envelope. E aceitei o convite.

As surpresas não pararam por aí. Quando saí do café, Jeong se despediu de mim e se virou para ir embora, e o homem que interpretava Dok-go se dirigiu à loja de conveniência como se fosse me acompanhar. Fiquei intrigada e disse que não precisava, e ele soltou uma risada um tanto irreverente e arregalou os olhos.

— Senhora, eu sou o Geum-bo Hong.

Quando não entendi o que ele quis dizer, Geum-bo Hong disse ter trabalhado na minha loja, no turno da noite, durante o verão para se sustentar e seguir com o papel de Dok-go, e me agradeceu, depois de todo aquele tempo.

Ah, então era ele! Agradeci por ele ter trabalhado na loja e por ter sido tão bom para o meu filho.

Quando cheguei à loja de conveniência, Min-shik e a gerente Oh discutiam sobre os pedidos do dia. Ao avistarem

Geum-bo, ambos pararam de falar ao mesmo tempo. Meu filho correu até ele com alegria e lhe deu um tapinha na cabeça. Sorrindo, a gerente Oh perguntou se ele havia ganhado peso. Porém, ficou evidente que eles ainda não conheciam a história de Geum-bo.

Após explicar tudo aos dois, Geum-bo foi embora. Logo as vozes altas voltaram a preencher o interior da loja e os meus ouvidos.

◉◉◉

Dez dias depois, em uma tarde de sábado, eu estava sentada ao lado de Seon-suk no banco de trás do carro do meu filho, indo para Daehak-ro. Min-shik, com seu terno, e Seon-suk, com seu casaco, pareciam bem respeitáveis. Peguei o terno que usei na minha cerimônia de aposentadoria e o vesti. Felizmente ele não estava apertado, mas não dava para respirar muito bem. Decidi culpar a máscara.

Min-shik e Seon-suk conversavam sobre como Geum-bo tinha trabalhado no turno da noite sob uma identidade misteriosa e como eles conseguiram colocar um anúncio da loja nos folhetos da peça, oferecendo 10% de desconto em produtos na compra de um ingresso para o espetáculo. A conversa deles parecia um aperitivo para a apresentação que viria a seguir.

Decidi aproveitar o clima festivo, ciente de que eu nunca mais teria outro dia como aquele na vida. Uma pessoa vivia de lembranças felizes e especiais; decidi encarar os eventos daquele dia como prevenção à demência.

Chegamos à Daehak-ro, estacionamos e fomos para o teatro. O trio da loja de conveniência Always marchou em meio à multidão de jovens de máscara. As escadas que levavam ao teatro pareciam a entrada da toca do coelho em *Alice no País das Maravilhas*. Medimos nossa temperatura, escaneamos o QR code, mostramos os ingressos e entramos.

O palco foi exibido. O cenário era uma loja de conveniência.

Mesmo quando sentei na poltrona reservada para mim, ainda não parecia real o fato de que minha loja tinha servido de inspiração para uma peça teatral.

Com passos e murmúrios apressados, o público começou a chegar, e senti que aqueles eram os clientes abrindo a porta para entrar na loja de conveniência. Então as luzes se apagaram e o teatro se transformou na pequena e inconveniente loja de conveniência de Cheongpa-dong.

Minha ficha começou a cair. Aquela peça era minha vida. Minha vida seria lembrada para sempre por aquele espetáculo. Mesmo quando desaparecesse da minha mente, ela sempre seria recriada nas memórias daquele público.

Tlim!

As portas de vidro da loja de conveniência foram abertas e o palco se iluminou. Então a cortina se levantou.

Percebi que assistir a uma apresentação teatral era experimentar a vida.

Mal tive tempo de aplaudir ao fim. Enxuguei minhas lágrimas e vi que Seon-suk Oh também chorava. Meu filho, que estava aplaudindo o mais forte possível, olhou para mim e para Seon-suk e abriu um enorme sorriso. Não consegui deixar de sorrir, pois meu filho estava sendo encantador e agradável, como se estivesse acostumado com aquele tipo de coisa. Passei do choro ao riso.

Então ouvi uma voz baixa atrás de mim, chamando meu nome. Virei-me e vi a silhueta de um homem atrás da plateia, nas sombras. Ele deu um passo à frente e nossos olhares se cruzaram. Ele tirou a máscara e deu um sorrisinho quase imperceptível.

— Como vai, chefe? — perguntou ele, com a voz praticamente inaudível.

Virei-me para ele sem dizer uma palavra e contornei a plateia para encará-lo. Estendi minha mão. Ele a segurou e me ofereceu um sorriso. Tive que controlar as batidas frenéticas do meu coração.

— Lembra de mim?

— Lógico! Você é aquele que tanto me ajudou.

Eu o olhei de cima a baixo com uma afeição transbordante. Dok-go se inclinou e me envolveu com seu corpo enorme. Eu o abracei de volta.

E fiz um grande esforço para falar.

— Você está vivo. Minha nossa, você está vivo! Graças a Deus, você está vivo!

Os aplausos diminuíram e o teatro se iluminou por inteiro. Mas para Dok-go e para mim, parecia que o show havia acabado de começar.

Uma inconveniente loja de conveniência

Muitas estações depois

Quando Shi-hyeon saiu da rua do instituto, ela pôde ver a Estação Namyeong do outro lado da rua. Do lado direito, havia uma passagem escura sob o viaduto, que dava em Cheongpa-dong. Houve uma época em que ela costumava descer na Estação Namyeong depois da aula em Noryangjin-dong e ir até a loja de conveniência em Cheongpa-dong, passando por aquela rua todos os dias. Depois de uma breve recordação, Shi-hyeon caminhou em direção à ponte Guldari.

Ela estava frequentando uma escola de língua japonesa em Namyeong-dong havia cerca de dois meses. Durante esse período, Shi-hyeon tentou evitar Cheongpa-dong. Por alguma razão, achava que se fosse até lá, precisaria comer raspadinha de morango na Waffle House, jjajang tteokbokki no restaurante Kkachine e comprar bungeo-ppang na loja de conveniência da senhora Yeom.

Sua timidez geralmente não permitia que ela fosse tão longe. Na época ela frequentava um instituto de ensino, e estava frequentando outro no momento. A única coisa que mudou era que ela havia passado na prova do concurso público e agora se preparava para renovar o teste de japonês JLPT Nível 1. Ela achou que seria uma boa ideia ir até lá como alguém que teve algum sucesso, mesmo que não fosse muito, mas não podia ir como estava.

Fazia dois meses que Shi-hyeon estava indo até o bairro por esse motivo, mas não tinha coragem de visitar a senhora Yeom.

No dia anterior, ela decidiu excluir seu canal no YouTube. Ele havia sido tão negligenciado que os comentários sem sentido estavam crescendo como ervas daninhas, e ela decidiu dar um fim à bagunça da mesma forma que uma era chegava ao fim.

Ela fez o login, mas ainda se sentia estranha por ter excluído o canal, então percorreu os comentários anteriores e ficou impressionada com um comentário de quase um ano antes.

Estou aprendendo muito com suas explicações claras e seu tom atencioso.

Gratidão.

O nome da conta que havia comentado era "Colina Verde" e, pela forma como escrevia, parecia ser uma pessoa mais velha. Shi-hyeon instintivamente se lembrou da senhora Yeom, e seu coração começou a se derreter com uma onda de nostalgia. Ela também se sentiu culpada por não ter atendido um telefonema dela dois anos antes. Shi-hyeon sentia muita falta dela.

Antes do início da pandemia, ela tinha sido contratada como gerente em outra loja de conveniência quando trabalhava na loja da senhora Yeom. Mas então, como a pandemia continuou sem previsão para acabar, ficou difícil manter as outras lojas da franquia na qual ela trabalhava. Sua unidade precisou ser vendida, e assim ela perdeu o emprego. Shi-hyeon mordeu o lábio ao se lembrar de como tinha ficado frustrada e passado um tempo trancada no quarto feito uma hikikomori.*

Por sorte ela conseguiu se reerguer no ano anterior, quando Shin lhe ofereceu o emprego de tradutora de legendas em japonês. Shin era um importante nome na tradução de legendas de filmes em japonês para o coreano, e eles se conheceram em um festival de cinema alguns anos antes. Na época ela se ofereceu para traduzir as legendas de um filme japonês porque gostava das produções japonesas, e então conheceu Shin, que era o supervisor-geral. Ele disse que as traduções de Shi-hyeon eram boas, e sempre lhe passava pequenos trabalhos de tradução após o festival. Mas, depois que ela decidiu se concentrar na preparação para o concurso público, precisou recusar o trabalho.

Após o início da pandemia de Covid-19, Shi-hyeon foi demitida e se escondeu no quarto; enquanto isso, assistiu a inúmeros dramas e animes OTT, até que viu o nome de Shin novamente nos créditos das legendas de um drama japonês.

---

* Termo de origem japonesa, "hikikomori" refere-se ao isolamento social prolongado e voluntário, resultante de sofrimento psíquico, entre adolescentes e jovens adultos, e também é usado para denominar as pessoas que sofrem do problema. (N.E.)

De repente ela sentiu um inesperado ímpeto de coragem, talvez causado pelo fato de que o drama era muito divertido e por ela saber que não poderia conviver com a desaprovação dos pais. Deixando de lado a hesitação, Shi-hyeon enviou uma mensagem para Shin dizendo que havia ficado feliz de ver o nome dele nos créditos do drama japonês e que, graças à boa tradução, tinha adorado a história e queria dar um "oi".

Shin agradeceu e perguntou como estavam as coisas para ela. Quando Shi-hyeon respondeu que estava tirando um período de descanso, Shin disse que, embora o trabalho no cinema tivesse diminuído durante a pandemia, o número de trabalhos OTT havia aumentado, então sua carga de tradução tinha aumentado, e ele perguntou se ela estaria disposta a colaborar com ele de novo. Shi-hyeon ficou feliz consigo mesma por ter aceitado sem pestanejar.

O trabalho de legendagem ainda era árduo e não pagava bem, porém, quanto mais ela trabalhava, mais sentia que estava fazendo algo que realmente amava. O processo de acompanhar o diálogo dos personagens de animes japoneses e encontrar as palavras corretas em coreano podia parecer entediante para outras pessoas, mas para ela era muito divertido. Além disso, as traduções de legendas tinham um limite de caracteres. Se houvesse muitos caracteres na tela, seria difícil para os espectadores lerem todos de uma vez. Shi-hyeon costumava sentir uma estranha sensação de realização sempre que conseguia reduzir o número de caracteres nas legendas de modo eficiente. Para ela, o processo que os outros considerariam irritante e chato parecia um quebra-cabeça divertido de solucionar.

A prova do concurso público, o emprego na loja de conveniência, o trabalho no YouTube... nada disso era o que ela realmente queria fazer. Eram coisas que ela fazia para ter um emprego, para ganhar dinheiro, para ser uma adulta que contribuía para a sociedade, mas não eram coisas que realmente faziam seu coração se encher de alegria.

Depois de muito refletir, Shi-hyeon chegou a essa conclusão. Se quisesse se formar em japonês e trabalhar no Japão, deveria conseguir um emprego nessa área. Além disso, traduzir legendas em japonês era uma boa opção para seu estilo de vida, pois gostava de ficar sozinha.

Após retomar o trabalho de tradução e lutar contra sua falta de habilidade, ela se matriculou em uma escola de língua japonesa em Namyeong-dong, seu bairro favorito desde os tempos de escola. Ela precisava gastar com a mensalidade metade do que ganhava em seu trabalho de legendagem, mas valia a pena. Era como pagar uma apólice de seguro para alcançar um objetivo divertido e gratificante.

De qualquer forma, ela sentia muita falta da senhora Yeom, tão perspicaz, atenciosa e brincalhona, que até deixava um comentário emocionante no canal do YouTube de uma ex-funcionária com quem havia perdido contato. Shi-hyeon começou a frequentar o instituto e nunca mais pisou do outro lado da ponte. No entanto, após ver o comentário da senhora Yeom, ela não conseguiu mais adiar. Shi-hyeon prometeu a si mesma que no dia seguinte passaria por baixo da ponte Guldari e seguiria para Cheongpa-dong depois da aula.

◉◉◉

Ao passar pelas ruelas cheias de Cheongpa-dong e chegar à loja de conveniência Always, ela verificou as horas. Já passava das oito da noite. No passado, a essa hora a chefe estaria sentada ao balcão da loja, conversando com os vizinhos e com a senhora Oh. Ela também conversava com Shi-hyeon. Mas e agora? Como Shi-hyeon era uma pessoa tímida, não ligou para dizer que iria fazer uma visita. Foi corajosa o suficiente para ir à loja de conveniência depois de muito tempo, então, se a senhora Yeom não estivesse lá, Shi-hyeon apenas esperaria pela próxima oportunidade.

Ela respirou fundo, abriu a porta e entrou.

Tlim!

Um jovem de cabelos compridos estava escondido atrás do caixa, mexendo no celular. Enquanto andava de prateleira em prateleira no centro da pequena loja de conveniência, Shi-hyeon se lembrou de seus dias de trabalho naquele lugar. As prateleiras vazias e com uma reposição malfeita, os conhecidos da chefe que entravam e saíam sem comprar, Shi-hyeon, que não era diferente dos outros funcionários de meio período que trabalhavam lá, e o funcionário em situação de rua que a chefe um dia tinha trazido de repente... fragmentos de lembranças surgiram por todo canto da loja de conveniência e a bombardearam. Shi-hyeon se recompôs às pressas.

O que deveria dizer à senhora Yeom quando finalmente a encontrasse? Será que já havia passado tempo demais para que dissesse que só queria vê-la? Ela estava irritada com o quanto estava se apequenando. Retiradas estratégicas como aquela eram o forte dela. Ok, ela iria logo embora.

Shi-hyeon pegou a lata de café mais próxima e sorriu consigo mesma por ter se lembrado de como era raro tomar um café na promoção "Compre um, leve dois" quando estava trabalhando ali.

Somente depois de Shi-hyeon ter colocado duas latas de café no caixa, o jovem lentamente largou o celular e pegou o leitor de código de barras. Ela não gostou do fato de ele não a ter cumprimentado quando ela entrou e de ficar olhando o celular, tampouco de ele não ter perguntado se ela queria comprar uma sacola e ser lento para efetuar a compra. De repente percebeu que estava inspecionando o trabalho dele.

Ao entregar o cartão ao jovem, perguntando-se o que tinha de errado consigo mesma, Shi-hyeon fez contato visual com ele.

— O que você está fazendo aqui?

A pergunta do atendente fez Shi-hyeon se questionar a mesma coisa.

— Quando você chegou na Coreia do Sul?

— Voltei um dia depois do surto de Covid-19 — explicou Jun-seong, em tom alegre. Sim, ela gostava daquela voz e tinha uma queda por ele.

Não havia conseguido reconhecê-lo de cabelo comprido e máscara, mas, quando olhou diretamente em seus olhos castanho-escuros, soube que era ele. Era um amigo dela, com quem havia perdido contato quando ele foi para a Austrália. Jun-seong morava em Cheongpa-dong, o que a fez se lembrar de que sua familiaridade com o local havia sido o motivo para ter se candidatado a um emprego no bairro.

— Você veio me ver?

— Como é? Nossa, você continua o mesmo.

— Quanto tempo! Tira essa máscara, me deixe ver seu rosto.

Jun-seong foi o primeiro a retirar a máscara, mostrando os dentes em um sorriso largo. Shi-hyeon se sentiu um pouco envergonhada, mas fez o mesmo. Ela sorriu sem jeito, o que provavelmente a fez parecer ainda mais consigo mesma.

— Certo! É bom ver você. Ei, vou tomar um cafezinho. Quer um? É só pegar.

— Você disse que é bom me ver?

— Se eu disse, é porque é verdade. Vai, pega.

— É bom me ver, mas não me atende direito?

Shi-hyeon parecia mal-humorada e recolocou a máscara, e Jun-seong, que finalmente havia percebido, riu histericamente e abriu duas latas de café rapidamente. Ele entregou uma para Shi-hyeon e pegou a outra, tomando o café como se fosse Coca-Cola e mexendo o queixo. Shi-hyeon fingiu não perceber. Ela tirou a máscara de novo e tomou um gole do café. Jun-seong olhou para ela outra vez, curioso. Sob pressão, Shi-hyeon começou a se explicar.

— Eu trabalhava aqui antes da pandemia.

— O quê? Que incrível!

— Onde está a chefe?

— O chefe? Ele chega mais tarde, à noite.

Não podia ser. Por um momento, Shi-hyeon imaginou que a loja havia sido vendida.

— A chefe não é uma senhora idosa?

— Não. É um homem de meia-idade. É um cara corpulento... Ah, você está falando da mãe dele? Ela vem aqui com frequência. Por volta desse horário. Mas, pensando bem, faz uns dias que não aparece. Bem, então você conhece a mãe do chefe. Ela está trabalhando aqui há muito tempo.

Shi-hyeon tentou absorver todas aquelas informações. Parecia que a senhora Oh havia se tornado a gerente e, por incrível que parecesse, o filho problemático da chefe havia assumido as rédeas da loja.

— Como está o filho da chefe, ou melhor, o novo chefe? Ele está bem?

— Está. Ele é legal e habilidoso.

— Nossa, isso não tem nada a ver com ele...

— Ele vai abrir uma segunda loja em breve, então anda ocupado durante o dia. Mas vamos falar de outra coisa! Você está de visita. Como tem passado?

— Hum. Eu estou... bem. Pandemia, sabe como é...

— É, pandemia...

— Estou frequentando aquela escola de idiomas no beco em frente à Estação Namyeong.

— Foi lá que a gente se conheceu? Cara, você é incrível, ainda está estudando japonês! Eu esqueci todo o hiragana! O katakana, então... ha-ha.

Shi-hyeon recolocou a máscara, disse que voltaria no dia seguinte, depois da aula, e saiu correndo da loja.

Se continuasse voltando, poderia encontrar a chefe mais cedo ou mais tarde e, se a visse, poderia dizer a ela que um amigo seu trabalhava ali e, por isso, tinha passado por lá. Mas será que Jun-seong e ela ainda eram amigos? Ela decidiu que era hora de firmar a relação deles novamente.

Depois da aula do dia seguinte, Shi-hyeon voltou à loja de conveniência. A senhora Yeom não estava lá, e ela foi recebida por Jun-seong. Eles tomaram o mesmo café do dia anterior e colocaram o papo em dia.

Jun-seong contou a ela que havia aprendido inglês na Austrália, e um hyung sul-coreano o levou à Inglaterra, onde ele trabalhou como guia turístico e motorista autônomo, até que a pandemia o obrigou a voltar para sua terra natal. Ele estava interessado em administração no ramo turístico, por isso se esforçou muito no inglês, mas ficou frustrado com a situação do setor durante a pandemia e passou algum tempo sendo sustentado pelos pais.

Ela sentiu simpatia por Jun-seong, pois os últimos anos dele foram de certa forma semelhantes aos dela, então ela naturalmente lhe ofereceu apoio e incentivo.

A época do restabelecimento do homem foi semelhante. No ano anterior, ele definiu uma nova meta e começou a estudar. Queria se tornar intérprete turístico certificado para apresentar a Coreia do Sul aos estrangeiros. Jun-seong disse que estava estudando para a prova na biblioteca durante o dia e trabalhando meio período ali, durante a tarde e o início da noite.

— Nesse meio-tempo, a Coreia do Sul se tornou mais popular — começou ele —, com *Parasita*, *Round 6*, *Todos Nós Estamos Mortos* e BTS!

Jun-seong disse que, assim que a pandemia acabasse, a Coreia do Sul seria inundada por turistas estrangeiros e que ele trabalharia como guia para apresentar o país a eles. Quando estava aprendendo inglês na Austrália, ele sonhava em ser guia turístico, mostrando países estrangeiros a sul-coreanos, e acabou tendo que seguir o caminho contrário, mas estava ainda mais motivado. Shi-hyeon ficou desapontada com o fato de o sorriso radiante de Jun-seong estar apenas meio visível, escondido pela máscara.

No dia seguinte, a senhora Yeom também não estava lá, então Shi-hyeon ficou conversando com Jun-seong, tomando uma lata de café da promoção "Compre um, leve dois", como nos outros dias. Naquele dia, ela contou sobre sua vida e sobre o fato de estar fazendo aulas para melhorar seu trabalho de meio período como tradutora de legendas em japonês. Ela deu de ombros para o comentário de Jun-seong de que ela era incrível por trabalhar e estudar.

Ambos haviam passado por contratempos durante a pandemia de Covid-19 e chegaram aos trinta anos, e só recentemente tinham conseguido se reerguer e correr atrás de seus sonhos. Suas trajetórias de vida semelhantes aumentaram a empatia entre eles, e as lembranças de quando andavam juntos no passado lhes trouxeram um brilho caloroso.

Jun-seong continuava sendo uma pessoa alegre, não tinha sido afetado nesse quesito. Seu rosto era um pouco comprido, mas ele era imponente e alto. Sua pele bronzeada e seus músculos ficaram ainda mais bonitos por ter trabalhado sob o sol em uma plantação de bananas na Austrália. Será que sua incapacidade de conseguir uma namorada se devia à falta de bom senso? Ou será que ele era muito exigente? Mas estava evidente que Jun-seong via Shi-hyeon apenas como amiga, o que ela achava bom e ruim ao mesmo tempo. Era bom saber que eles tinham voltado a ser amigos, mas não era nada bom o fato de parecer que eles não estavam indo a lugar algum.

Na segunda-feira, depois de um final de semana de aulas, ela voltou à loja de conveniência, mas a senhora Yeom não estava lá. Quando Jun-seong ligou, querendo marcar um dia para se verem, ela ficou atônita por um segundo, mas ele logo explicou que era para uma "surpresa". Shi-hyeon sentiu uma pontada de arrependimento. Àquela altura estava mais interessada em ver Jun-seong do que a senhora Yeom, e ele ainda não tinha notado isso.

Mas não demorou muito para que Shi-hyeon percebesse que ele estava apenas fingindo.

◉◉◉

— Não me sinto confortável com você vindo aqui.

Depois de ela ter passado uma semana indo à loja de conveniência, Jun-seong soltou aquela bomba ao terminar de esvaziar sua lata de café. Shi-hyeon se virou para ele com uma expressão confusa.

— O quê? Para alguém que fica com você o tempo todo...?

— É que isso é inconveniente de várias maneiras. Interrompe meu trabalho e me distrai — afirmou Jun-seong, olhando pela janela.

Ela precisava dizer alguma coisa, porque ele estava sendo irritante e fofo ao mesmo tempo.

— Sabe de uma coisa? Esta loja de conveniência é inconveniente. É uma inconveniente loja de conveniência.

— O quê?

— Uma inconveniente loja de conveniência. A loja é pequena e não tem muita variedade, então os vizinhos a chamam de inconveniente loja de conveniência. É por isso que você está incomodado. Entendeu? Então não bote a culpa em mim.

— Que genial...

— Aham...

— Mas isso é quando se está trabalhando, e eu não estou fazendo isso agora. As vendas estão boas. Não é isso que está me incomodando. Estou desconfortável... por sua causa.

O que começou como uma piada de repente se tornou algo sério, um olhar severo no rosto de Jun-seong.

— Por favor, não venha mais aqui.

Shi-hyeon ficou sem palavras, tamanha a vergonha que sentia. Deveria ir embora de uma vez ou jogar o resto do café na cara dele e dar meia-volta, como em uma novela? Um turbilhão de pensamentos confundia sua mente.

— A gente se vê fora daqui. Vamos dar um passeio juntos na próxima semana — disse Jun-seong alegremente, provocando-a. Quando Shi-hyeon fez cara de espanto, ele suspirou e a encarou. — Vamos sair na próxima semana!

Quando Shi-hyeon ficou apenas o olhando, ainda perplexa, Jun-seong riu.

— Em outras palavras, vamos passar um dia monumental juntos, você e eu.

Só então ela entendeu. Assentiu com a cabeça e sorriu sem jeito, quebrando a cabeça para tentar revidar.

— Você tem jeito com as palavras. É tão difícil assim me chamar para um encontro?

Jun-seong passou a mão pelo cabelo comprido, brincando com os fios. Então o som do sininho na porta os interrompeu, e ele se despediu de Shi-hyeon com o olhar.

A mulher se virou, dando de cara com a senhora Yeom, que tinha acabado de abrir a porta e estava entrando na loja de conveniência.

— Chefe! — gritou Shi-hyeon, correndo até ela e pondo a mão em seu braço.

A senhora Yeom inclinou a cabeça e olhou para ela com o canto dos olhos caídos. Era como se nunca a tivesse visto antes. Impaciente, Shi-hyeon tirou a máscara e gritou:

— Senhora Yeom, sou eu! A senhora não se lembra de mim?

A senhora Yeom imediatamente agarrou o braço de Shi--hyeon.

— Você... lógico, nossa funcionária de meio período.

— Sim, sou a Shi-hyeon — respondeu ela, assentindo, prestes a chorar.

— Certo. Que bom ver você, Shi-hyeon. Como está?

Em vez de responder, Shi-hyeon só ficou assentindo. Elas sorriram uma para a outra e a senhora Yeom deu um tapinha no braço de Shi-hyeon.

◉◉◉

Na viagem de metrô para casa, Shi-hyeon estava emocionada e sentia um calorzinho no peito. A chefe, que tinha sido diagnosticada com comprometimento cognitivo leve e tentava prevenir a demência, riu e falou que reencontrar Shi-hyeon e compartilhar lembranças antigas parecia ativar os centros de memória. Shi-hyeon disse que voltaria para visitá-la. Antes de ela sair, a chefe lhe falou para voltar sempre. Para a confusão de Shi-hyeon, a chefe lhe contou que estava prestes a embarcar em uma viagem à Europa, um sonho antigo.

Ela queria ver o Duomo e a Galleria degli Uffizi em Florença, e relembrar as façanhas da família Médici; gostaria de olhar para o mar Egeu e refletir sobre a glória da civilização grega; queria passar pelo Checkpoint Charlie, onde ficou o Muro de Berlim. Ela estava empolgada feito uma criança em um piquenique, pois finalmente poderia visitar os muitos lugares da história sobre os quais havia ensinado, e Shi-hyeon lembrou-se da chefe estudando inglês em seu tempo livre no balcão da loja de conveniência. Ela a invejava e a admirava por enfim realizar seus sonhos de ser saudável, administrar uma loja e poder trabalhar durante a Covid-19.

À noite, Shi-hyeon lhe contou que o funcionário do período da tarde, Jun-seong, era especialista em viagens e falava bem inglês, então poderia ajudá-la. A chefe ficou feliz com essa informação e disse que estava ansiosa para conversar com Jun-seong em inglês. Ela, então, perguntou a Shi-hyeon, com uma expressão encabulada, qual era o relacionamento entre ela e Jun-seong. Shi-hyeon hesitou antes de responder.

— Ele é meu namorado, só não sabe disso ainda.

A chefe pareceu perplexa por um momento, então sorriu.

— Entendi. Vamos resolver logo isso aí!

Como se estivesse rebobinando um filme, o coração de Shi-hyeon se aqueceu, conforme se lembrava dos eventos ocorridos na loja de conveniência. E se ela não tivesse assistido ao drama que Shin traduziu quando estava frustrada? E se ela não tivesse reunido forças para entrar em contato com ele depois de ver seu nome? E se não tivesse se matriculado no curso de japonês em Namyeong-dong para melhorar suas habilidades? E se não tivesse encontrado coragem para ir à loja de conveniência Always, que ficava perto do instituto?

Todas essas coisas a levaram até Jun-seong e a chefe. Bons relacionamentos não aconteciam por acaso. Era preciso se esforçar para encontrá-los. Como um animal herbívoro, Shi-hyeon sempre foi cautelosa, mas justamente por isso estava sempre atenta e sensível à sinceridade daqueles que demonstravam gentileza. Talvez tivesse sido coisa do destino ela ter conhecido Shin e a senhora Yeom.

E seu namorado que ainda não sabia que eles namoravam.

◉◉◉

No Dia D, Shi-hyeon encontrou Jun-seong em frente à Estação Namyeong.

Eles atravessaram a ponte Guldari e caminharam por Cheongpa-dong e Garwol-dong até chegarem ao Terminal Seobu. Ela estava usando tênis de corrida para a longa caminhada, então seus passos eram fáceis e leves.

Do Terminal Seobu, pegaram a escada rolante que levava à Estação Seul. Ali Shi-hyeon pensou em Dok-go. Ainda outro dia, ela soube do reencontro dele com a chefe e se lembrou da senhora Yeom dizendo, com um sorriso no rosto, que tinha sido ainda mais dramático por eles terem se encontrado no teatro.

"Uma inconveniente loja de conveniência", pensou Shi-hyeon.

De uma loja de conveniência que era inconveniente por causa de uma pessoa em situação de rua a uma loja de conveniência com um jovem reclamando que se sentia desconfortável por causa de uma emoção estranha, muita coisa tinha acontecido. Covid-19 e vacinas, vírus mutantes e doses de reforço, a senhora Oh se tornando gerente da loja e a mudança do filho da chefe, os dias de frustração e os momentos de renascimento da própria Shi-hyeon e, por fim, o reencontro dela com seu namorado alegre e descontraído que caminhava ao seu lado... tudo isso parecia ser uma estranha e curiosa coincidência da vida.

Ao passar pela estação, Shi-hyeon examinou com cuidado cada uma das pessoas em situação de rua. Lembrando-se de Dok-go, ela pensou que a vida continuava de alguma forma, mudando a cada dia.

Os dois caminharam pela Estação Seul, pelo Mercado de Namdaemun e chegaram à praça em frente à Prefeitura. Milhares de pessoas lotavam o lugar, formando uma longa fila, e os food trucks e pequenos grupos artísticos espalhados por ali lembravam que aquela era uma celebração espontânea. Em vez de se manterem distantes, as pessoas estavam agrupadas, conversando, cantando, dançando, comendo, bebendo e aproveitando o dia.

— Você está bem? — perguntou Jun-seong, notando que Shi-hyeon massageava o joelho.

Ela fez um sinal positivo para ele, que lhe respondeu com o mesmo gesto.

— Quer caminhar mais um pouco?

— Lógico.

Shi-hyeon tomou a dianteira. Jun-seong pegou a mão dela e manteve o ritmo.

Pouco depois, Jun-seong e Shi-hyeon caminhavam ao longo do riacho Cheonggyecheon quando pararam em uma pequena praça. Ele contou que aquela era a "Berliner Platz". Ela ficou perplexa com a informação, e ele apontou para um muro de concreto em ruínas ao lado e explicou que era parte do verdadeiro Muro de Berlim. Para a surpresa de Shi-hyeon, ele acrescentou que havia uma estátua de urso azul ao lado porque o símbolo de Berlim era um urso. Shi-hyeon acreditava, de coração, que Jun-seong seria um ótimo guia.

Os dois se sentaram em um banco no canto da Berliner Platz e olharam ao redor.

Os rostos dos funcionários de escritório brilhavam enquanto voltavam para o trabalho após o almoço. Normalmente, estariam voltando ao trabalho de ombros caídos, mas todos caminhavam com passos apertados e tomavam café sem máscaras. Até mesmo os crachás em volta do pescoço deles balançavam alegremente. Shi-hyeon não pôde deixar de rir da sensação diferente que sentia, pois nunca tinha usado crachá, e da inveja que sentia toda vez que via um. Naquele momento, uma mulher do grupo de trabalhadores fez contato visual com ela e, por reflexo, sorriu. Quando Shi-hyeon olhou para o lado, os demais também estavam sorrindo.

As pessoas sorriam como se fosse algo contagioso. Diziam que o riso era a maior doença infecciosa do mundo, e ali estavam eles, espalhando o vírus do riso, cem vezes mais poderoso do que a Covid-19. O Dia D foi o Dia Sem Máscara. As risadas ficavam mais altas e se espalhavam mais depressa quando não havia máscaras.

Quando Shi-hyeon se virou para Jun-seong, viu que ele também sorria. Ela lhe deu um tapinha no ombro, e ele virou a cabeça para mostrar um sorriso que pertencia só a ela. Shi-hyeon sorriu de volta. E fez uma promessa para si mesma:

Um dia outra epidemia virá e nos deixará doentes e desconfortáveis, mas nós vamos sorrir. Daqui para a frente, vou valorizar aqueles que estão ao meu lado e compartilham um sorriso comigo.

Agradecimentos

Gostaria de expressar minha mais profunda gratidão a Pyung-seok Oh, que inspirou esta história, e a Yu-ri Jeong, por supervisionar tudo.

A Joo-mi Kim e Cheol-hyun Baek, das lojas GS25 Mullae--Grand e GS25 Sillim-Nanu, por terem lido o rascunho e pelos conselhos.

A Soo-cheol Lee, CEO da Namu Ot-eui Ja, a Ji-sun Ha, chefe do editorial, e a toda a sua equipe por transformarem esta história em um livro de verdade.

A Banzisu, que ilustrou a capa.

A Gyu-sung Kim, diretor da Geureul Nanneun Jip (Casa das Palavras), e sua esposa, Seon-suk Kim, por disponibilizarem um lugar onde eu pudesse escrever.

A todos que leram e gostaram de *A inconveniente loja de conveniência*, a minha mais profunda gratidão.

Verão de 2022
Kim Ho-Yeon

Este livro foi composto na tipografia ITC Leawood Std
em corpo 9/15,1, e impresso em papel off-white
no Sistema Cameron da Divisão Gráfica
da Distribuidora Record.